アンナプルナのダッチ・リブ

困難なルートであるにもかかわらず、頂上まで最も安全なラインだった

兄のひとり、ジットと。この写真はダナ村のジャングルで撮影されたもの

どんなに激しいトレーニングも私を負かすことはできなかった。グルカ兵になる準備は整っていた

砂漠で激務。容赦なしの、そして重要な任務だった

エベレスト頂上までのライン修復。グルカ兵、シェルパたちとやり遂げる

2017年のエベレストで。雪が小さな弾丸のように跳ね返ってきた

エベレスト初挑戦。クンブの氷壁のクレバスをはしごで渡る

「不可能を可能にする」ミッションの完遂

ときにエベレスト頂上までは
列が続き、カオス状態を呈す
る。その様子を撮影したもの

K2頂上まであと200m。まさにみんなが自分の限界を超えようとしている瞬間

ダウラギリでの過酷な5日間後、誰も成し遂げなかった頂上制覇を果たした

ガッシャーブルムII峰の頂上。デス・ゾーンからの眺めは言葉で表現できない

タフな悪者のごとく道を切り拓いて進む

ガッシャーブルムI峰、
II峰のキャンプにて。
入れ墨が見えるだろ
う。インクと一族の
DNAが混ざっている

ブロード・ピークのサミット・プッシュでは粉雪のなか膝を高く上げて進む

K2のライン修理を完遂したベースキャンプのマネジャー、シェルパたちと

ミッションの最後、顧客とチームを率いて進んでいく。それは私の情熱となった

マナスルのベースキャンプの様子

すべての源、ママと。ミッション完遂後、ネパール／チベットの国境で会う

Beyond Possible

One Soldier, Fourteen Peaks

— My Life in the Death Zone

NIMSDAI PURJA

最強登山家プルジャ

―不可能を可能にした男―

ニルマル・プルジャ 著
西山 志緒 訳

BEYOND POSSIBLE: One Soldier,
Fourteen Peaks-My Life in the Death Zone

by Nimsdai Purja

ブックデザイン／玉井いずみ

私の夢の実現のために一生懸命頑張ってくれた母プルナ・クマリ・プルジャに、
八〇〇〇メートル峰を我が家のように守ってくれているネパールの登山コミュニティに、
本書を捧げる。

人がありえない《インポッシブル》と思うことも、俺にとってはありえる《ポッシブル》ことなんだ。

目次

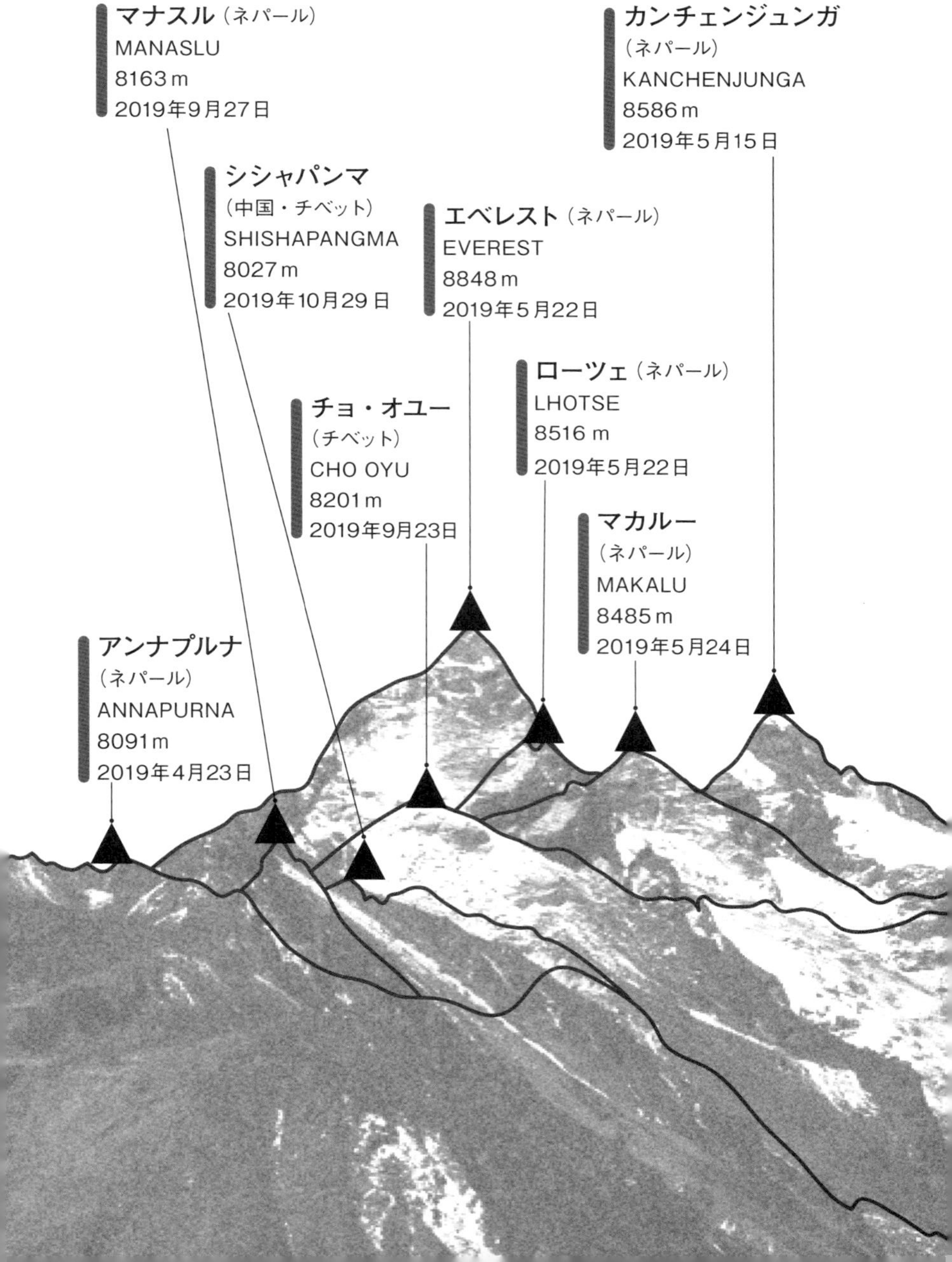
マナスル（ネパール）
MANASLU
8163m
2019年9月27日
カンチェンジュンガ
（ネパール）
KANCHENJUNGA
8586m
2019年5月15日
シシャパンマ
（中国・チベット）
SHISHAPANGMA
8027m
2019年10月29日
エベレスト（ネパール）
EVEREST
8848m
2019年5月22日
ローツェ（ネパール）
LHOTSE
8516m
2019年5月22日
チョ・オユー
（チベット）
CHO OYU
8201m
2019年9月23日
マカルー
（ネパール）
MAKALU
8485m
2019年5月24日
アンナプルナ
（ネパール）
ANNAPURNA
8091m
2019年4月23日

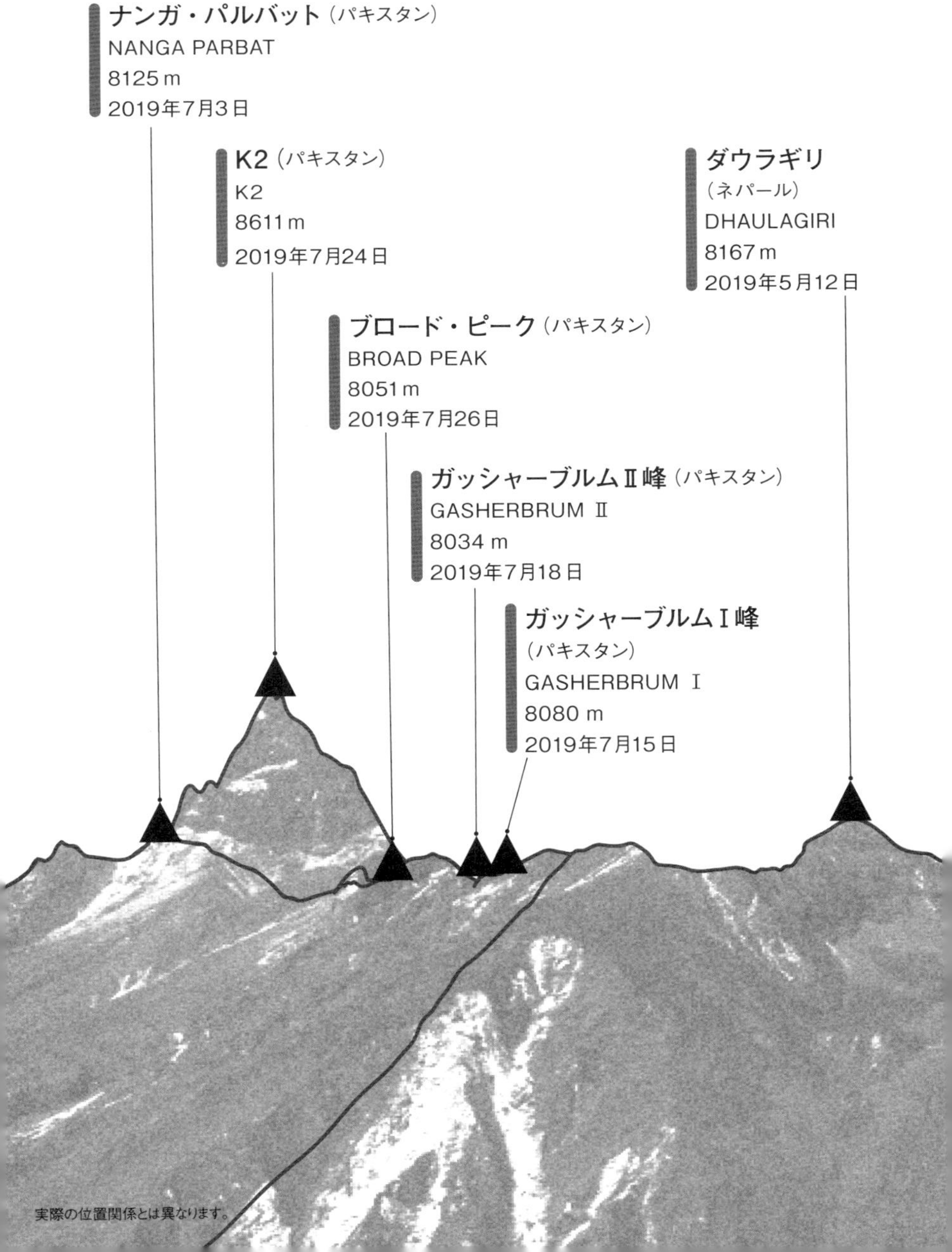
ナンガ・パルバット（パキスタン）
NANGA PARBAT
8125 m
2019年7月3日
K2（パキスタン）
K2
8611 m
2019年7月24日
ダウラギリ
（ネパール）
DHAULAGIRI
8167 m
2019年5月12日
ブロード・ピーク（パキスタン）
BROAD PEAK
8051 m
2019年7月26日
ガッシャーブルムⅡ峰（パキスタン）
GASHERBRUM Ⅱ
8034 m
2019年7月18日
ガッシャーブルムⅠ峰
（パキスタン）
GASHERBRUM Ⅰ
8080 m
2019年7月15日
実際の位置関係とは異なります。

1　死か、栄光か

二〇一九年七月三日

不意に足が滑った。次の瞬間、ナンガ・パルバットの急斜面を転げ落ちていた。一〇メートル、二〇メートル、三〇メートル。どんどん加速していく。

俺、このまま滑落死するのか？

こんなはずじゃなかった。強風吹きすさぶなか、断崖にしがみつくように下りながらも、数秒前までは自信たっぷりの足取りだった。ところが足が滑った瞬間、手でつかめるものが何もなく、アイゼン（金属製のスパイク）の爪もうまく刺さらず、落ち始めた。最初はゆっくりに思えたが、一秒ごとに落ちるスピードがどんどん加速していく。頭のなかで勝手に計算が始まった。この体が尖った岩々に叩きつけられるまであと何秒？　氷の深い裂け目（クレバス）に落ちてしまうまであとどれくらいだ？

ヤバい、もう時間がない。

もしここで血まみれになって死んでも、誰も責められない。こんな視界の悪い状態にもかかわらず、標高世界第九位ナンガ・パルバットに登攀しようと決めたのは俺だ。八〇〇〇メートルより上の「デス・ゾーン」にある、世界最高峰一四座をわずか七ヵ月で完全制覇しようと決めたのも俺だ。それにナンガ・パルバット下山中のいま、ビビった様子の登山家から「固定ロープから手を離せ！」と叫ばれ、言われたとおりにしたのも俺だ。一歩、二歩、三歩とステップを進めたとき、足元の雪が突然崩れ落ち、転げ落ち始めた。

　体がいきなり制御不能になった。まさに究極の状況下で、自分に課したふたつのルールが試されている。ひとつ目は**「どんな場合も希望を捨てるな」**、ふたつ目は**「巨大な山では、ささいなことほどおろそかにするな」**——ロープを手放した時点で、すでにふたつ目のルールを忘れていたことになる。どう考えても自分のミスだ。悪いのは俺。

　だから、いまはひとつ目のルールを頼りにするしかない。

　滑落中、俺はほんの数秒でも死を恐れたか？　**まさか。**「臆病者になるくらいなら死んだほうがまし」という精神を片時も忘れたことはない。特にいまは「人間には達成不可能」と思われてきた偉業に挑戦中なのだからなおさらだ。自らの肉体的な限界に挑みたいという希望があればこそ、**二〇一八年、「世界記録更新を目指して世界最高峰一四座を制覇する」という目標を発表した。**それまでの世界記録は、二〇一三年にキム・チャンホ（韓国）が達成した七年一〇ヵ月六日。チャンホ以前の最速記録は、イェジ・ククチカ（ポーランド）の七年一一ヵ月一四日だった。

　その記録を七ヵ月に短縮したいだなんて、ばかげた目標に思えるかもしれない。超人的な能力の持ち主でも無理だと考えるのが普通だろう。だが俺なら七ヵ月で制覇できるという自信があった。だから長年勤めた英国軍も辞めた。最初はグルカ兵として数年経験を積み、そのあと最も過酷な戦地に派遣される特殊舟艇部隊の一員として任務に邁進していた。輝かしいキャリアを捨てる不安がなかったわけではない。それでも、自分の野望を達成するためにすべてを賭ける心の準備ができていた。

自分の力を信じる心。それが私を突き動かす原動力だ。今回の計画段階でもまるで軍事任務のように、この世界記録に挑む試みに、わざわざ「プロジェクト・ポッシブル（達成可能）」とミッション名をつけたほどだ。このプロジェクト名はのちに私の夢を信じる気がない人たち、信じられない人たちによって、さんざんからかわれることになった。しかも、そういう人たちはおおぜいいいた。疑問の声は至るところから聞こえてきたし、声援にもどこか半信半疑の思いが見え隠れしていた。二〇一九年、レッドブル（エナジードリンク企業）のウェブサイトで、私の今回の挑戦は「泳いで月を目指すようなものだ」と揶揄されたこともある。それでも私にはわかっていた。絶対にそんなことはない。自分がこの世に生まれてきたのは負けるためじゃない。この体には「絶対にあきらめない」という血が流れている。たとえ命の危険にさらされようと、そのことに変わりはない。自分は羊飼いに追い立てられるのを、ただおとなしく待っているだけの羊とは違う。群れのなかでほかの仲間たちとつるむよりも、むしろ孤高の獅子でありたい。ずっとそういう精神で生きてきた。

高地登山の経験豊かなプロたちからすれば、私などひよっこに見えただろう。何しろ、標高八〇〇〇メートルを超える山々の登攀を始めてから二、三年しか経っていないのだ。だが、信じられないほどのスピードで高地に慣れていったのもまた事実。あれほど過酷な環境でも野獣のように動き回れるのは、この並外れた体力と何か関係があるはずだ。デス・ゾーンに入ってもかなり楽々と動ける。ほかの登山家たちが四、五歩進むのがやっとの場所でも、七〇歩進んでちょっと休む、という感じだ。

回復の早さにも自信がある。山頂から一気に下りてきて、夜はベースキャンプで酒盛りをしても、翌朝すぐ次の山を目指して出発できる。二日酔いであってもなくてもだ。これぞ**ニムス・スタイル**。過酷な状況でも、飽くなき挑戦を続けようとする。いかなる環境であっても、何ものも私を引き止めることはできない。ただし「死」、あるいは「大けが」だけは別だ。

さらに三〇、いや、四〇メートルほど落ち続けている。意識を集中させろ。自分の体の動きに、どんどん増す落下速度に、頭上の雲に隠れて遠ざかっていく登山家たちに。頭を使え。落下を止めるにはどんな技術を使えばいい？　**ピッケルはどうだ？　氷面に突き立てれば、落下速度を少しは緩められないか？**　体の下にあったピッケルを強く引っ張り、幅広のブレード部分を握りしめ、ピックを雪面目がけて突き刺した。雪が柔らかすぎる。もう一度、渾身の力で突き刺す。だめだ、**手応えがない**。

自分は問題解決力があるほうだと思っていた。でもそんな自信はすっかり吹き飛んでいる。落下速度は増すばかり。完全にお手あげだ。もはや……いや、**待て！**　そのとき、ロープが見えた。岩場に固定されたロープだ。思いきり手を伸ばせば、つかめるかもしれない。なんとしてもつかまねば。体をよじり、腕を精一杯伸ばし……**つかんだ！** 手のひらが焼けるように熱い。だが死んでも離すものか。どうにか落下を止められた。

息を深く吸い込んだ瞬間、世界が戻ってきた気がした。**大丈夫か、俺？** どうやら大丈夫らしい。ただ全身にアドレナリンが駆け巡り、心臓が破裂しそうなほど鼓動も速いままだ。

よくやった。いまは自分を思いきり褒めてやれ。

一、二秒ほどで体勢を立て直し、さっと立ちあがると、新たなリズムで動き出した。滑落前より慎重にリズムを刻め。これからの数歩にすべてがかかっている。注意を怠るな。

頭上にいる仲間たちには、私がまったく動じることなく、いつものペースを取り戻したように見えたに違いない。でも正直言えば、恐ろしい体験だった。自信が揺らいだ。ロープをしっかりと握りしめ、ダブルチェックをしてから一歩ずつ踏み出すようにして、自信が戻るのを待つようにした。ただその瞬間、思考の枠組みが変わったのがわかった。雪に足を取られないように細心の注意を払いながら、自分に言い聞かせる。いつか必ず、死が俺を迎えにくるときがやってくる。プロジェクト・ポッシブル挑戦中かもしれないし、もっと年老いたときかもしれない。だがこのナンガ・パルバットでも、次に迎える瞬間でもないようだ。

今日じゃない。

今日は死なない。

でも、いつだ？

そのとき、俺はこのプロジェクトを終わらせているのだろうか？

2 希望がすべて

世界最高峰一四座を制覇したい。それも異様なまでのスピードで。アンナプルナ、ダウラギリ、カンチェンジュンガ、エベレスト、ローツェ、マカルー、マナスル（ネパール）の頂を踏み、ナンガ・パルバット、ガッシャーブルムI峰、II峰、K2、ブロード・ピーク（パキスタン）を駆け抜け、最終的にはチョ・オユー（チベット）とシシャパンマ（中国・チベット）を征服したい。そんな強烈な願望をずっと心に抱いていた。**でも、なぜだ？** どう考えても、地球で最も快適さとは無縁の場所ばかり。しかも、この挑戦をわずか半年ほどで行うこと自体、常軌を逸していると思われかねない。それでも私には、これが「ひとりの人間が全身全霊をかけて計画すればすべてが、どんなことでも可能になる」と世界に示すための絶好の機会に思えた。

どれだけ危険だとしてもかまうもんか。

冒険を始めるきっかけは、祖国ネパールにまたがるヒマラヤ山脈の山、エベレストだ。狭い内陸国ネパールの外にいる人たちには、世界一の高峰エベレストが畏怖の念をかき立てる神秘的な山に見えるらしい。だが子どもの頃の私にとって、エベレストはそこに見えているのにひどく遠く感じられる存在だった。家は貧しかった。自宅からエベレストまでの往復費用は高額だ。地元民でさえ、住んでいる場所からエベレストへ向かうには一二日間もかかる。そのうえ目的地へたどり着くまで、村々にある小さなホテル《ティー・ハウス》に泊まらなければならない。だから私は一度もエベレスト登山に挑戦したことがなかった。

二〇〇三年、若きグルカ兵としてイギリスにやってくると、所属する英国軍の仲間たちから何度も同じことを尋ねられた。「で、エベレストってどんな感じ？」ネパールの地理に詳しくない彼らは、うちの裏庭に出ればそそり立つかの山が拝めると勘違いしていたのだろう。エベレストに登ったことはもちろん、ベースキャンプさえ見たことがないと認めると、誰もがけげんな表情になり、二番目によくある質問を口にした。

「すぐそこにあるのに登る気にならなかったのか？　**グルカ兵は強いとばかり思っていたが……**」

さんざん冗談や非難のネタにされてきたが、一〇年後、ようやくエベレストを訪れる機会が巡ってきた。

さあ、登り始めよう。いよいよ冒険の始まりだ。

二〇一二年一二月、二九歳のとき、威嚇するかのようにそびえ立つ、世界最高峰のふもと目指して最初の一歩を踏み出した。当時の私はグルカ兵部隊のいち兵士から精鋭部隊の一員にまでのし上がっており、そのときは仲間から紹介されたネパールの有名登山家ドルジェ・カトリの案内で、数日かけてベースキャンプまで登る予定だった。エベレストを数回経験済みのドルジェはシェルパ（注1）のリーダー的存在だ。シェルパの権利擁護と賃金引き上げのための活動をする一方、ヒマラヤの生態系のもろさを多くの人に知ってもらえるよう気候変動活動家としても活躍している。

今回の旅のガイドとして、彼以上の適任者はいない。頭上はるか八八四八メートルにそびえるエベレスト山頂を見上げ、私はあることを決意した。ただの山歩きでは物足りない。リスクなど気にするもんか。いまこそ、もっと高い場所まで登りつめるべきときだ。

この旅で八〇〇〇メートル級登山に必要な技術を教えてほしい。そう頼み込んでようやくドルジェを説き伏せたが、手始めにアマダブラム（標高六八一二メートル）に挑戦させてくれと頼んだところ、一笑に付された。

「ニムス、あれは高い技術が必要な山だ。エベレストに登った人でも、あの山を制覇するのは大変なんだよ」

結局、その近くにあるロブチェ東ピークを目指すことにして、付近の村でレンタルした用具を受け取ってから、ゆっくりとだが着実なペースで登り始めた。このときドルジェにすすめられ、生まれて初めてアイゼンを装着した。草に覆われた斜面を歩くと、芝に鋭い爪が突き刺さる感触が足裏から伝わってくる。ひどく奇妙な感じがしたが、これこそ正しい山登りなのだという実感が湧いてきた。やがて頂上へ近づくにつれ、身を切るほど冷たい強風が吹きつけるようになり、そのとき初めて冒険心がうずくのを感じた。

慣れるまでは一歩ごとに足を止め、考えすぎるほど考えてから次の一歩を踏み出していた。

このまま転落死したら？　恐怖に襲われる瞬間もあった。そうやって無駄な労力を費やした末に、やっと不安を感じることなく、自信を持って一歩ずつ前に踏み出せるようになった。

山頂にたどり着いた途端、眼前に広がる景色に心奪われた。大きく隆起したヒマラヤ山脈の全景は分厚い雲に覆われている。灰色の霧のなか、あちこちに突き出した頂がうっすらと見えた。ドルジェがエベレストやローツェ、マカルーを指差す間も興奮はおさまらない。全身を突き抜けるような誇らしさと同時に、今後への期待が高まるのも感じていた。いまは遠くに見える、あの三つの頂に登ってやる。はたから見れば遅咲きの高山登頂デビューだったかもしれないが、このときすでにそう心を決めていた。

望みはそれだけではなかった。ちょうどその頃、興味深い噂を耳にしていた。二〇一五年は英国陸軍グルカ旅団（ネパールのグルカ兵から構成される戦闘集団の呼称）創設二百周年にあたる「G２００」と呼ばれる年にあたり、ロンドンでのグルカ兵記念碑建立、国会議事堂での記念レセプション、ロイヤル・アルバート・ホールでの戦没者追悼記念式典などさまざまなイベントが予定されていた。文化的なイベントが目白押しのなか、「グルカ兵部隊初のエベレスト登頂」も計画されていたのだ。

もともと山岳戦を得意とする歩兵として評判が高かったグルカ兵だが、たび重なる戦争でアフガニスタンやイラクへの派遣が増え、それまでエベレスト登頂を果たした者はひとりもいなかった（登頂費用が高額なのも理由のひとつだ。地元割引があってもネパール人には簡単に払える額ではない）。そういった事情を一変させる、意欲的な計画がついに発表された。

二百周年記念を祝うイベントの一環として、十数人のグルカ兵たちがサウスコル経由でエベレストの頂を目指すことが決まったのだ。

そのミッション「G200遠征」は歴史を塗り替える、挑みがいのあるものだった。さらに好都合だったのは、英国特殊部隊に所属する自分には、そのイベントに参加する資格があったことだ。グルカ兵部隊の一員であることは私の誇り。その地位向上のためならどんなことでもしたい。それは、この遠征に参加する立派な大義のように思えた。

参加を決めてから、登山技術に磨きをかけるべくいっそう努力し、野心を募らせていった。英国陸軍の一員であることのメリットは、さまざまな高度専門技術を学べることだ。極寒冷地戦での戦闘スキルも身につけ、とうとう兵士たちを指導する幹部にまでなり、北米最高峰デナリにも登頂した。エベレスト（アジア）、エルブルス（ヨーロッパ）、キリマンジャロ（アフリカ）、ヴィンソン（南極）、アコンカグア（南米）、カルステンツ・ピラミッド（オセアニア）と並ぶ七大陸最高峰のひとつである。

デナリは標高六一九〇メートル。冗談抜きで厳しかった。高緯度にそびえ立つ極寒の山で、気温がマイナス五〇度を下回ることもまれではない。私のような新米登山者にとってこの寒さは深刻な問題だったが、デナリは完璧な訓練場でもあった。ロープワークのコツを学び、分厚く積もった雪のなか、特殊部隊で培った忍耐力をいかして自分のソリを何時間もぶっ続けで引きずりながら、所々に待ち受けるクレバスのどれかに転落しないよう細心の注意を払った。

二〇一四年、標高八〇〇〇メートルを超えるデス・ゾーンに初挑戦した。ダウラギリだ。まさに野獣のごとき凄まじい山だった。「白い山」という意味の名前で呼ばれているのは、切り立った急勾配の斜面一面が深い雪で覆われているためだ。高い死亡率のせいで世界一危険な山とも言われている。南壁は屈指の難ルートとして知られ、初のエベレスト単独登頂を成し遂げたラインホルト・メスナーでさえ制覇できなかった。

最も危険なのは雪崩だ。大量の雪が急激に崩れ落ち、あっという間に何もかもを飲み込んでしまう。一九六九年、アメリカ隊五人とシェルパふたりが雪崩に襲われて死亡。六年後、日本隊六人が雪崩に巻き込まれ、生き埋めになって死亡。どう考えても軽い気持ちで挑戦する山ではない。特に登山歴わずか一八ヵ月で、こういった高峰でまずい状況に陥った場合の知識が限られた登山家ならなおさらだ。ダウラギリに挑戦したい一心で、アフガニスタンでの任務の合間の休暇はすべて登攀技術を磨くために使った。

同行したのは英国特殊空挺部隊の仲間だった。プライバシーを守るため、ここではジェームズと呼ばせてもらう。私もジェームズも軍人には見えなかったはずだ。ベースキャンプにたどり着いたときのいでたちは、ビーチサンダルに短パン、レイバンのサングラス。しかも到着したタイミングがまた悪かった。ちょうどより人数の多い登山隊と一緒になってしまったのだ。彼らは一ヵ月かけて入念な高度順応（注2）を行っていた。クンブ氷河の雪崩のせいでエベレスト登頂を途中で切りあげ、代わりにダウラギリ挑戦にやってきたという。

軍の休暇が限られていたため、私たちふたりには高度順応にかける時間の余裕がなかった。

それに引き換え、時間の余裕を持って現地入りし、体を高地環境に慣らしている登山隊の男たちはいかにも「本物」に見えた。ベースキャンプ目指していっせいに出発したが、私たちはすぐに遅れ始めた。ジェームズは高度になかなか適応できず、結局ほかの男たちより三日遅れてベースキャンプへたどり着いた。

「きみたち、何してる人?」あとからひとりの男が尋ねてきた。到着したときの私たちの格好に興味を持ったのだろう。彼が何を考えているか手に取るようにわかった。私たちを「頭のネジがぶっ飛んだイカれ野郎」か「何をしでかすかわからないヤバい奴ら」のどちらか、いずれにせよ、常に危険と背中合わせのサミット・プッシュ(山頂まで挑戦)の間は絶対に避けるべき存在と見ているのだ。

私は肩をすくめた。軍での詳しい経歴を明らかにするつもりはない。それなりの機密任務にあたっているし、ふたりともエリート戦闘員としての専門知識より、少しでもあるなら登山技術で自分たちを判断してほしかった。

「軍にいるんだ」だが結局はそう答えた。これ以上質問されないことを望みながら。

その登山家はもの問いたげに片眉を吊り上げた。持っている登攀用具こそ高品質だったもののの、ジェームズも私もかなりいい加減な装備に見えたのだろう。とはいえ、これで今回の遠征仲間たちも、私たちに対する「無知な観光客」という第一印象を消してくれたようだ。その印象は半分当たっていたと思うが、相手が誰であれ、自分の弱点を突かれるのは我慢ならない。ベースキャンプでは、ふたりして初の高度順応に励んだ。翌週一週間かけて「日中はベースキャンプからキャンプ1、2まで登り、夜は標高の低い場所で眠る」というパターンを繰り返し、体を標高に順応させてサミット・プッシュに備える計画だった。
装備を整えて高度順応を始めるとすぐに、ジェームズが私のように良好な体調を保てないことが明らかになった。ベースキャンプまでもそうだったが、初めてキャンプ1へ向かったときも、彼は私のペースについてこられなかった。高山病にやられ、キャンプ1での滞在時間中もひどく苦しそうだった。
翌日も私ががむしゃらにキャンプ1を目指すなか、ジェームズはまた遅れ始めた。彼は用具の多くをシェルパに預けている。私は重さ三〇キロの装備をひとりで運んでいたのにだ。でも調子に乗る余裕はなかった。そのあとすぐ私もスタミナ切れになった。自分の速さを証明したくて張り切りすぎたせいだ。結局キャンプ1で熱々の紅茶を淹れて、数時間も体を休めなければならなかった。ところが、いくら待っても、追いかけてくるはずの仲間たちが到着しない。突然不安が頭をよぎった。

ジェームズはまだ生きているのか?

ダウラギリは雪崩の多発と同じく、深いクレバスでも有名だ。いまごろ、ジェームズと彼のシェルパは人知れず、亀裂に転落しているかもしれない。もしそうなら、数日で発見されることはまずない。軽いパニックに襲われ、自分のポットとカップを引っつかみ、彼らを探しにベースキャンプ目指して下り始めた(「山では自分の道具を置きっぱなしにしてはならない。万が一に備えて常にすべてを携帯するのが一番」。かなり早い時期に学んだ教えだ)。

しばらくすると、下からゆっくりと近づいてくるふたりが見えた。仲間のふたりだ。しかしジェームズは前にも増して体調が悪くなっていた。

「まだ先は長い」彼らを迎えながら私は言った。「お前は高山病に苦しんでいる。そのザックを俺に背負わせてくれ」

重たいザックに手を伸ばしたが、ジェームズはためらっている様子だ。苦痛に屈したくないのだろう。それでも私は手を引っ込めようとはしなかった。たしかに、特殊部隊の一員として戦地で戦っているときなら、こういう行為は称賛に値するだろうが、ダウラギリのように危険な山においては自殺行為だ。彼の気持ちを承知で、私はさらに話しかけた。

「変なプライドは捨てろ。頂上まで登りたいなら、俺に助けさせてくれ」

ジェームズは私の申し出を受け入れたので、彼らとゆっくりとだが着実な足取りでキャンプ1へ戻ったが、自分の体にも負担がかかったのは否めない。やりすぎてしまった。このとき、私は山から**エネルギーの無駄遣いをするな**という最初の貴重なレッスンを受けた。あれ以来ずっとエネルギーをむやみに使わないよう心している。がむしゃらに頑張るのは必要なときだけでいい。その「必要なとき」は数日後、ベースキャンプから山頂へ通じる曲がりくねった道を進んでいる間に訪れた。最初は隊列の最後尾にしがみつくように進んでいた。そうしたのは、先導役を務めるシェルパたちに敬意を表したかったからもあるが、前に八〇〇〇メートル峰に挑んだことが一度もなかったからでもある。また一気にエネルギーを失いたくなかった。

登山隊内でのシェルパたちの仕事が常に変わることに気づいたのは、このときだった。シェルパのリーダーは腰の高さまである深雪をかき分け踏み固める作業を担当し、彼が疲れたらシェルパ仲間の誰かが代わりにその作業を行うことになる。リーダーは隊員たちが彼の踏み跡をたどって進んでいる間は隊列の背後に控え、踏み跡が途絶えた時点で先頭へ戻り、また新たな踏み跡をつける。そうやって彼が残した踏み跡をたどるようにすると、かなり進みやすくなるのだ。あとで知ったが、これは「ラッセル」という技術。シェルパのリーダーはこのような技術を通じて、無私無欲の心で、登山隊の隊員たちがスムーズに前進できるようルート開拓している。彼らシェルパたちの努力に尊敬の念を禁じえない。

ラッセルには学ぶべき技術がふたつある（注3）。ひとつ目は、雪の高さが脛から太腿までである場合、ステップごとに自分の胸の高さまで膝を持ち上げ、振り上げた足をしっかりと雪面に着地させながら踏み跡をつけていくやり方だ。ふたつ目は、雪の高さが太腿から腰まである場合、腰を押し出すことで腰回りの雪面に空間を作ってから片足を持ち上げておろし、腰を回しながら次のステップを踏み出すやり方だ。

突然、私の前にいた男が隊列から外れ、先頭に向かい始めた。

思わず彼に向かって叫んだ。「何やってる？　シェルパたちが気を悪くしないか？」

彼は手をひらひらとさせ、私を一蹴した。「まさか、あいつらを助けるんだ」

いきなり先頭に立つのはシェルパたちに失礼だ。横から割り込んで主役の座を奪うようなものではないか。こんな危険な山で勝手な行動を取れば命に関わるのに――だが私は間違っていた。すぐにもうひとりのシェルパからこう声をかけられたのだ。

「ニムス、雪が深すぎる。まだ元気なら、きみも先頭を歩いてくれるとありがたい」

その言葉に安堵し、元気づけられ、私は次の先導役を務めた。片足ずつ持ち上げ、雪面を進んでいるうちに、いつしか両足で機関車のように進み始めていた。ひどく骨が折れる仕事だったが、自分がつけた踏み跡が紛れもない前進の一歩となる。自分もこのチームの一員として貢献できている。そんな思いに突き動かされ、着実に歩みを進められた。太腿もふくらはぎも悲鳴をあげていたが、肺の動きは正常だ。この高度のせいで、最も優れた運動能力の持ち主たちでさえ疲れ果てて進めないのに、私はなんともない。すげえ！　高揚感に震えつつ、力強く一歩一歩踏みしめて前進し続ける。どれくらい進んだのか確かめようと途中で振り返ったとき、驚きに言葉を失った。あとに続いているはずのチームメイトたちが、白い雪面の上、小さな黒い点にしか見えなかったのだ。

これか！　そう思いながら、仲間のために自分が残した深い踏み跡をうっとりと眺めた。ほとんど何も考えず、流れに身を任せてここまで進んでいた。運動選手たちが世界記録を破ったときや優勝したときによく言う**「ゾーン」に入っていたのだ。**

エネルギーを使い果たさないよう注意しながら、次の稜線までゆっくりと仕事を続け、チームが追いつくまで一時間待ち、たどり着いたみんなから囲まれた。シェルパのリーダーは興奮したように叫びながら背中をバシッと叩いてきた。つい数日前は私に登頂できるはずがないと見下していた者たちも、いまでは握手を求めている。

誰もがほっとしている様子だ。骨の折れるラッセルをまじめにやり遂げたことで、メンバー全員の態度が変わった。私はもはや**いち旅行者ではなくなったのだ。**同時に、私自身の心構えも変わった。ラッセルワークの七割を担当し、頂を踏んだときは、自分が達成した偉業に驚くと同時に、血が沸き立つような思いも感じ、心のなかでつぶやいていた。

「なあ、高いところにいるお前、めちゃくちゃかっこいいぜ」

もともとデス・ゾーンで結果を出せるような素質が備わっていたわけではない。幼いときからずっと登山とは無縁の生活を送っていた。子どもの頃、なりたいものはふたつあった。ひとつ目は父のようなグルカ兵。恐れを知らない兵士として世界じゅうに知られていたからだ。戦闘部隊としてネパール、英国、インド軍に従軍し、シンガポール警察の一部としても機能しているが、兵士たちは階級を問わず全員ネパール出身だ。英国女王と英国に対する揺るぎない信念、さらには寛大な心と忠誠心をあわせ持つ精鋭兵士とみなされている。

グルカ兵の由来については多くの歴史書に書かれているからぜひ関連書を読んでほしい。ここでは簡単にその成り立ちを振り返っておこう。英ネパール戦争（一八一四〜一六）において、当時のネパール王国（ゴルカ朝）はイギリス東インド会社（英国陸軍の二倍の兵士数を誇る私設軍）に敗れたものの大打撃を与え、その強さに感銘を受けた英国がネパール兵士を「非正規軍」として入隊させる条約を結んだのだ。

グルカ兵はグルカ兵ゆえに尊敬されるようになり、二度の世界大戦では英国軍兵士として活躍。対テロ戦争の間もイラクとアフガニスタンに派遣された。父と同じく、私のふたりの兄ガンガーとカマルもグルカ兵になる道を選び、帰国するたびに周囲からロックスターを見るようなまなざしを向けられていた。いつしかグルカ兵は伝説的存在になり、**「臆病者になるくらいなら死んだほうがまし」**というモットー、さらに戦場でのミッション成功例やあっと言わせる冒険談の数々により、高潔な英雄というイメージは強まるばかりだった。

ふたつ目の憧れの職業は政府官僚だ。といっても、私がなりたかったのは、金持ちから盗んだものを貧しい者たちに分け与える「ネパール版ロビン・フッド」だ。祖国ネパールはとても小さな国で、国民はあまりに長いこと当然の権利を剝奪されてきた。子どもの私でさえ周囲の大人たちがほとんど何も持っていないことに気づいていたし、実際に貧困率は信じられないほど高かった。国民の多くはヒンドゥー教信者で、金がないのに寺院を訪れるたびに寄付をしていた。

しかし、私は違った。もし手元に金があれば、ホームレスや寺院の外にいる目が見えない人や体が不自由な人に寄付するほうが幸せだった。ひどいけがや病気のせいで働けず、大道芸を披露している芸人とバスで乗り合わせたときも同じだ。

金を渡すたび私は彼らに約束させた。**「この金はあなたのものだ。でも酒は買わないで。家族が必要としている食べ物を買ってあげて」**いつもそんなふうだった。金に魅力を感じたことは一度もない。ただ昔から、制服姿で働く、権威を感じられる職業に憧れていた。地位や権力が欲しかったからではない。自分たちだけ私腹を肥やし、ネパールをここまで貧しい国にした超富裕層から有り金全部を搾り取り、何も持たない人たちに分け与える空想をするのが好きだった。

私の生い立ちを知れば、なぜこう考えるようになったかわかってもらえるだろう。生まれたのは一九八三年七月二五日、ネパール西部にあるミャグディ郡ダナという小さな村だった。このこぢんまりとした開拓地は海抜約一六〇〇メートルにある。といっても、幼い頃からアイゼンをつけられ、高所に強くなるよう鍛えられて育ったわけではない。地域で一番高い山はダウラギリだが、自宅から遠く離れていた。大変な思いをしなければたどり着けない場所だった。

三人の兄ガンガー（長兄は一八歳も年上だ）、ジット、カマルと妹アニタに挟まれ、愛情たっぷりの家庭で育った。貧しかったし、走っている車さえ想像できない生活だったが、何もない暮らしにも楽しみを見つけられる、幸せな子どもだった。

聞いた話によれば、父と母は私が生まれるずっと前から困難な状況にあったという。異なるカースト（階級）同士で結婚したのがそもそもの間違いだった。ネパールではまずありえないことで、どちらの家族からも結婚を猛反対され、親や兄弟たちから縁を切られ、無一文同然で新しい生活を始めざるをえなかった。

当時、父はインド軍グルカ連隊に所属していたが、その給料だけでは食べていけなかったため、ガンガー、ジット、カマルが生まれると、母も生活費を稼ぐために村の農場で働き始めた。大抵の場合、少なくとも子の誰かひとりを背中に紐で結わえつけておんぶしながらだ。赤ん坊の世話をしながら生活費を稼ぐのは相当しんどかったはずだが、母は仕事を辞めようとしなかった。私の仕事に対する信念の多くは、母から譲り受けたものだ。その影響は計り知れない。私だけでなく、知り合った多くの人たちに影響を及ぼし続けた。

母はきちんとした教育を受けていなかった。そのことでずいぶん悩んだに違いない。同じような女性たちをいかに手助けするかを考え、最終的にはジェンダーや教育問題に対する国の取り組みを変える活動に携わるようになったからだ。当時のネパールでは異例なことだったが、母は自分が信じるもののために戦った。給料は家族を養うにはとうてい足りず、毎月かつかつの生活だったが、それでも私たちはどうにか生き延びた。その後、大きくなった兄たちも家の仕事を手伝うようになった。毎朝五時に起き、二時間かけて牛三頭分の飼料となる草を探して刈り取る作業だ。それから歩いて学校へ出かけ、毎日授業を受けていた。

私に与えられたのはもう少し簡単な仕事だった。秋になり、庭に何本かあるオレンジの木の果実が熟すと、よじ登って枝を揺らしてひとつ残らず振り落とす。たちまち地面はオレンジだらけになり、腹いっぱいになるまで食べ尽くした。翌日は腐ったオレンジをよけて、もう一度満腹になるまで味わったものだ。ところが四歳のとき、ダナから二二七マイルも離れた、チトワンの密林にあるラームナガル村へ引っ越すことになった。酷暑で知られる、国内でも最も起伏の少ない平坦な地帯だ。両親が移転を決めたのは、ダナで何度か起きた山くずれを心配してのことだった。急流河川があるダナは洪水が起きやすく、大惨事に巻き込まれる危険性があったのだ。

どこに引っ越そうと気にならなかった。母は家の目の前に広がる密林へ火にくべるための枝拾いに出かけていたのだが、帰る段になってもどこで遊んでいるかわからない私に手を焼いていたものだ。道の上、森のなか、川のほとり。至るところに探検の可能性が満ちあふれていた。

幼い頃から、必要最低限のもので感情豊かに暮らすのはさほど難しいことではなかった。だからこそ、その後の人生のほとんどを戦闘の大混乱のなかか、山腹に設営した狭いテントのなかで過ごすことになってもどうにかなったのだろう。とても厳しい母だったが、学校のない週末、私がラームナガル探検に出かけるのを快く許してくれた。よく出かけたのは近所の川だ。朝一〇時から夕方五時まで川岸をぶらぶらして、カニやエビを獲って時間を潰した。自然のなかにいるときが一番幸せを感じられ、あらゆる場所が冒険の舞台のように思えた。家に戻ってその日の「獲物」を誇らしげに見せるたびに、母から鼻であしらわれたとしてもだ。

「なんでそんな虫を持ち帰ってくるの？」よく文句を言われたものだ。

暮らし向きも徐々によくなっていった。兄たちはグルカ兵になるために家を出るとき、「お前にはよりいい人生を送ってほしい」と言ってくれ、毎月多額の仕送りをしてくれた。おかげで、私は五歳になった頃、チトワンにある英語で授業を行う寄宿学校スモール・ヘブン・ハイヤー・セカンダリーへ入学するため荷作りできたのだ。本当に贅沢なことだったが、それが永遠に続くわけではないこともわかっていた。母からよく、兄たちの気前のよさは一時的なものにすぎないと言い聞かされていたからだ。

「お前の兄さんたちもいつか結婚する。自分の家族を持ち、その面倒を見なくてはいけなくなる。そうなったらお前の学費の面倒を見る余裕なんてなくなるんだよ」

幼いながらもすでに家族を養う計画を立てていた私は母によけいな心配をかけたくなくて答えた。「大丈夫。もっと大きくなったら試験に受かって学校の先生になる。幼稚園の先生でもいい。そうしたら**ぼくが母さんの面倒を見てあげられる**」

でも本音を言えば、グルカ兵になりたかった。

自分でも、のちに軍人として成功する片鱗がすでに見え隠れしていたと思う。わずか五歳で入学したが、寄宿学校での生活のリズムが肌に合っているように感じたからだ。みんなが寝泊まりする寮では上級生に絶対服従。規則違反の生徒は教師からぶっ叩かれた。私にとって初めての試練の場だ。厳しい環境のなか、生き抜く術を学ぶ必要に迫られた。それもすぐに。

成長するにつれ、遊び場での日々の戦いをうまく切り抜けるのが難しくなってきた。年齢の割に強いほうだったが、それでも相手にしなければならない上級生たちは山ほどいる。母が食べ物や日用品を届けにきてくれても、すぐに年上のいじめっ子たちが部屋に押しかけてくるのが当たり前で、食べ物を奪われても何もできないこともあった。

最初に感じたのは「逃げろ」という生存本能だ。誰かに自分のものを奪われる前に木に登ってしまえ。足の速さには自信がある。体育の授業では毎回スタミナを見せつけていたし、運動場ではいろいろな競技を楽しんでいた。次に感じたのは「やり返せ」という生存本能だ。発達するにつれ、私はどんどん強くなっていった。一〇代になるとキックボクシングを始め、我が身を守ったりダウンを奪ったりするスキルを身につけ、とうとう地元の競技会でチャンピオンにまでなった。

その頃にはすでに九年生になっていて、試合で負けたのは、何歳か年上の国内チャンピオンだけだった。学校のいじめっ子が食べ物を奪いにやってくると、もう逃げずに毎回立ち向かい、ぶん殴ってやった。結局、かかってくる相手はほとんどいなくなった。キックボクシングは、私が本物の男になるための第一ステップだったのだ。

次のステップはグルカ兵に志願することだった。

（注1）「シェルパ」という言葉には（一）ネパールの先住民族、（二）外国人探検家たちにヒマラヤ山脈を案内するガイドというふたつの意味がある。

（注2）八〇〇〇メートル峰に挑戦する際は、現地で数ヵ月過ごすのが一般的だ。登山家た

ちは体を高度に慣らすため、数週間かけてベースキャンプからキャンプ1へ移動する。さらに昼はキャンプ1、2、3の間を移動し、夜は標高の低い場所で眠ることで、急性高山病（吐き気、息苦しさ、激しい頭痛など）の症状が治まるのを待つ。この一連の手順を「高度順応」と呼ぶ。高度に慣れたら、ときには何週間もかけて頂上（サミット）を狙える穏やかな天候を待ち続け、サミット・プッシュすることになる。

（注3）登攀スタイルの違いについても学んだ。ダウラギリでは、固定ロープ張りチームとともに頂に挑むスタイルだった。このスタイルでは、チームメンバーが岩にアンカーを打ち込んでロープを張りながら進む。登山家たちはその固定されたロープを使い、体を引き上げることで、急傾斜や氷壁も登りやすくなる。「アルパインスタイル」では急速に山頂を目指す一方、安全のために登山家全員がロープでつながれる。仮にチームのひとりが滑落、または転落した場合、ロープでつながれたほかのメンバーが支点となることでそれ以上の落下を阻止する。「単独登攀」の場合（私に関する限り）、ルート工作も登攀もひとりで行い、単独で山頂を目指す。

3　臆病者になるくらいなら死んだほうがまし

私は病気に強い。

一〇歳のとき、結核になった。当時のネパールでは深刻な病気と考えられていたが、結局結核菌を追い払った。その後ぜん息になり、今後長く発作に苦しめられるだろうと診断されたときもこう考えていた。**「大丈夫、問題ないさ」**何ものであれ、私の人生を邪魔させるつもりはなかった。実際、自分にはそういう邪魔者を振り払う力があった。ぜん息と診断されたあとも森を自由に駆け巡り、学校では長距離レースを楽しんでいたのがいい証拠だ。

幼い頃からずっと、プラス思考の力を信じていた。病気に強くなったのは「俺の体には治す力がある」と常に自分に言い聞かせ、強く信じてきたからだ。同じ態度を貫き続けたおかげで英国軍に入隊し、軍でストレスのたまる任務を与えられても、さらなる回復力を身につけることができた。いつしかそういう回復力が磁場のごとく周囲を取り巻くようになり、その経験から「ひたすら自分を信じる戦士に不可能なことは何もない」と学ぶことになったのだ。そもそもグルカ兵として選抜されるためには、そういう強靭な自尊心が必要だった。

グルカ兵への登用は非常に狭き門で、選考プロセスが過酷なことで悪名高い。いかに厳しいかは、兄たちから事細かに聞かされていた。一次選抜では、候補者たち（一七歳から二一歳まで）が身体・精神両面で厳しく審査され、二次選抜へ進めるかどうか判定される。たとえば、歯に四つ以上詰め物がある候補者は即失格。入れ歯や目立つすきっ歯も失格理由になるし、身体面だけでなく知能面でも優秀さが求められる。

私の場合、グルカ兵になるには、まずネパールで中期中等教育修了資格を得ることが求められた。グルカ兵中央選抜試験とAレベル（英国の大学入学資格として認められる統一試験）の間に必要となる資格だからだ。ありがたいことに、ネパールの学校側の配慮で資格を授与され、二〇〇一年グルカ兵選抜試験に挑戦する機会が与えられた。さあ、第一段階だ。私の住む村にも元グルカ兵である選抜担当者――「ガラ・ウォラ」と呼ばれている――がやってきて、まず全身をくまなくチェックされた。体にひとつでも傷があれば、その時点で失格となる。結論から言えば、私は失格だった。どうして落とされたのかわからない。当時はボクシングをやっていたが、幸い体に傷はひとつもなかった。身体検査も、学力検査もすべて合格点だったのだ。ただ「選抜担当者から嫌われているのでは？」という予感はあった。

身体検査を通過したのはわずか一八人。私はそのうちのひとりだったのに、なぜかガラ・ウォラから最終候補者リストで二六位に落とされてしまった。その年、二次選抜に残れたのは上位二五位までだっただけに、どうにも悔しくてしかたなかった。不公平な扱いをされて意気消沈もした。グルカ兵になる夢をあきらめようかと真剣に思ったほどだ。

でも結局、失意のどん底から這いあがった。言いようもない憤りが消えたわけではなかったが、その一年後、二回目の挑戦で合格し、第二段階である地域選抜へ進んだ。過酷な条件下での腕立て、腹筋、懸垂を歯を食いしばりながらこなし、英語と数学の筆記試験を受けて合格。とうとう最終段階となる中央選抜へ進んだ。この三次選抜では、さらに厳しい訓練を課せられる。

グルカ兵中央選抜で最も有名なのはドコ・レースだ。候補者たちは、砂をいっぱいに詰めた重さ三〇キロもある竹かごを頭に載せたままで、ヒマラヤの急勾配五キロメートルを登って下りてこなくてはならない。しかも制限時間は四八分だ。

もともと走るのは得意なほうだ。陸上競技が好きだったし、学校でもかなり真剣に取り組んでいた。寄宿学校対抗選手権の代表選手を選ぶ競技会でのことだ。七歳の私は二、三歳年上の上級生である選手たちのために、運動場に白いラインを引いていた。だがいざ四百メートル走が始まると、つい面白半分で上級生たちと一緒に走り始めてしまった。一周目は先頭集団のなかにいたが、二周目になると勢いが止まらず、先頭集団から飛び出し、一位でゴールした。

ゴールした途端、先生から腕をつかまれた。彼は私がふざけてレース途中から割り込んだと勘違いしているようだった。

「プルジャ、いつからレースに加わった？　冗談か何かのつもりか？」

「いいえ、先生」私は緊張しながら答えた。「みんなと一緒にスタートしたんです……彼らに聞いてみてください！」

私が嘘をついているわけではないとわかった時点で、学校側にもはや選択の余地はなかった。一〇歳以上の少年たちしか出場しないのが当たり前の寄宿学校対抗選手権に、わずか七歳の下級生を参加させるほかなかったのだ。

「お前はまだ七歳だが、出場させることに決めた」先生からそう言われた。

特にプレッシャーを感じたわけではない。ただ七歳ゆえ、自分が何を期待されているのか、そのためにどう準備を整えたらいいのかまで気が回らなかった。それでも寄宿学校対抗選手権で、四人で走る四百メートルリレーと八百メートル走、二千四百メートル走、五千メートル走に参加するよう言われても、気力は全然衰えなかった。どのレースも裸足で走ると決めていた。ランニングシューズやスパイクはかえって体の負担になるからだ。戦略はひとつ。レース前半は後方に控え、後半で一気に前に出ることしか考えていなかった。その戦略を守り抜いたおかげか、八百メートル走と二千四百メートル走で一位になり、四百メートルリレーでも自分のチームを勝利に導けた。わずか七歳の少年を選手として参加させた学校側は、大きな賭けをしたような気分だっただろう。その狙いは見事的中したのだ。

身体能力には自信があったため、ドコ・レースも問題なくやり遂げられるだろうと考えていた。課題があるとすれば、重たい竹かごを頭に載せたまま走らなければならない点だ。それまでも学校でのレースに備えて、日頃から走る訓練は欠かしていなかったが、やや型破りなやり方だったと言わざるをえない。毎朝四時になると寄宿舎をこっそり抜け出し、近くの通りをランニングし、太陽が昇る頃、誰にも気づかれないようそっとベッドに戻るようにしていた。しかも、近所で見つけた金属棒二本をそれぞれ伸縮包帯で両脚に巻きつけ、重しがわりにするという念の入れようだった。おそらく、こういった日々の努力が報われ、いまの自分があるのだと考えている。

兄たちがドコ・レースの体験者だったことにも助けられた。カマルはわざわざ休暇を取り、私の選抜試験が行われるポカラまでやってきてくれた。二〇〇二年に退役したもうひとりの兄ガンガーもだ。兄たちは私の試験合格のための計画を立て、トレーニングにつき合ってくれた。

「お前がもっとしっかり準備できるよう、いまから俺たちが手助けしてやる」カマルはそう言うと私に竹かごを手渡し、そのなかにいきなり大きな岩を入れた。竹かごを抱えていた両腕にずしりとした重みを感じた。「さあ、この重さに慣れるんだ。試しに走ってみろ」

私たちは起伏の多いポカラの地を走り始めた。川に沿って走り、険しい山道を登り下りしている間も、竹かごが頭にめり込んでくるようだ。一〇トンほどの重さに感じられる。たちまち首も背中もふくらはぎも悲鳴をあげ始めた。ようやく目的地にたどり着くと、カマルは腕時計を確認し、眉根を寄せた。

「ニルマル、一時間かかってる。こんな調子じゃ合格できない。明日もまたやるぞ」

翌日、タイムは少し改善して五五分。その翌日は、もっと改善した。スピードに乗り、規定時間の四八分以内で五キロを完走できたのだ。大丈夫、これならうまくいく。そう思った。それでも選抜試験当日、ほかの一〇代の志願者たちとスタート地点に立ったとき、ちょっと不安になった。まわりにいるのは全員、自分と同じようにこの中央選抜を突破し、グルカ兵になりたいという野心の持ち主ばかり。聞いた話によれば、彼らのうち多くが金を払って地元の養成学校へ通い、激しいトレーニングを積み重ねて体力作りに励んできたという。その時点で彼らはすでに資格を満たしているように思えた。なかには個人トレーナーをつけている者や、いかにもタフな軍人みたいに髪を刈りあげている者もいた。

しかし不安など感じる必要はなかった。先頭集団でドコ・レースを終えたとき、私は強く確信していた。自分は絶対に合格する。世界最強の兵士たちの仲間入りを果たすに違いない。

過酷な最終体力測定が続いたもののスタミナ切れすることなく、懸垂、腹筋、スプリント、クロスカントリー、二〇メートルシャトルラン（往復持久走）のすべてに楽々と合格した。一・五マイル競走では一位でゴールもし、英語と数学の筆記試験の間も集中力は途切れず、とうとう中央選抜を勝ち抜いた。晴れて英国陸軍の一員として認められたのだ。とはいえ、すぐに英国女王をお守りするグルカ兵部隊のメンバーになれるわけではない。これからみっちり専門訓練を受ける必要がある。中央選抜の合格者は二週間以内に英国ノース・ヨークシャー州キャタリックへ向かい、歩兵訓練センターのグルカ兵トレーニングセンターに集結しなければならない。私にとって初の海外だ。イギリスに行くどころかネパールから一度も出たことがない。文化のまったく異なる国に溶け込めるかどうかは大きな課題となるだろう。

だから自分にこう言い聞かせた。**「いや、大丈夫。あの寄宿学校に通っていたんだ。英語には自信がある。きっとうまくいく」**

ところが二〇〇三年一月、イギリスに到着した瞬間、衝撃を受けた。まず降り立ったヒースロー空港が信じられないくらい寒かった。しかも、私たちを乗せたバスは最初にロンドン中心街を走り、ビッグベンやセントポール大聖堂、バッキンガム宮殿といった名所を通り過ぎるものと少し楽しみにしていたのだが、その期待も見事に裏切られた。バスはすぐ高速に乗り、北部目指して走り始めた。見えるのは羊の群れと丘ばかり。たまにガソリンスタンドが出てくるだけだ。英国文化にすぐに慣れるという自信は、どこかへ吹き飛んだ。

なんと言っても、びっくりしたのは天気の悪さだ。風が強く、雨も横殴りに吹きつけてくる。次に驚いたのは言葉の壁だ。周囲にいるイギリス出身の若者たちが何をしゃべっているのか、さっぱり聞き取れない。寄宿学校では、英語の作文の点数はかなりいいほうだったが、彼らの話し言葉を聞いてすっかり途方に暮れてしまった。問題はアクセント。ジョーディ(ニューキャッスル出身者が話す方言)、マンキュニアン(マンチェスター)、コックニー(東ロンドン)。どの方言を聞いても外国語にしか聞こえない。実際、私が最初に言葉を交わしたのはリバプール出身の若者だったが、こちらから挨拶をして握手を求め、彼からとびきり濃いスカウス訛りで返事を返された瞬間、パニックに陥った。

いったい何を言ってるんだ? 全然わからない。

問題は、ネパールで英語の読み書き、スピーキングの教育を受けたとき、誰も地方によって発音が違うと注意してくれなかったことにあった。だから実際の生活で、いろいろな発音で話すイギリス人のなかに放り込まれた途端、不利な立場に立たされた。到着してから最初の数週間は、彼らと話をするたびに心のなかでつぶやいていた。**「おい、どういうことだよ？」**

キャタリックでの新兵訓練では、常にきちんとした服装を心がけることも教え込まれた。守るべきルールは山ほどあったが、そのひとつが「どんなときも正装せよ」だったのだ。仲間と少人数で初めて海岸へ出かけ、裸足で砂浜を横切るときですら、ズボンの裾をまくるだけで、上着は肩にかけたままだった。周囲にいたほかの人たちの目には、私たちがさぞおかしな集団に映ったに違いない。

やがて待ちに待った戦闘訓練が始まったが、そこまでたどり着くのになんと四年もかかった。まずグルカ兵としての訓練コースが三六週間。その間に、連隊の基本原則についてみっちり教え込まれ、文化的教養と歩兵戦術の技術を身につけた。新兵訓練完了後はグルカ・エンジニアズに所属し、大工仕事や配管も含めたエンジニアとしての技術を学ぶ必要があった。建物の建築や仕上げの工程に関する知識も身につけ、ケント州チャタムで過ごした九ヵ月の間に、塗装と装飾だけでなく、壁の漆喰の塗り方も習得した。面白かったとは言えないが、努力する価値はあると思えた。仮に軍隊生活がうまくいかなかったとしても、手に職があれば食いはぐれることはない。

それから戦闘工兵に不可欠なスキルをすべて学び、一連の野外演習に参加し、デボン州ラインプストーンにあるイギリス海兵隊コマンド訓練センターでの一三週間にわたる全軍コマンド課程を修了。ヘリック作戦の一員として、二〇〇七年アフガニスタンに派遣された。一二年に及ぶこの作戦の目的は、アフガニスタン国内における英国軍駐留を維持しつつ、タリバンのテロ活動を厳しく監視することだ。アフガニスタン新政府の樹立を手助けするのも狙いのひとつだったが、任務はきわめて厳しいものだった。

広大な土地にしかけられた即席爆弾装置を一掃する役割を何度か任された。任務の手順はこうだ。まずイギリス海兵隊が先発隊として踏み込み、不審な起爆装置があるかどうか探知する。次に、私のチームがその領域に踏み込み、爆弾がしかけられている場所を正確に特定し、爆発する前に完全に吹き飛ばす。そうすれば我々のユニット全体が安心して前進できるようになる。この任務のたびに激しく緊張したものだ。一歩間違えば自分が吹き飛ばされてしまううえ、スピードが要求される任務だった。周囲から丸見えの大地でぐずぐずしている暇はない。いつなんどき、敵から攻撃されるかわからない。

ほとんどの場合、私は大規模襲撃部隊である第四〇イギリス海兵隊コマンド部隊とともに任務にあたっていた。彼らとの共同作戦任務のひとつは、特定地域を隅々まで哨戒して武器や弾薬、タリバンの麻薬の隠し場所があるかどうか確認することだった。私は非常に忠実ないち兵士であり、英国軍内でのグルカ兵に対する高い評判を誇りに思ってもいた。その評判を守るためならなんでもやる覚悟だった。それに英国女王と国王は自分にとってすべてであり、心から尊敬もしていた。だが相手が英国人上官でも、自分の意見をはっきり言うべきときは恐れずにそうしていた。

ある作戦中、偽装爆弾を一掃する任務を任されたときのことだ。そのときはだだっ広い野外ではなく室内での作業だったため、いつも以上に細心の注意を払うのが重要に思えた。爆弾がしかけられたスポットを絶対に見逃すわけにはいかない。肩越しに、司令官の視線がこちらに向けられているのを感じた。彼はいら立ちを募らせているようだ。

「プルジャ、急げ。どうかしたのか？」案の定、司令官からせかされた。

「いくらでも急ぐことは**できます**」私は答えた。「この確認手順を省いて『任務完了！』と言うのは簡単です。ですが、手順をしっかり踏もうとしているのは、即席爆弾装置をひとつたりとも見逃したくないからです。そんなへまをしてグルカ兵が非難されるのは我慢できません。自分ひとりだけの問題ではないのです」

その司令官から「どうかしたのか」と言われたのも引っかかっていた。あれは彼の当てこすりだろうか？　**恐怖で体がすくんでいるせいで、私が手早く任務を済ませられないとでも言いたいのか？**　いつ爆発するかわからない爆弾を意識しながら部屋のなかを歩き回っているのだから、やや神経質になってはいる。これがどれほど危険な任務かわからないほどばかじゃない。とはいえ、私の辞書に「恐怖」という文字はない。たとえアフガニスタンでも。

「あなたは私がこの任務を怖がっているとお考えですか？」私は爆発物探知機を持ったほうの腕をだらりと下げ、そのまま平然と部屋を歩き回り始めた。「自分の命など、ここではなんの意味もありません。ですが評判には意味があります。だからこの仕事をきちんとやり遂げようとしているのです」

「そうか……」司令官はそう答えただけだった。あまりに驚いたせいで、口答えした部下を叱責するのも忘れていたらしい。

アフガニスタン赴任後すぐに、イギリス海兵隊に尊敬の念を抱くようになった。というか、その気質に惚れ込んだ。彼らは超人兵士だ。それなのに謙虚でもある。そこがすばらしい。私も強い自信の持ち主ではあるが、いつも自分が中心でないと気が済まない「エゴのかたまり」というわけではない。彼らとともに銃撃戦を戦うときはいつも、互いに対する敬意や配慮を忘れなかった。

この戦地で、私たちグルカ兵は接近戦を援護することが多かった。そういう場合、標的であるタリバン複合施設のいくつかの戸口に、棒形地雷《バーマイン》をしかけることになる。L9バーマイン。もともと対戦車地雷として開発されたものだが、障害物を除去する爆発装置としても圧倒的な威力を発揮し、アフガニスタンでよく見かける分厚い壁も吹き飛ばしてくれる。私の任務は敵方の扉にこっそり近づき、棒形地雷をしかけて逃げ去り、こっぱみじんにすること。そのあと、味方のユニットが爆破で開いた穴から一気に侵入し、壁の反対側にいる敵を一掃するのだ。

朝四時に起床し、軽機関銃を持ち、砂漠に広がる谷々を哨戒する単独任務を与えられたこともある。あたり一面、さえぎるものが何もないなか、近くで見張っているであろう敵方にこちらの存在感を示すためだ。うだるような暑さのなか、ユニット全体でアフガニスタンの町や村を巡回し、友好的な地元民たちの様子を確認することもあったし、友好的でない者たちからいきなり射撃されたこともある。本当にストレスのたまる任務だったが、それでもやりがいを感じていた。銃器が火を噴く音がするたびに、全身をアドレナリンが駆け巡った。

来る日も来る日も、戦いに明け暮れていた。戦場では「リスク」の定義が明確だ。不幸にも、誰かが命を落とさなければならない状況を指す。その誰かは自分かもしれない。覚悟はできていた。とにかく命を惜しまず、求められている以上の働きをしたかった。そんな日々のなかで、自分が配備された実戦からは想像もできないような任務の話を耳にすることがあった。人質救出、タリバンで主要な役割を果たす人物の逮捕、建物に侵入しての急襲作戦。どの任務も実行していたのは特殊空挺部隊、あるいは特殊舟艇部隊だ。いずれも英国最高レベルの精鋭部隊にほかならない。そのどちらかの一員になることは、私にとって紛れもないステップアップを意味していた。たとえ、世界屈指の勇猛さを誇るグルカ兵部隊にいたとしてもだ。彼らの存在を初めて知ったのはキャタリックにいた頃で、それ以来強い憧れを抱くようになった。

いつか彼らの一員になってみたい。

いち兵士としての自分は気に入っているが、やはりトップリーグを目指したい。エリート集団である英国特殊部隊こそ、トップリーグにほかならない。そこで二〇〇八年、将来の選択肢を広げるべく、特殊舟艇部隊と特殊空挺部隊について詳しく調べてみた。前者は英国海兵隊、後者は英国陸軍の特殊部隊である。最初に興味を覚えたのは、特殊空挺部隊の任務の遂行法《モダス・オペランディ》と資格条件だ。彼らは陸海空の戦闘すべてにおいて任務を遂行する。ところが、ある兵士仲間から特殊舟艇部隊の任務について詳しい話を聞かされ、たちまち心を奪われてしまった。めちゃくちゃかっこよかったのだ。

「彼らはパラシュートで着地し、地上でも海上でも戦う」その仲間は言った。「すべて特殊空挺部隊もやってることだ。でもな、特殊舟艇部隊は水中でも海底でも戦うんだぜ」

アフガニスタンでイギリス海兵隊とともに戦った経験から、少なくとも精神面ではうまく溶け込めるとわかっていた。だからすぐに特殊舟艇部隊の事前説明会に出席し、英国特殊部隊選抜試験に出願した。半年にも及ぶ厳しい試験を通じて、少数精鋭のエリート兵にふさわしい者が選ばれることになる。二〇〇八年、出願が受理された。こうしてグルカ兵として任務に励んだ六年後、私はさらに高みを目指す決意をした。英国軍きっての精鋭部隊の一員になってやる。

4 飽くなき追求

私が特殊舟艇部隊の一員になりたいと言い出したとき、最初は誰も信じようとしなかった。それまで特殊空挺部隊に採用されたグルカ兵は数人いたが、特殊舟艇部隊には誰ひとり採用されていなかったせいだろう。戦闘中に泳いだり潜水したりする能力が求められるぶん、後者のほうが採用条件がやや難しいかもしれない。グルカ兵は内陸国出身であるため、私は最初から不利な状況にあり、周囲もそれをわかっていたのだ。

しかも私の場合、選考時に水泳や潜水をどうにかやり遂げてもさらにいくつかの専門コース選抜に合格しなければならない。水中での任務はまったく初めてで、難しい課題に挑むこと自体が楽しかったが、グルカ兵部隊のなかでは、そんな私を疑う声があがっていた。

「なあ、冗談だろ。ただそう言ってるだけだよな」

そういうコメントは無視して、自分の野望を叶える努力を続けた。

特殊部隊の戦闘員になるには適応力が不可欠だ。危険かつ困難な任務にも、敵地に潜り込む苛烈な戦闘スタイルにも適応しなければならない。周囲の人びとへの適応も求められる。

私はネパール出身だ。特殊舟艇部隊には誰ひとり、私のような者はいない。カルチャーショックに備えて、イギリス流のジョークを学ぶことにした。おやじギャグも、下ネタジョークも、昔のシットコムやスタンダップコメディのジョークもだ。

「あの金髪美人、なぜオレンジジュースの瓶をじっと集中《コンセントレート》して見つめているかわかるかい？ラベルにこう書いてあるからさ。『濃縮《コンセントレート》ジュース』ってね」

とにかく周囲に溶け込みたい一心だった。

そういうやり方でイギリス文化に親しもうとした理由がもうひとつある。特殊舟艇部隊の審査官は、ずば抜けて優秀な候補者を選ぶはずだ。しかも選りすぐりの精鋭たちにもうまく溶け込め、世界一危険な環境で闘うチームの士気を下げない人物でなければならない。絶望的な状況で発せられるユーモアが理解できなかったり、とっさのギャグにうまい返しができなかったりする者は歓迎されないはずだ。

彼らの世界になんの違和感もなく、するりと入り込む。「グルカ兵だから」「イギリスの学校に通っていなかったから」という言い訳は許されない。どんなレベルにおいても、彼らにぴったり合う必要があったのだ。

身体面での備えも忘れず、自分に地獄のようなトレーニングを課した。ケント州メードストンにあるグルカ兵舎にいる間は一日じゅう働いたあと、夕方五時過ぎに兵舎へ戻って少なめの夕食をかき込み、ジムに行ってエアロバイクを一二キロ漕ぐようにしていた。

事前のトレーニングでは、コンバット・スイミング（体への水の抵抗を減らしつつ、目立たず水中を移動する泳法）能力をいかに高めるかが鍵だとわかっていた。当時の私は泳ぎがものすごく得意だったわけではない。だから体が耐えられる限り、自由型でプールを何度も往復し、二千五百メートル泳ぐようにした。真夜中になるまでベッドに入らず、毎晩くたびれ果ててようやくベッドに倒れ込む。夜中二時にふたたび起き出し、重量三五キロ分を背負ってメードストンの兵舎からチャタムまで往復ランニングもした。

週末は徹底的に走り込んだ。朝八時に起床すると、グルカ兵の仲間二、三人とともにスピードを落とさず町中をランニングするようにした。ひとり当たり約一〇キロを全速力で走りきって別の仲間と交代するリレー形式だったが、その間私は一瞬も休むことなく走り続けた。これを何時間も続けるのは、身体面でも精神面でも本当にキツかった。

真夜中、窓に叩きつける雨の音が聞こえるとやる気が一気に失せ、ベッドから出るのが嫌になったが、それでもトレーニングを続けた。雪が降っている朝などは、目覚まし時計のスヌーズボタンを押して二度寝しようと何度思ったかわからない。それでもそんな気持ちを振り払った。エリート兵士になるためには、感情を制御する力が欠かせないのだと言い聞かせて。

休むことなくトレーニングに励んだ。ひとりのときは、三五キロのバックパックを背負い、六時間以上ひたすら走り続けた。特殊部隊の一員として戦闘に参加するとは、休む時間などないということ。だから思いつく限りの、最高に厳しいトレーニングを自分に課すようにした。ただ、その間ずっと、むくむくと頭をもたげる疑念を振り払う必要があったのも事実だ。体を痛めつけるような激しいトレーニングを積んでも、本当に特殊舟艇部隊に入隊できるのか？　グルカ兵部隊の仲間や上官たちは絶対に無理だと考えているが、彼らの誰も、私がどれほど本気か知るよしもない。それに私がこの数年でプラス思考を武器に、不可能と思える目標を達成してきたこともだ。自分には希望がある。希望がすべてなのだ。

　もともと信心深いほうではなかった。両親はヒンドゥー教信者だが、私自身は特定の神を信じたことがない。むしろどの宗教も受け入れて祝うのが好きだ。教会にも行くし仏教の僧院にも行く。それは新たなアイデアを学びたいと願い、ひとりの人間として心を大きく開いていたいと望むからだ。この世に存在するすべての宗教に敬意を払っているが、私が何より信じているのは自分自身にほかならない。幼い頃は「グルカ兵になりたい」という希望を抱き、その希望こそ、私のすべてだった。そしてグルカ兵部隊に入った六年後、今度は「特殊精鋭部隊に入りたい」という希望を抱いている。いまは**この希望が私のすべてになっている。**神を信じるように心の底から、この希望は叶うと信じなければならない。強い信念がなければ、特殊部隊の選抜試験に受かるはずがない。それほど厳しい挑戦だ。だからこそ、全身全霊を傾けてこの挑戦に臨むのだ。合格したら自分が満足できるからとか、周囲に自慢できるからとか、そういうことじゃない。特殊舟艇部隊の一員になることには、それ以上の大きな意味がある。そのためにはどんなことだってやる。

　二〇〇九年、いよいよ選抜試験に臨んだ。精神的にも肉体的にも限界まで試される日々の始まりだ。半年にも及ぶ選抜試験は「ヒルズ・フェーズ」と呼ばれる段階からスタートし、この期間中、ブレコン・ビーコン連山（英国サウスウェールズ）の時間制限つき行軍を何度かこなさなければならない。プレッシャーに押しつぶされるのはごめんだから、とりあえず目の前にある二四時間だけに集中した。これから何週間も続く幾多の試験についてあれこれ心配してもきりがない。

「今日、俺は百パーセントの力を出し切って生き残る」一日の始まりにこう考えるようにした。「明日の心配は、明日になったらすればいい」

全力で試験に臨まなければ不合格になるのは目に見えていた。毎日山間部で体がばらばらになるほど苛酷な試験に挑み、夜はばらばらになった自分のパーツを取り戻し、次の二四時間に挑む。その繰り返しだ。

選抜が始まってすぐ、ほかの候補者たちに比べ、自分が不利な立場にいるのに気づいた。英国特殊部隊の戦闘員に求められる資質のひとつは目立たない男《グレイ・マン》であることだ。この選抜プロセスでも、周囲に溶け込んで目立たないこと、あるいは不要な注目を集めないことが求められ、体力試験中もこの「グレイ・マン戦略」が役立つ場面もあった。候補者のなかでトップ集団にいる者たちは、審査官から常に心理的圧力をかけられ、逆に、体力的にきつい課題についていけない者たちも、審査官から口汚くののしられる。後者は強制的に脱落させられ、もといた連隊へ送り返されることがほとんどだ。

私の場合、肌の色のせいで、完全に集団に溶け込むことはもちろん、姿を隠すこともできなかった。誰もがへまをやらかしていたが、私は遠くからでも審査官にすぐ目をつけられ、あざけりや冷やかしの言葉を容赦なく浴びせられてしまう。それでも踏ん張って、どうにか集中力を保ったが、ある行軍で制限時間に一分だけ遅れたときはたちまち重圧に押しつぶされそうになった。日ごとに厳しくなる選考プロセスにおいて今回の失敗を挽回するには、次の二四時間以内でさらに厳しい条件をクリアしなければならない。まさに、自分の野心が本物かどうか試されている気がした。

よりによって翌日はヒルズ・フェーズ最終日の前日で、三〇キロもの行軍で速さを競うといういっそう厳しい課題が課せられていた。しかも、最終日にはそれに輪をかけて過酷な、忍耐力が試される課題が待ち受けている。総重量三六キロもの野営用ベルゲン・リュックサックと武器、水、資材を運びながら、六〇キロの行程を完走するというものだ。

まさに「死か栄光か」という状況に立たされた最終日の前日、私は二〇時間という制限時間内にゴールした。脱落するわけにはいかない。この選抜試験に落ちることはすなわち、グルカ兵に戻るということ。そんな選択肢ははなから考えていない。古巣の連隊に出戻るくらいなら英国軍を辞めるつもりだった。

だからヒルズ・フェーズ最終日の朝、所持品をまとめながら自分にこう言い聞かせた。

「課題をやり遂げるか、さもなくば故郷へ戻るかだ」

心ははっきりと決まっていたが、その日はややプレッシャーを感じていた。普段よりもさらに長く過酷な行軍を強いられているからだけではない。候補者全員を対象に出発地点で行われた持ち物検査でいきなり不利な立場に立たされたからだ。

「プルジャ、これはなんだ?」審査官は私が背負ったベルゲン・リュックサックのなかをかき回しながら尋ねてきた。

審査官から自分の水筒をかざして見せられ、気持ちが沈んだ。**マジかよ？　蓋がない。**さらに最悪なことに、中身の一部が漏れていた。

選抜試験で重視される項目のひとつが、個人装備の徹底管理だ。戦闘員各人が少しでも注意を怠れば、実際の任務で命を落としかねない。移動中、たとえ小さな水筒の蓋ひとつでも痕跡を残せば、敵に見つかってしまう。疲労を言い訳にはできない。ヒルズ・フェーズでくたびれ果てていたのは事実だが、どうにか対処すべきだったのだ。そしていま、それができなかった責任を取らされようとしていた。

「今日、お前にはもう少し重いものを運ばせたほうがよさそうだ」審査官は低い声で言った。

背後でリュックが開けられる音が聞こえたと思ったら、大きな岩がひとつ入れられたのがわかった。ずしりと重い。リュックの肩紐がピンと張りつめている。だが、この失敗によって意気消沈するどころか、奇妙にもさらにやる気がかき立てられた。

足を引きずるようにスタートを切りながら、心のなかでつぶやいていた。「なあ、ニムス、どのみちお前はこの課題で最高の実力を示さなければならないんだ。上官たちからどう見られていようと関係ない」

走り始めた途端、全身に言いようのない痛みが走った。なじみのある痛みだ。ドコ・レースのために積み重ねたトレーニング中も、これと同じ痛みを数えきれないほど経験している。やがてその痛みに慣れ、感じなくなると、ひたすら前進し始めた。制限時間はどう考えても厳しい。こんな険しい地形を走るのだから特にだ。でも、どうにも歯が立たないほどじゃない。体が急速にそのペースに慣れていくのがわかる。この選抜試験の目的は、鋼のような肉体を持つ兵士を探し出すことではない。審査官が見つけ出そうとしているのは、その時々の状況に合わせて自分をいかようにも変え、柔軟に対処できる能力の持ち主なのだ。

精神的にも肉体的にも、その日はヒルズ・フェーズ中で最も過酷な一日となったが、私はくじけなかった。急勾配を猛スピードで駆けあがるたびに、自分がさらに強くなったように感じられた。走るペースを保ったまま何時間もかけて何キロもの行程を進み、厳しい一日を耐え、ようやく平地と下り坂が広がる領域へとたどり着き、トップでゴールした。

これまでの人生で一番苦しい試練を前にしても心は折れなかった。その状況に合わせて自分を立て直し、強くしなやかに試練をくぐり抜けたのだ。

演習中、「戦闘員としてのスキルが限界ぎりぎりまで試されている」と感じる瞬間はあったが、密林でのオペレーションほどそう痛切に感じたことはない。

私たち軍人の間で、人里離れた熱帯雨林での極秘任務は「ホラー・ショー」と呼ばれていた。兵士としてのスキルを試すのに、密林ほどうってつけの場所はない。気温も湿度も信じられないほど高く、いつでも薄暗くてじめじめした場所に潜伏しなくてはならない。当然、周囲の誰も彼も悪臭を放つようになるし、足元の草木からいつなんどきヘビやムシが飛び出すかもわからない。だから誰もが熱帯雨林での任務を恐れるのだ。

ひとたび密林に入ると、数週間は出てこられない。私は泥と汗にまみれながらも、常に笑みを浮かべていた。こういう環境は苦手ではない。昔から何もなくても幸せな気分になれるし、何もないところから何かを生み出すのが得意だった。なかなか密林に適応できず苦しむ者たちから変な目で見られたことさえある。ある朝、目的地までの道順確認のために巨大な山に登っている最中、同じグループにいた候補者仲間たちがこちらをじっと見つめているのに気づいた。迷彩用顔料を塗った彼らの顔に浮かんでいたのは、信じられないと言いたげな表情だった。

「なあ、ニムス」そのうちのひとりからささやかれた。「俺はこの巡回中、何度もちびりそうになっている。なのに、お前……まさか楽しんでるのか？」

私はその言葉を笑い飛ばすと、子どもの頃からこういった環境に慣れているのだと説明した。実際、**密林はホームグラウンド**のようなもの。これまでの自分ならば、密林でもほかのみんなと同じようにミスを犯していただろう。だが今回は違う。精鋭部隊の一員になるために、断固たる態度を貫き、常に柔軟性を発揮することが求められている。ここでは誰も手など貸してくれないし、もっと頑張れと励ましてくれる者もいない。常に自分自身で、意欲を高めるのだ。もし悪い状況にあると気づいても、その状況から抜け出せるかどうかは自分次第なのだ。この密林での演習では、感情面で負荷をかけられても平常心を保つのが実に難しかった。すべてにおいて、意図的に精神的苦痛を与えられている状態だったのだ。

　厳しく批判されて唇を嚙んでこらえる場面もあった。私が所属する巡回チームが偵察演習に失敗したときのことだ。しくじったのはあるひとりの候補者のせいだったのだが、密林ではチーム全体の責任と見なされるから、その後チーム全員が厳しい叱責を受けることになった。経緯はこうだ。その日の演習で、私たち巡回チームは生い茂った下生えをかきわけながら何時間もほふく前進を続け、密林に潜伏する「ダミー」の敵兵たちに迫っていた。敵兵たちの潜伏場所に接近してもチームのひとりが止まろうとせず、さらに近づこうとした。私は彼を思いとどまらせようとしたが、相手は聞く耳を持たない。結局、敵役の巡回兵たちには気づかれなかったのだが、野営地へ戻る間に成績評価チームのひとりに見つけられてしまった。

「ほう、お前ら、偵察活動中だな？」その評価員は言った。「ここで見つかるのは感心しない。しくじったな」

　私たちチーム全員が評価チームの前に連れていかれ、徹底的にこき下ろされた。私など「この世で最悪の脳なし兵士」というありがたい称号までいただいた。

「プルジャ、お前、ここでいったい何してるんだ？」評価チームのひとりが叫んだ。

　答えようとしたところ、その相手にすぐさえぎられた。「英語をしゃべれ！」彼は私の英語の訛りが強いことを揶揄したのだ。その場で顔を殴りつけたくなったが、どうにかこらえた。これも選抜試験の一部。相手の挑発に乗るわけにはいかない。口を閉じ続け、どんな言葉を浴びせかけられても、ひたすら耐えた。

くじけるな。こいつらは俺をぶっつぶそうとしてる。だが絶対に耐えてみせる。たとえ何があっても。

彼らの仕事は私のやる気をくじくこと。私の仕事は最後の最後まで彼らに抗うことだった。そんな日が続くにつれ、しだいに困難な状況でもよく考え、機能的に振る舞えるようになり、自分自身を常によい状態に保てるようになった。実弾演習から死傷者後送の模擬演習まで厳しい課題が次から次へと出されたが、気持ちはどっしりと安定していた。「よし、俺を試してみろ」常にそんな気分で、こう考えるようになっていた。「俺のミス、探せるものなら探してみやがれ」

密林での演習が終わる頃には、前よりも戦う覚悟ができ、鋼の精神を身につけているように感じられた。新たな体験を重ねるたびに、特殊舟艇部隊のメンバーに近づいているようにさえ思えた。それこそが、自分の新たな希望だったのだ。

一連の専門コース選抜にも合格した私は特殊舟艇部隊の一員として正式に認められ、晴れて徽章を授けられた入隊式の日、合格したほかの仲間たちと一緒に乾杯した。生まれて初めて口にするアルコールだった。最初はグラス一杯のウィスキー。それからラガービール、ワイン、蒸留酒などちゃんぽんで一リットル半ほど飲んだ。一気飲みしなければならなかったが、全然気にならなかった。だって、**ついに自分の希望を叶えたのだ。**いまや私は、世界に類を見ない圧倒的戦闘力を誇る特殊舟艇部隊の一員。少数精鋭部隊で戦える能力の持ち主であることを、身をもって証明した。**自分も彼らの一員になれた。**厳しい選考試験の間に伸びた髪も、輝かしい未来を象徴しているように思える。まさにロックスターになったような気分だった。

人生初の二日酔いから回復するかしないかのうちに、目まぐるしい日々が始まった。舟艇でのトレーニングをしていたかと思えば、次の瞬間には海上を飛ぶ軍事航空機《ハーキュリーズ》からパラシュートで落下している。人生の速度がグンと上がり、周囲からの要求も一気に厳しくなった気がした。うんざりすることは一度もなかった。

訓練とはいえ、少しのミスも許されない。特殊舟艇部隊の一員になると、誰もが特定の役割を与えられ、その専門技術に磨きをかけることになる。私が選んだのは外傷医だった。銃撃戦の間に負傷した仲間に応急処置を施す役目で、銃傷や即席爆発装置によるいかなる傷にも対処できる専門知識を学んだ。

二〇一〇年七月、とうとう実戦に参加し、何ヵ所かの作戦地帯で、不意の襲撃で敵を逮捕する任務にあたった。数人の仲間とともに家々や敵側の複合施設に押し入り、危険な敵たちと面と向かって対決する。あるいは人ではなく、即席爆発装置が待ち受けている場合もある。侵入する一瞬は興奮するが、恐ろしくもある。だが特殊部隊の面々とともに任務にあたることで、私はいつしか熟練した戦闘員になっていった。戦いの最中、いかようにも自分をコントロールでき、極限状態にあっても冷静さを失わずにいられる。訓練と経験によるものだろうが、それだけではない。苦しくてもへこたれないグルカ兵精神のおかげもある。グルカ兵は世界最強の兵士と呼ばれ、伝説的な強さを誇ってきた。なんとしてもそのイメージを守り続けたい。

私には自分に課したルールがある。「何より勇敢であれ」それ以外の生き方はできない。

5 デス・ゾーンへ

長く戦場にいると、それだけ毎日が苦難の連続となる。ひとたび敵地に乗り込めば、どの隊員も卓越した能力を発揮するのが当たり前。隠れる場所などどこにもない。しかも敵軍は勝手知ったる場所ゆえ有利に動ける。降伏などするものかと激しく抵抗してくる。任務にそういう激しい感情が絡んでくることもある。

だが私は感情に打ち負かされることがなかった。もともと自分の気持ちを大っぴらに表現するたちではない。たとえ相手が妻のスチでもだ。さらに兵士になってからは、任務中にいかなる苦悩を感じても顔に出さない術を身につけた。戦闘中、どんな感情を覚えても隠せ。それが何より重要だ。そう信じるようになった。

特殊舟艇部隊選抜試験の間、何より嫌だったのは、審査官から「こいつは限界ギリギリだ。課題をやり遂げられない」と思われることだった。そしていざ特殊舟艇部隊の一員として戦場に立って何より嫌だったのは、敵に「こいつは弱っている」「疲れている」「脅えている」と気づかれることだった。そう思わせたら、相手を調子づかせるだけだ。だから、痛みや苦しみを感じてもおくびにも出さない方法を学び続けてきた。実際、目の前の任務だけに意識を集中させることで周囲の混乱に巻き込まれずに済んだ。

国境の前哨基地での任務中、敵から狙撃されたときでさえ、恐れや弱々しさはいっさい顔に出さなかった。そのときの私たちは身動きが取れない状態にあり、犠牲者も数人出ていた。突破口を開くべく、仲間たちが敵の建物を襲撃する作戦で、私は屋上から援護射撃をしていた。腹這いになって発砲しているとき、衝撃のようなものを感じた。最初は何かわからなかった。ただ、その衝撃のせいで突然空中に投げ出された。

地面に落ちた瞬間、意識が戻った。おそらく三、四メートル落下したはず。**いったい何が起きた？**　口のなかに生温かいものが流れている。金属みたいな味。血だ。体の下の地面に、赤いものがじわじわと広がっている。一瞬心配になった。顔の下半分が吹き飛ばされたのでは？　でも痛みはまったく感じない。

ショック状態のせいか？

俺の顎、どうなってる？

恐る恐る指先で顎に触れてみた。よかった、まだある。敵の銃弾が命中していたら、顔を切り裂かれて恐ろしい傷跡が残り、顎から唇にかけて粉々に砕かれていただろう。自分の武器がまだ使えるか確認したとき初めて、本当に絶命しかけていたことに気づいた。敵の銃弾はバット・エクステンダー（肩のくぼみにかけたライフルを発砲する際に体を支えてブレを少なくするアームパーツ）に当たっていたのだ。

敵の狙撃手は、私の首か頭を狙って撃ったに違いない。だが狙いがほんの少しだけ外れてこちらの銃に当たり、跳ね返った銃弾が顔ギリギリの角度でどこかへ飛んでいったのだ。心底ぞっとした。何しろ、あの一発の銃弾には、私を屋上から地面に落下させるほどの威力があったのだ。命を救ってくれた銃は、もはや使い物にならない。脇へ放り投げ、地面をすばやく転がって障害物の背後に身を隠した。ところが依然として発砲は止まない。ピストルで応戦しながら、無線で撃たれたと報告した。

その任務が終了し、顔の傷の縫合を終え、基地に戻ったのは数日後のことだ。私が銃撃戦で負傷したというニュースはすでに本部にも届いていて、軍の福祉専門官が妻のスチに電話までしていた。ただ撃たれて負傷したという事実しかわからなかったため、それ以上の詳細は何も伝えていなかった。スチが驚愕し、恐れを募らせ、その後の経過を尋ねるために、基地に電話をかけてきたのは当然だろう。そんなこととは知らず、私がベッドに横になっていたところ、扉がノックされて曹長が入ってきた。

「まったくグルカ兵って奴は」曹長は笑いながら言った。「自分は大丈夫だと家族に連絡さえしないのか？」

この上官、**いったいなんの話をしているんだ？**

「奥さんから電話があった。お前がまだ無事か知りたがっている」

私はカンカンに怒りながらスチに折り返し電話をした。

「いったい何事だ？　なんで電話なんかかけてきた？」

スチは最悪の事態を恐れていたのだと言った。彼女以外の家族も、私のことが心配でたまらないのだと。妻の話を聞きながら、自分が過剰に反応しすぎていたことにようやく気づいた。当時の私はまだ若く、妻の立場に立って考えようとはしなかったのだ。とりあえず心を落ち着けると、大丈夫だとスチを安心させ、無事に帰還するまで負傷したことはこれ以上誰にも話さないようにと伝えた。遠く離れた地にいる妻や両親に心配をかけていると考えるだけで、心がずしりと重たくなる。どんな銃撃戦よりもストレスを感じてしまう。

さらにスチには、本当に嘆く必要があるのは葬儀用の黒ネクタイ姿の英国海兵隊のふたり組が我が家を訪ねてきたときだけだ、と説明しておいた。その場合、もう手遅れということになる。でもそれ以外なら、すべて順調であるかのように日々の生活を続けてほしいと伝えた。人によってはなんて奇妙な考え方だろうと不思議に思うかもしれない。しかし、常に危険と背中合わせの任務をこなす私にとって、これは不快な感情を避けて心理的安定を保つためのひとつのやり方なのだ。

そうやって激しい銃撃戦を何度もくぐり抜ける合間に、数年かけて軍の特殊山岳コースで可能な限り学ぶようにした。難易度が高い山々に挑戦し、急峻な岩壁を懸垂下降する技術と経験を身につけ、来たる「G２００遠征」への参加を確実にした。それも選抜されたグルカ兵遠征隊員たちの指導教官としてであり、彼らのマカルー南東壁（標高約六二〇〇メートル）登攀にも同行した。指導官として選ばれたのは、遠征に高度な登攀技術が必要だからだろう。隊員たちに厄介な地形の対処法、登高器《ユマール》やロープの効果的な使い方を教え込むと同時に、彼らがアイゼン歩行にも登山技術全般にも自信を持てるよう指導する。案の定、彼らは急峻なマカルーの洗礼をたっぷりと受けた。生まれて初めて体験する高度で、酸素も薄いなかでの厳しい岩登りだ。垂直の岩壁をよじ登り続けるのは、本当にきつかったと思う。

遠征を終えてみんなで祝杯を盛大にあげたあと、私はアマダブラムに挑戦することにした。かつて二〇一二年、登山の師匠ドルジェと友人とともにトレッキングに出かけた際、どうしても登りたかった念願の山だ。ほぼ垂直の岩壁が続くイエロータワーが難所として有名な山でもある。このときはベースキャンプからキャンプ１に登り、体を休めて高度順応するのではなく、一気にキャンプ２へ移動するという異例のルートを選んだ。ヒマラヤで最も厄介と言われる怪峰の頂点に、三三時間でたどり着いた。

ところがまもなくしてふたつの悲劇が起きた。まずはドルジェの事故死だ。二〇一四年四月一八日、エベレスト西稜のセラック（注１）の崩落を原因とした巨大な雪崩がクンブ氷河を直撃し、彼を含むシェルパ一六人が命を落とした。このエベレスト史上最悪の事故を受け、その年の残りのシーズン、エベレストは閉山状態となった。ガイドたちが自主的に「事故の犠牲になった仲間の喪に服したい」と撤退したためだ。私がこの知らせを聞いたのは、軍務期間中ではるか遠方にいたときだ。言葉に表せないほどショックだったが、厳しい戦闘地帯にいるため、悲しんでいる時間もない。敵は何かをじっくり考える余裕など与えてくれない。何事もなかったかのように、がむしゃらに任務をこなさなければならなかった。

その数ヵ月後、ふたつ目の悲劇が起きた。私の所属する戦隊が二〇一五年五月、軍事活動に従事することが決まったのだ。まさにＧ２００遠征の実施時期と重なるため、遠征隊への参加が取り消され、ひどく落ち込んだ。この遠征に向けていままで努力を重ねてきたからなおさらだ。ダウラギリ、アマダブラム、デナリといった難関の山々の登頂にも成功し、心身ともに準備万端整ったのに。とはいえ、いつまでも落ち込んでいるわけにはいかない。自分はプロの登山家ではない。戦地で任務をこなすのが私の仕事。不平不満を言ったり、ふくれっ面をしたりしている暇はない。それにあとから考えれば、このときすでに運命の手が働いていたのかもしれない。

二〇一五年、グルカ兵遠征隊がエベレストのベースキャンプで準備を整えていたとき、マグニチュード八・一の地震が発生した。いわゆるネパール地震だ。エベレストでは、地震の影響で発生した大規模な雪崩がベースキャンプを直撃し、先の二〇一四年の雪崩事故を上回る二二人の死者が出た。この悲劇は世界じゅうで報道され、私も遠征先の砂漠で知ることになった。グルカ兵遠征隊で重傷を負った者は誰もいなかったが、その年のＧ２００遠征は中止となり、二〇一七年五月に延期されることが決まった。私も遠征隊の一員となる可能性が出てきたのだ。

それでも百パーセント確実に、遠征隊の一員として参加できると決まったわけではない。それから二年の間に、何が起きてもおかしくはない。これまでの経験から、自分が最優先すべきは軍人としての任務だ。個人的な野心があっても、それを脇へ置いておく必要がある。ぬか喜びしないよう自分を戒めながらも登山技術に磨きをかける努力は怠らなかった。二〇一七年のＧ２００遠征隊の一員にいつでもなれるようにしておきたかった。そんななか二〇一六年春、世界最高峰エベレストに挑戦するチャンスが不意に訪れた。その年の初めからある極秘の戦闘任務についていたのだが、計画が変更になり、突然別の任務につくことが決まったのだ。

「この現場でお前の経験が必要なんだ」曹長からそう言われた。

極秘任務の現場から離れなければならないと聞かされ、心底がっかりした。「残念です。まだここにやってきて半年しか経っていないのに……」

だが私が次の任務に移るのはすでに決定事項であり、変更は不可能だった。しかもラッキーな「おまけ」までついていた。曹長からさらにこう言われたのだ。

「なあ、ニムス、我々はお前に通常の三週間よりも一週間長い四週間の休暇を与えるつもりだ。どう思う?」

いい知らせにも悪い知らせにも思えた。いい点は、妻スチとの「次の休暇は海辺でのんびり過ごそう」という前々からの約束をようやく果たせること。私自身、少しなら休みたいし、そういう休日を楽しみにもしていた。悪い点は、私が四週間もビーチでのんびり寝そべり、ひたすら海を見つめ、日光浴を楽しんでいられるたちではないことだ。五分で飽きるだろう。その機会を利用して何かできないだろうか?

もしかしてエベレストに挑戦できるのでは?

どう考えても成功の見込みは薄い。その遠征計画そのものが危険きわまりない。時間の制約があるぶん、八〇〇〇メートル峰に挑戦する多くの登山家たちのように、高度順応に二ヵ月もかける贅沢が許されない。いや、待てよ。**ダウラギリでも同じだったではないか？**　どこに違いがある？　たしかに金銭面から見れば実現は難しい。八〇〇〇メートル峰の登攀には目が飛び出るほど法外な費用がかかる。当時の見積もりでは五万から六万ポンド必要だった（妻スチも最初はムッとしていたが、G２００遠征に確実に参加できるとは限らないことを説明すると、最終的には納得してくれた）。それでもこんな機会はもう二度とないかもしれない。**金がないからどうだというんだ？**　そこで銀行で個人ローンを申し込むことにした。

「資金の使い途を伺ってもいいでしょうか、ミスター・プルジャ？」銀行の担当者から質問された。

「ええ、もちろん。車を買う予定なんです」嘘をついた。

数分のうちに銀行から一万五千ポンドが送金されてきた。自分の貯金全額と合わせて、即座にネパールの首都カトマンズへの飛行機チケットを予約した。

資金面の問題は解決したが、もうひとつ大きな問題が残っていた。これほどの短期間でエベレストをどう攻略するかだ。イギリスからの機内で、そのことについて考えてみた。この季節にエベレストを目指す人の多くはすでにキャンプ3まで登って高度順応を行い、エベレストとローツェの間にある鞍部サウスコルからのサミット・プッシュに備えているはずだ。シェルパの助けがあれば、エベレストへのトレッキングの起点となるルクラ（現テンジン・ヒラリー）空港からベースキャンプへ、さらにその上にあるキャンプへ楽に移動できるだろう。だが今回、私はシェルパの助けを借りたくなかった。

エベレストを単独登頂したい。

ばかげた考えだ。自分でもわかっていた。特に最難関と言われる山に登った経験がまだ数年しかなく、いまでも技術に磨きをかけている最中なのだから。

しかも、エベレスト級の山の単独登頂の経験は皆無。いろいろと不安が頭をよぎるのだが、心のなかで小さな声がして、その不安をことごとく打ち消そうとする。仮にあれほどの高地でトラブルに見舞われたとしても、私には医術の心得がある。もちろん自分の医療技術だけで、八〇〇〇メートル峰での危険すべてを回避できるとは思えない。それほどの高度では、いかに機敏に行動するかが生死を分ける決め手となるだろう。ただありがたいことに、いまの自分には軍での山岳訓練の経験がある。それにダウラギリ、アマダブラム、マカルーに挑戦したことで、ああいう山で生き抜くノウハウがはっきりわかっている。

さらに重要なことに、戦闘を通じて自分の感情をコントロールする術も学んでいる。任務中に敵に撃ち落とされそうになり、生命の危険を感じたとしても、恐怖に身がすくむことはめったにない。これまで数多くの死者が出て「死の山」と言われているエベレストに登るのは、たしかに無謀に思えるが、自分にはそのリスクを取る資格があるはずだ。

それに、いつかエリート登山家として認められたいという気持ちもある。そのためには、どんなに大変な思いをしようとも、どれほど成功する見込みが薄くても、やはりエベレストには挑戦しなければならないだろう。登攀用具とテント、日用必需品を詰め込んだ重さ三五キロのベルゲン・リュックを背負って挑戦するのはただごとではないが、私ならできないことはない。七四〇〇メートル地点からは酸素ボンベを使うつもりでいる。なかには高山での酸素ボンベ使用を疑問視する登山家もいるし、持参すればそれだけ重量が増えるが、私は酸素ボンベの活用は重要だと考えている。特に今回は単独で挑もうとしているのだから。

結局のところ、最大のリスクは心理面にあった。今回の一か八かの賭けには、自分の評判がかかっている。**もしぶざまに失敗したら、軍の連中にどう思われるだろう？**　イギリスからカトマンズへ、さらにルクラ空港へ飛行機で移動する間も、最悪の事態は想像しないよう自分に言い聞かせていた。

今回の使命はただひとつ。世界最高峰エベレストの頂上をきわめることだ。

「またそんなはったりを」

五月後半と言えば、サミット・プッシュを狙える天候の日が少なくなる時期だ。ルクラ空港で出会った人たちのほとんどが、私がたった三週間でエベレストの頂上にたどり着けるわけがないと考えている様子だった。少なくとも『エベレスト・エア』という番組撮影のために空港でスタンバイしていた、アメリカ人撮影班の男性はそうだった。ちなみに、『エベレスト・エア』はレスキューチームの医療救助活動を記録したドキュメンタリー番組になるそうだ。八〇〇〇メートル峰であればさぞ多くの撮れ高があり、編集作業も大変になるに違いない。その男性カメラマンは興味津々で、準備を整えている私に矢継ぎ早に質問してきた。危険な山に向けて出発しようとしている、アドレナリン全開の登山者同士ならではの打ち解けた会話だ。

「ニムス、どこから来たんだ？」

イギリスから。

「へえ、ずいぶん遠くからやってきたんだね。何してる人？」

医者なんだ。ロンドンで仕事している。

ダウラギリ遠征に引き続き、今回も職業を尋ねられたらこう答えようと決めていた。一部真実も含まれているし、これ以上に完璧な答えはない。医師としての具体的な経歴を尋ねられたら、戦場で外傷の治療にあたったときの話をすればいい。正直に「英国特殊部隊に所属している」などと答えるのはありえない。

撮影班のリーダーと思われる男性が、私の登攀用具をまじまじと見ながら話しかけてきた。

「やけに荷物が多いな。もしかしてここにはトレッキングにやってきたのか？　エベレストに登るには時期が遅すぎる」

いや、ここにやってきたのはエベレストを制覇するためだ。たしかに時期は遅いが間に合わせてみせる。間に合わせる必要がある。

リーダーは一瞬黙った。「なに？　だったらきみのチームの残りのメンバーはどこにいるんだ？」

単独で登頂するんだ。

信じられないと言いたげに鼻を鳴らす者もいれば、乾いた笑い声をあげる者もいた。「冗談だろ？」

私は頭を振り、肩をすくめた。よく言われる「コップの水理論」は自分には当てはまらない。軍で徹底的に教え込まれたのは、「コップの水が半分しかない」と不平不満を言ったりあきらめたりするのは効果的な戦略とは言えない、ということだ。もし行く手に問題や課題が立ちはだかったら、私ならば解決策を見つけようとする。なんとかして目の前の状況に適応し、生き延びるよう厳しく訓練されてきた。だから最後の登攀用具を手に取り、彼らの皮肉っぽい反応は忘れることにした。そういうネガティブな考え方には破壊的な力があるうえ、伝染するものだ。

いや、冗談じゃないんだ。単独で登頂するつもりだよ。

世間話をしている暇はない。穏やかな天候の日が少なくなっているにもかかわらず、頂上制覇を目指す計画なのだ。よけいなエネルギーを消費することなく、よりすばやく移動したい。私は空港からエベレストのふもとにあるベースキャンプまで三日間でたどり着いた。さらに、危険なことで悪名高いクンブ氷河からキャンプ1を目指して高度順応を行わずにまっすぐキャンプ2（六四〇〇メートル）に向かうことにした。通常なら高度に慣れる期間も含めて一ヵ月かける行程だが、そんな贅沢は許されない。ろくな休みも取らないまま、体を高度の急上昇に慣れさせようとしたせいで、すぐにその報いを受けることになった。

初めてその兆候に気づいたのは、キャンプ1を通過し、キャンプ2へ向かう途中だ。ありえないほどの疲労感に襲われた。高度順応を行っていなかったせいだろう。ザックの重さが肩に食い込み、アイゼンを装着した足を一歩ずつ踏み出すのに途方もない努力を要した。しかも深刻な脱水症状にも陥っていた。頭上高くから太陽が強烈に照りつけるせいで、その場で全身が溶けそうに感じたときもある。噴き出した汗が目に入り、ひりひりして開けていられない。そこらじゅうに危険が転がっているというのに。

どうにか氷河の谷の盆地ウェスタンクームまでたどり着いたが、クレバスだらけだ。命綱をつけてはいるものの、もし足元の大地がいきなり崩れたり、氷稜にかかるはしごの一本から滑り落ちたりしたら、発見されるまで数日間はかかるはずだ。そのとき、はっきりわかった。心身ともに限界に達しつつある。涙で視界が曇り始めた。本当に大丈夫か、俺？　そんな弱気の虫がちらりと顔をのぞかせた。ここ数年来、初めてのことだ。

くそっ、俺はキャンプ2まで一気に到達するほど強くはなかったんだ。だがキャンプ1へ引き返すのはどうしても嫌だ。

こんなふうに頭のなかで否定的な言葉を繰り返していても時間の無駄、ここは先を急ぐしかない。これまで生死を分ける状況に遭遇したときはいつも、妻スチのことを思い出し、集中力と決断力を取り戻すようにしてきた。戦場で自分のユニットが敵の戦闘員たちに囲まれ、身動きが取れなくなったときもそうだ。激しい銃撃戦の最中にスチの姿を心に思い浮かべると、負けてなるものかという熱い気持ちがよみがえり、心の状態をひとまずリセットし、目の前の仕事だけに意識を集中できるのだ。だから、私の帰りを我が家で待ってくれている妻のことを考えるようにした。するとどうだろう。絶対にキャンプ2までたどり着いてみせる、という意欲が湧いてきた。ポケットに手を突っ込んで携帯を取り出し、短いビデオメッセージを録画した。

「スチ、俺はいま本当に苦しい。でもいつものように、今回も絶対にやり遂げる……」

実際にメッセージを送信したわけではない。この一瞬を記録に残したい——ただそんな一心だった。それからすぐ軌道修正に取りかかった。

キャンプ2まで**たどり着いてみせる、絶対に。**

まずは俺自身の立て直しだ。数回深呼吸をすると、心臓がふたたびじゅうぶんな酸素で満たされたように感じた。すぐに頭のなかで自分を鼓舞する声が聞こえ出し、失ったように思えた力がよみがえってきた。ウェスタンクームは比較的穏やかな盆地だ。道はかなり平坦だし、登攀技術が必要な箇所も一、二ヵ所しかない。さほど体力を消耗せず、固定ロープ（注2）に沿って登り続けられた。クレバスを避けるために長々とした迂回路を何度かたどる必要はあったが、装具も失わず、キャンプ2まで着実に歩み続けた。

いいぞ、ニムス！　いつしか調子が戻っていた。一歩踏み出すごとに偉業に近づいている——そんな高揚感を覚えていた。一歩一歩前へ。その積み重ねによって、ウェスタンクーム上部にあるキャンプ2に近づいていくのだ。

先のダウラギリ登頂では、高高度では誰しも簡単に体力を奪われてしまうのだと痛感させられた。ただし、自分はまだ医師の手当を必要としたことがない。というか、そもそもそれほど深刻な事態に陥ったことがない。このときもそうだった。キャンプ2にたどり着いて、テントを設営する頃にはすでに体調が戻っていた。昼食を取って、顔見知りのシェルパ数人としばらく談笑したあと、さらに一五〇メートルほど登って自分のテントに引き返してきたほどだ。

そうやって高度順応したのには理由がある。いままでも高高度で就寝する際、偏頭痛に悩まされたことがあり、あのズキズキする痛みを避けたかったのだ。ところが高度順応に時間をかけすぎたらしく、テントで横になる頃にはうまく呼吸ができなくなっていた。どう考えても高地肺水腫の症状だ。肺に水がたまり、皮膚が青ざめて動悸が速まり、呼吸困難や胸の圧迫感といった不快な状態に陥る。治療を施さなければ、間違いなくこのまま死ぬだろう。

とりあえず寝袋のなかでじっとし、自分のゼーゼー、ヒューヒューという呼吸音を聞いている間も、自分自身に対する不満を覚えずにはいられない。なんて間抜けなんだ。こんなふうに体が悲鳴をあげたのは、さらに一五〇メートル登ったせいだ。あのせいでいま、ひと呼吸するのさえやっとの状態だ。

うかつだったな、ニムス。お前は登山家であり、救急救命士でもある。高山病がどんなものか、誰より詳しく知っているはずだ。それなのに、なぜもっと気をつけなかった?

前のダウラギリで、八〇〇〇メートル級高山の登攀に関して「成功と失敗は紙一重。両者を分ける境界線はあってないようなもの」と教えられた。ある意味、戦場と一緒だ。それなのに、お気楽にも自分は大丈夫だと思い込んでいた。軍事訓練を行っているうえに高山での経験もそれなりに積んでいるから、たとえエベレストでも判断力が鈍るはずはないと過信していた。それに、あと少し登ることで自分の限界を試してみたい気持ちもあった。

でも私は間違っていた。戦闘中にもいい判断と悪い判断を分ける一線があるものだが、登山の場合、その境界線はさらに狭まる。それは、八〇〇〇メートル級の高峰が生きるだけで精一杯の、過酷な極限環境だからにほかならない。その境界線を越えれば、大災害になるのは必至。エベレストに二四時間滞在しただけで、その事実を思い知らされ、ひどくきまり悪かったが、医学的検査を受けるためにベースキャンプに戻った。療養中にサミット・プッシュの予定を練り直すつもりだった。このままエベレストに負けるつもりなどさらさらなかった。

だが悲しいかな、ひとり目の医者は私とは違う意見で、胸に聴診器を当て、ヒューヒューという音を聞きながら言った。「もう登るのは無理だな。この音からすると、重度の肺水腫だ。大量の水がたまっている」

病気を撃退した子どもの頃を思い出し、セカンドオピニオンを求めることにした。

あの医者に何がわかるっていうんだ？　俺の気持ちを理解してくれる別の医者を見つけ出してやる。

ところが次の医者の診断も、ひとり目と同じくらい悲観的だった。「これ以上登るのはおすすめしない。最初のドクターの診断は正しい。この状態のまま登れば、深刻なトラブルを招くぞ」

またしてもその診断を無視することにした。**ふたりとも慎重すぎるくらい慎重になりすぎている。街中にある民間病院ならそれもいいだろう。しかし、ここはエベレストのベースキャンプ。誰もがみな、ここではリスクを冒している。**

何を言われようと登る。腹は決まっていた。

あの医者ふたりとも間違っている。

とはいえ、やはり確証がほしい。そこでベースキャンプで働いていた友人の医者を探し出した。彼ならもう少し融通を利かせた診断をしてくれるかもしれない。たとえば「頂上から二四時間以内に戻ってくればイケる」みたいな――。でも、その友人から下されたのは先のふたりと同じ診断だった。その日、三度目の最後通告を突きつけられたのだ。

「なあ、ニムス、下山しろ。肺水腫だ。こんなところでうろうろしてる暇はない」

くそっ。結局そう言われて頭を切り替え、体調回復に専念することにした。ヘリでルクラまで戻ってX線写真を撮影し、静養していた二、三日の間に、この体の状態だと将来的に深刻な影響が残る可能性があると知った。オンラインで調べた医学雑誌によれば、高地肺水腫は一度発症すると繰り返す可能性があるという。帰国して、回復を待つのが一番いい。ここで適切なケアを怠れば、私の肺はまたおかしくなるに違いない。仮にいまからエベレストに挑戦しても、もっと注意を払いながら登らなければならない。つまりは百パーセント自信がある状態ではないということ。そのうえ軍から与えられた休暇の残り時間はどんどん減り、登山シーズンそのものも終わりに近づきつつある。

　それでもなお、自ら立てた計画が健康上の理由で頓挫するのはどうにも許せない。だから体調が回復するにつれ、前向きなことばかり考えるようにした。大丈夫、俺は絶対にてっぺんに立つ。常にそう言い聞かせ、成功にだけ意識を集中し、自分自身を信じようとした。

　もうひとつ、気づかされて愕然としたのは、エベレスト単独登頂のチャンスが完全になくなったことだ。もう一度挑戦するなら、手助けしてくれるシェルパがひとり必要だ。と言っても、頂上まで楽をして登る気はさらさらない。実際、同行するシェルパを選ぶ際には、最も経験が少ない若者を選びたかった。理由はふたつある。ひとつ目の理由は、自分がまだこの登山を「重大な挑戦」ととらえていたからだ。ふたつ目、ネパールのシェルパたちが正当に評価されていないからだ。エベレストに挑戦する登山者たちが軽装備であるのに対し、シェルパやポーターたちはロープや登攀用具、備蓄品などを含めて重さ三、四十キロもある荷物を運ぶ。重労働の割に雀の涙ほどの報酬だし、偉業達成メンバーとして称賛されもしない一方で、経験の浅いシェルパでも一度エベレストに登頂しただけで、請求できる報酬額がグンと跳ねあがる。私は彼らシェルパにそういう機会を与えたかった。

　今回の挑戦でもうひとつ、自らに制限を課していた。すでにエベレスト登頂に必要な知識と経験はあったが、実際に登ってみて「自分のことは自分でできる」という実感を得るのも大切だ。だから、もし途中でまた高地肺水腫に苦しむことになっても、絶対に救助隊は呼ばないようにしようと考えた。シェルパの助けを借りれば、自力で下りられるはずだからだ。

ベースキャンプでたまたまパサンという青年に出会ったとき、こいつだ！　と直感的に感じた。パサンはマカルー出身のポーターで、一度もエベレストに登った経験がないという。これから始める冒険の相棒として、まさにうってつけの人物だ。パサンは装備さえ整えていなかった。着古した登山ウェアとぼろぼろのブーツしか持っていなかったのだ。

「ニムス、こいつはすごいや」私から受け取った保温性の高いウェアやグローブ、その他の登攀用具を身につけると、パサンは目を輝かせながら言った。「もしあなたを頂上まで案内できたら、俺の報酬はいまの三倍になるんです！」

これは、私たちふたりの人生を永遠に変える旅になるだろう。そんな思いを噛みしめながら、エベレストの頂上目がけて出発した。ふたりとも最悪なことはいっさい考えず、頭のなかで最高の結果だけを思い描きながら。

パサンとともに着実な足取りでクンブ氷河を通過。ふたたびウェスタンクームを横断し、強風にもめげず前進し続け、キャンプ2からキャンプ3へと進んだところで天気がはっきりしないため、テントを設営し、睡眠を取った。肺に異変を感じることもなく、体調もいい。高地肺水腫で死にかけたのが遠い昔のことのように思える。ただし、けっして注意を怠っていたわけではない。その日の夜、いよいよサミット・プッシュに挑戦し始めたとき、前方に遠征隊が見える位置をキープするように心がけた。暗いなか、ただやみくもに頂上を目指すのは少々危なっかしく思えたからだ。なんといっても、これは自分にとってエベレストで初めて挑戦するサミット・プッシュ。この山ではすでに一度死にかけている。もう二度とあんな体験はごめんだ。

頂が見えてくると、固定ロープに沿ってよじ登り続け、午前四時、有名なヒラリーステップに到着した。かつてはこの場所に高さ一二メートルの切り立った岩壁がそびえ立ち、南東稜ルートで頂上を目指す登頂者たちにとって最後の難所として知られていた（二〇一五年のネパール地震で地形が変化したものの、いまだにエベレストの名所としてこう呼ばれている）。一気に興奮が高まるのを感じた。**あともう少しで頂上だ！** タイミングも完璧、ちょうどヒマラヤ山脈の複雑な稜線が朝日に染まりつつある。とうとう八八四八メートルの頂を踏んだ瞬間、なんとも言えない感慨に浸らずにはいられなかった。だが相棒のパサンはいら立っている様子だ。強風が吹きつけ、ふたりとも足元が少しふらついている。

「ニムス、戻らないと！」パサンが叫んだ。

「でも、いま着いたばかりだぜ！」

「ええ。でも危険です。みんな、下りで死んでいる。頂上で長い時間過ごしたせいで、悪天候にやられるんです」

パサンにとって、これはエベレスト初登頂だ。それでも私は瞬時に理解した。この若者の意見は正しい。エベレスト山頂で自撮りしたり、ミッション達成記念の旗を立てたりして貴重な時間を無駄遣いした登山者たちが、下山中に恐ろしい最期を迎えることになった話は数えきれないほどある。山頂に到達しても、ミッションの半分しか終わっていない。いかなる登山でも、最も重要なのは下りだ。迅速に、安全に下りきる必要がある。しかもエベレスト山頂は、強風が吹きつけるので有名だ。風速一六〇キロメートルに達する場合もある。

　とりあえず酸素ボンベの残量を確認した。よし、まだかなり残っている。次に時計を確認したところ、この調子なら時間をかけて安全に下れそうだ。きっとパサンはエベレストの地形に不慣れなせいで、必要以上に怖がっているのだろう。彼が何より優先したいのはベースキャンプに戻ることなのだ。

「なあ、パサン、俺はどんな危険も承知のうえでここまでたどり着いた。でも、いまは強気になっている。この目で日の出を見るまで下るつもりはない」

「だめです、ニムス、**だめ、だめ、だめだ！**」

「俺ひとりで下れる。問題ない」しっかりした口調でパサンに伝え、彼にこのまま山頂から下ることを許可した。

　パサンは両肩をすくめ、悲しげに背を向けたが私はどうしても残りたかった。ひとりでも日の出を待ちたかった。とぼとぼと下山する彼を見送っているうちに、ヒマラヤ山脈から朝日がゆっくりと顔を出し始めた。一面雪に覆われた数々の頂を溶かすように、たちまちオレンジやピンク色に染めあげていく。足元にあるうっすらした雲も焼きつくしそうなほどのまばゆさだ。背後ではお経が印刷された祈りの旗《プレイヤー・フラッグ》がはためいている。いまこの瞬間、俺は地球上で一番高い場所にいるんだ――そんな思いがふつふつと込みあげてきた。これこそ、人生を決定づける大きな出来事にほかならない。思わずゴーグルを外した。両方の目で空気の冷たさをじかに感じたかったのだ。目の前には、想像と寸分違わない荒々しく雄大な光景が広がっている。やはりこうして頂上で待って朝日を拝んだのは正しい決断だった。とはいえ、いつまでもここでぐずぐずしているつもりはない。

エベレストほど高い場所になると、精鋭部隊の一員として鍛えられた状況認識能力がものを言う。保温性の高いウェアやブーツと同じく、価値あるツールとして頼りになる。さあ、これが見納めだ。神々しい光景を心に焼きつけると、ベースキャンプで祝杯のビールを飲み干す自分の姿を想像しながら、ゆっくりと下り始めた。思えば、高地肺水腫に完膚なきまでに叩きのめされたのは数日前のこと。にもかかわらず、こうして世界最高峰エベレストに登頂できた。自分を信じる熱い気持ちの賜物だろう。

はるか下のほうに、ぴくりとも動かない登山者の姿が見えた。下山中に何か間違いが起き、遠征隊のチームメイトたちから見捨てられたのだろう。このままだと死ぬしかない。その瞬間、私は使命感のようなものを覚えた。ここは、ありったけの力を振り絞らなければ。

その登山者が死んでいるのか、それとも動けないだけなのか、最初はわからなかった。だから近づくとまず生命兆候《バイタルサイン》を確認した。女性だ。身動きができないらしい。ゴーグルをしていない。あたりの雪面を見回したが、それらしきものはどこにも見当たらない。高山病で錯乱状態になり、パニックになって投げ捨てたのだろう。それか混乱するあまり、どこかに落としたのかもしれない。その女性は精神面だけでなく身体面でも混乱していた。なかば意識不明の状態で、話すこともままならず、脈もほとんど感じられない。誰かが迅速に下山させない限り、助かる見込みはない。

ありがたいことに、自分はまだかなり元気で、この女性をキャンプ4まで引きずっていける。そこまで下りられれば、いまの彼女に何より必要な手当が受けられるはずだ。ただし、ここからは時間との戦いになる（このとき自分が高地肺水腫で死にかけたことを痛いほど意識していた。しかも、エベレストを目指す多くの登山家たちとは異なり、高度順応にたっぷり時間をかけていないという事実もだ）。もし太陽が完全に昇りきる前にこの女性のゴーグルを探し出さなければ、雪眼炎《せつがんえん》になるかもしれない。雪眼炎とは、晴天の雪原などで紫外線を浴びて発症する目の障害で、砂粒に目をこすられているような痛みが特徴だ。私は女性の酸素ボンベを手に取り、彼女の体を起こした。

「もう大丈夫だ」大声で叫ぶと、女性の体を優しく揺さぶった。「きみの名前は？」

もごもごという音が聞こえた。彼女がしゃべっている。体をさらに前かがみにして聞き取ろうとする。

「シーマ……」

シーマ！　手応えのようなものを感じた。たとえわずかな可能性しかなくても、しゃべり続けられたら彼女の命を救えるかもしれない。

「どこから来たの？」

「インド……」消え入るような声だ。

「いいぞ、シーマ、俺がきみを祖国へ連れて帰る」

彼女がうなずいたように見えた。それからまた何かつぶやくのが聞こえたが、それがせん妄の兆候なのか、私に何か伝えようとしているのかわからない。仕事モードに切り替え、キャンプ4に無線連絡を入れることにした。そこではつい数時間前に高地での救助活動を終えたばかりの救急隊と、彼らを取材していた『エベレスト・エア』の撮影クルーたちが体を休めているはずだ。

「もしもし、ニムスだ」無線機に話しかけた。「シーマという女性がひとり、ここで動けなくなっている。彼女を助けられるか？」

すぐに隊員のひとりが応答した。「すまない、ニムス。知ってのとおり、昨日の夜、南峰で救助した登山者をここまで運び終えたばかりだ。みんな、くたびれ果てている。きみが彼女をキャンプ4まで下山させられるか？　ここからなら我々が彼女を助けられる。もしいまからそっちへ登ることになれば、我々の誰かが命を落とすかもしれない」

「わかった、問題ない」私は即座に答えた。

現状を考えると、救助隊のこの判断はしごく正しい。

こう聞いて反論したくなる気持ちもわかる。これはまさに物議を醸す現実だ。ただ悲しいかな、八〇〇〇メートル級の高峰ともなると「他人に構わず、**自分のことは自分で勝手にしろ**」という態度がどうしても必要な場合がある。デス・ゾーンを目指す人たちのなかには、登山に失敗して命を落とす者もいる。重傷を負ったその瞬間、誰もが死ぬ運命にあるのだと思い知らされる。そのまま疲労に屈するかもしれないし、高地脳浮腫（注3）を発症して物事を理性的に考えられなくなるかもしれない。混乱してパニック状態に陥り、暑すぎると思い込んで登山ウェアを脱ぎ出す者もいる。その結果、強烈な寒さに襲われ、苦しみながら死ぬことになる。

　聞いた話では、自宅近くにいると信じ込んで自分のグループからふらふらと離れ、急峰から転落した登山者も数人いるらしい。高高度の山岳地帯が紛争地帯に似ているように思えるときもある。死にかけて苦しんでいる友人を目の当たりにすれば、登山者の多くは少しでも一緒にいてあげたいと考えるだろう。その場に残って死にゆく友人に慰めや安心を与え続けたいと望むのは、人として当然の反応だ。たとえ彼ら自身が疲労困憊していたり、酸素ボンベの残量が尽きかけていたりしたとしてもだ。実際の話、それは最悪の選択にほかならない。山では時間を一分一秒でも無駄に過ごすほど、それだけ生存の可能性が低くなる。体力を奪われて疲弊しているグループならばなおのこと。気づかないうちに、死者がひとり、ふたり、三人、あるいはそれ以上に増えてしまうものだ。犠牲者をふたり出すよりもひとりのほうがまだいい。残酷に聞こえるかもしれないが、チームの一員が重傷を負った場合、残りのチームメンバーたちはその場を立ち去るのが最善の策なのだ。もし重傷者を救出する体力が、それ以外の者たちに残されていない場合、無線で助けを求めてから下山するのが賢明なやり方だ。無線で助けを求めれば「あとからより体力の残っている登山者が下りてきて負傷者を助ける」「下にあるキャンプから救助チームが登ってきて負傷者を助ける」というふたつの可能性が生まれる。

このときエベレストで起きたのが、まさにそういう状況だった。

私たちがいる場所からキャンプ4まで、高低差が四五〇メートルほどある。キャンプ4までたどり着ければ、シーマの病状はよくなるはずだ。少なくとも、空気に含まれる酸素の量は多くなるのだから。それに『エベレスト・エア』の撮影チームも酸素ボンベを携帯している。もしシーマがその時点でよろめきながらでも歩けるようになれば、遠い道のりではあるけれど、私が彼女をベースキャンプまで連れて帰れる。とにかく一刻も早くここから出発しなければならない。大切なのは、シーマを雪眼炎から守ること。そのためには、太陽が高く昇る前にキャンプ4にたどり着く必要がある。

もうひとつ考えられるのは、キャンプ4に到着した時点で救助隊員たちにシーマを委ね、酸素ボンベの中身が尽きる前に私だけベースキャンプに下山する方法だ。だが先のことを考えている余裕はない。いまこの時点で、シーマをキャンプ4に下山させるだけでも大変なのだ。いまからやろうとしているのは、負傷者にとっても自分にとっても、およそ快適とは言えない退避方法だった。それでも最も時間がかからず、効率的に下山できるやり方だ。

私は山の固定ロープから垂れ下がった古い一本のロープを、シーマの腰にしっかりと縛りつけ、そのロープを引っ張りながらキャンプ4を目指してゆっくりと下り始めた。体を引っ張られるたびに、シーマが痛みにうめいている。

「痛いよな、わかるよ」肩越しに大声で話しかけた。「いまはものすごく痛いよな。だけど俺を信じてくれ。頼む。これが一番安全に、きみを下山させるやり方なんだ。もしいま動かなければ、もう下山できなくなる」

およそ一時間後、二百メートルほど引きずられたところで、シーマはどうにか歩けるようになった。彼女の体を起こしてまずは二、三歩、さらにもう二、三歩歩くよううながしながら、ゆっくりと進むことにした。それは非常に骨の折れる作業だった。

とうとうキャンプ4まであと二五メートルというところで、シーマがそれ以上動けなくなったのに気づいた。あまりに衰弱しきっている。しかも私もだ。立っているのもままならず、いまにもくずおれそうだ。わずか九〇分でここまでやってきたのを考えれば当然だろう。夜中からエベレストの頂を目指していた疲労がどっと襲ってきた。登頂を果たした興奮によるアドレナリンもついに尽きてしまったのだ。がっくりと膝を突き、無線連絡で助けを求めたところ、近くのテントからシェルパのチームが駆けつけてくれ、私たちふたりを安全な場所まで運んでくれた。ようやく身も凍るような冷たい風を防ぐテント内にたどり着くと、ベースキャンプに連絡をした。

「こちらニムス。キャンプ4にシーマと一緒に到着した。彼女は体調がよくないが、いま救助チームに介抱されている……」

回線の向こう側からバリバリという音が聞こえた。シーマと同じ遠征隊のひとりが、喜びのあまり、大声で叫んだのだ。その背後から、無線を聞きつけて集まった人たちの声が聞こえている。

「ニムス、すごいよ！　本当にありがとう」

そのときはっきりと気づいた。ここが分岐点だ。自分の酸素はほぼなくなりかけており、もしここでこれ以上長居すれば、下山途中に命を落とす可能性もある。シーマの酸素ボンベの中身はじゅうぶんあるし、いまや救急隊員たちの手当を受けている。自分がなすべき仕事はここで終わったのだ。

「なあ、これ以上ここにいたら、俺もきみたちに救助されることになりそうだ。このまま俺ひとり下山する」

数時間後、どうにかベースキャンプにたどり着くと、そのまま自分のテントのなかに倒れ込んだ。翌朝目覚めると、シーマが無事に病院へ搬送されたという吉報が届いていた。ベースキャンプ中がその噂でもちきりで、みんながシーマを救出した謎の登山者について、もっと知りたがっていた。誰もが歓喜していた。シーマの登山隊のリーダーたちも、彼女の家族も、私が何者か知りたがっていた。

マスコミから取材依頼もきた。話を聞きつけたあるジャーナリストが、詳しいインタビュー記事を書かせてほしいと連絡してきた。だが精鋭部隊の一員として重要なのは、なるべく目立たないようにすること。しかも、この休暇中の自分の計画は特殊舟艇部隊本部の誰にも話していなかった。ヒマラヤ山脈以外の場所から余計な注目を集めないための方法はただひとつ。相手にほんの少しだけ感情的な圧力をかけるやり方だった。

「俺は英国特殊部隊の一員だ。もしこの話が表沙汰になれば、仕事を失うことになる。だから何も話さないようにしてほしい」

この要望は、速やかに周囲に伝えられた。

シーマの単独救助によって、私は重大な教訓を学んだ。酸素ボンベを携帯することの大切さだ。あの遠征中、シーマの命を救えたのは酸素ボンベを使ったからで、もし使っていなければ、じゅうぶんなエネルギーをかき集められず、救出できなかったに違いない。だから、今後八〇〇〇メートル級の山に登るときには、必ず酸素ボンベを携帯しようと心に決めた。たとえ「酸素ボンベを使うのは邪道。高地登山の最も純粋な形とは言えない」という意見があったとしてもだ。**そんな意見はどうでもいい**。誰ひとりとして、私に登山をする理由や方法をいちいち命じることはできない。私自身も、自分以外の人間にそんな命令をする権利がないのと同じことだ。

それに、私は有名になりたくてエベレストに登ったのではない。軍の仲間内や登山コミュニティでの評判を高めたかったからでもない。むしろエベレスト登頂成功を世間には隠しておきたかった。元グルカ兵として、早まったことをしたからだ。厳密に言えば、私は世界最高峰の山に到達した最初のグルカ兵ということになるがもし新聞にそんな記事が載れば、G

２００遠征の話は立ち消えになる。だからこそ匿名のままでい続けねばならず、帰国したら家族や近しい友人たちに絶対にこの話は秘密にするよう誓わせる必要もある。

それから一週間、新聞各紙にざっと目を通し、エベレストでの救助の記事が載っていないか探し続けたが自分が知る限り、そういう記事は掲載されなかった。少なくとも、私を名指しするような記事は見当たらなかった。まさに「力と知恵で（訳注：特殊舟艇部隊のモットー）」、ミッションは達成されたのだ。カトマンズから戻るとすぐに妻スチが待つ我が家へ戻り、残りの休暇を穏やかに過ごした。秘密が守られ、仕事を失わずに済んだことに心から感謝したい気分だった。そしてその数日後、軍の任務に戻った。敵がひそむ建物に侵入し、悪い奴らを降伏させる日々の再開だ。今度、別の山に登れるのはいつになるだろう？　その日を指折り数えて楽しみにしていた。

（注１）セラックとは、氷河のクレバス間に見られる巨大な氷のかたまり。通常、険しい斜面上にあり、家一軒分に相当する巨大な氷塔である。なんの前触れもなく突然崩れ出し、雪崩を引き起こす原因となるため、登山者たちにとってきわめて危険な存在となる。

（注２）高所登山に不慣れな登山者たちのために、エベレストではシーズン解禁前に厳選さ

れたメンバーたちによって固定ロープが張られ、ルート工作が行われている。この固定ロープのおかげで、エベレストの急斜面もより楽に登れるようになる。

（注3）高地脳浮腫（high altitude cerebral edema、略してＨＡＣＥ）とは、脳が水分によって浮腫を起こす状態。きわめて重篤な状態で、錯乱、運動失調（手先がうまく使えない、歩行時にふらつくなど）などの症状が出る。

6　泳いで月を目指す

二〇一七年五月はあっという間にやってきた。軍事任務と重ならなかったため、私はG200遠征隊に参加できることになった。与えられたのは指導教官としての役割だ。エベレストに挑戦するのは、これで二度目。だが、今回は旅の資金を捻出するために銀行で多額のローンを組む必要はない。英国陸軍の一員として参加するため、旅費は全額支払われるからだ。とにかく今回の冒険の旅を最大限に楽しむ気満々だった。

二週間のうちに、まずはエベレスト、次にローツェ、さらにマカルーを登攀するのはどうだろう？　どれも八〇〇〇メートル峰だが、自分ならば一週間ちょっとで制覇できるはずだ。ただそのためには、G200遠征隊とともにエベレストの頂を踏んだあと、すばやく移動する必要がある。いかなるミスも、延期も許されない。G200遠征隊に選抜されたのは二十数名。現役グルカ兵たち、元グルカ兵の精鋭部隊隊員二名、リーダー格の上級士官五名が含まれていて、上級士官のうちひとりが遠征隊長に任命されていた。

彼らとエベレスト頂上に到達したら、私だけ遠征隊から離れ、猛スピードでサウスコル（注1）まで下り、そこからスピードを緩めずローツェに登って、ベースキャンプまで下れるだろう。もし計画どおりに進めば、マカルーに登る前に、カトマンズでG200遠征隊の仲間たちと落ち合い、ささやかなパーティを楽しめるはずだ。

この挑戦、何がなんでもやり遂げてみせる。前々から「自分は高山に強いのではないか」と思っていたのだが、先のエベレストとダウラギリ登攀成功で確信に変わった。体の強さだけではない。心の強さもある。いままで出会った登山家たちの多くに比べると、どうやら私は並外れた意欲の持ち主らしい。彼らとは違う、自分にしかないモチベーションがあるように思える。私にとって、登山とは有名になったり、自尊心を満たしたりするための活動ではない。誠心誠意尽くすべき活動だ。

軍での任務中は常に「いちグルカ兵として、英国特殊部隊と英国に心からの忠誠を尽くせ」と自分に言い聞かせている。どんな場合でも彼らにとって誇らしい存在でいたい。自分の任務失敗のせいで、彼らがいままで築きあげてきた輝かしいイメージを損なうことだけはしたくない。それと同じ意欲でこのエベレスト遠征にも臨んでいた。もし自分がエベレスト、ローツェ、マカルーを踏破できたら、これまで世話になったグルカ兵部隊や特殊舟艇部隊という組織、そこに所属する同志たちの評判もさらに上がるはずだ。それに、自分の限界に挑戦してみたい気持ちもあった。人生には「ふと気づいたらできていた」ということが起きたりする。ある朝、五キロを目標に走り始めたところ、**結局一〇キロ走り終えていた**というような――せっかく目の前に世界最高峰の山が三つもあるのだ。自分にはその山々を踏破する力があるだろうか？　どうしてもその答えが知りたかった。

Ｇ２００遠征に先立ち、その計画を遠征隊長に話した。「この遠征中にエベレスト、ローツェ、マカルーに登りたいんです。特別な休みは必要ありません。無事エベレスト遠征を終えて、ほかの隊員たちがカトマンズで体を休めている間にほかの二座に登り、彼らと同じ飛行機で帰国するつもりです」

「そんなのできるわけがない。どう考えても不可能だ」隊長はあきれたように否定した。

彼の悲観的な意見にも動じることなく、私は準備を進めた。**やるからには最善を尽くしたかった。**

その年の四月にネパールへ到着し、エベレストのふもとまでやってくると、Ｇ２００遠征隊はふたつのチームに分かれた。私の最初の仕事は、そのうち一チームを率いて高度順応を繰り返しながら頂上へ到達することだ。時間をかけてキャンプ１へ登り、雪原ウェスタンクームを進んでキャンプ２、３へ到達し、そこからベースキャンプへ戻るという手順で、隊員たちの体を高地に慣れさせ、サミット・プッシュに備えた。

最初のエベレスト挑戦と比べ今回はより賢明で慎重な手順を踏んでいるせいか体調もよく、これはイケるという手応えのようなものを感じていた。率いるチームには、気力体力ともに充実し、高高度にも苦しむことなく登り下りできる者もいれば、厳しい環境に慣れない者もいて、初めてキャンプ１に到達したときには、隊員の多くが疲弊していた。リーダー格である上級士官たちも含めてだ。高度になかなか体が慣れない彼らを見ていると、やや心配になった。今回はかなり念入りに高度順応（注２）を行っているが、このスピードについてこられないとなると、今後彼らは隊を引っ張っていけるだろうか？

体調が万全な者とそうでない者がはっきりしていたため、私は最も体力のある隊員たちをキャンプ2、3に連れて行き、そのほかの隊員たちにはもう一日かけてキャンプ1で高度順応を行わせることにした。その日の登山を終えたふたつのチームは、近くにある町ナムチェバザールで二、三日体を休め、ふたたびエベレスト登山の拠点となるベースキャンプに集結してミーティングを行った。そのとき、遠征隊をチームAとBに分けることが決定した。

チームAは先発隊だ。チームBは、チームAが頂上に到達したらクライミングを開始する。ところがチームAには、高度順応に苦労し登攀ペースも遅いリーダーたちが入ることが決まった。都合よく、上級士官たち全員が含まれたのだ（正直、なんだか心がもやもやした。私がこれまで精鋭部隊でともに任務にあたってきた上級士官たちは、自分たちよりも部下の利益を優先させる人がほとんどだったからだ）。一方で、屈強な隊員たちの多くは後発隊であるチームBに含められた。私自身も、元グルカ兵の精鋭部隊隊員二名もだ。まさに歴史的な遠征だというのに、どういうわけか、私たちは最後尾に甘んじることになってしまったのだ。納得できない。上の階級じゃない俺たちにも、**先発隊に入る権利はあるはずだ。**

「なぜ最もスピードの速い登山家たちが先発隊のメンバーじゃないんです？」そのままミーティングが終わりそうになったため、私は尋ねた。「あなたたちのミッション、言い換えれば英国政府のミッションは、グルカ兵初のエベレスト登頂を実現させることのはずだ。なのに、一番体力のある者たちが後発隊に入れられている」

部屋に重たい沈黙が落ちた。誰も何も言おうとしない。この決定に政治的要因が絡んでいるのは、火を見るよりも明らかだ。チームAには登るスピードが遅いリーダーたちが含まれ、グルカ兵もいるにはいるが申し訳程度の人数だ。チームAのメンバーのひとりが「いままでは全員が高度順応を完了したのだから、もはや体力に差はない」と意見し、この話し合いを終わらせようとしたが、私は納得できなかった。

「高度順応を行っている間、キャンプ1であなたたち全員のことを見ていました。本当にくたびれ切っていたし、ついていくのさえつらそうだった。最強のメンバーたちに比べると、どう考えてもあなたたちのペースは遅い。それなのに、どうやって彼らを先導するつもりなんです？　もし救助活動が必要になったらどうするつもりですか？」

私は心底憤慨していた。「もういいです。政治的利益が最優先だというならば、あなたたちの好きなようにしてください。これは俺の戦いじゃない。幸運を祈ってます」

そのあと、日に日に緊張は高まっていった。一番の原因は、ミッション達成が疑わしくなってきたことにある。エベレストの気象条件は最悪で、一週間のうちに一連の嵐に見舞われたせいで強風が吹き荒れ、キャンプ2より上ではすべてがめちゃくちゃに破壊されていた。私たちがサミット・プッシュに出かける二四時間前には、固定ロープがまだない場所もあるという発表もあった。最後の固定ロープを張ろうとしていたチーム（注3）が「バルコニー」と呼ばれている地点（南東稜、標高八四〇〇メートル）で断念せざるを得なかったのだ。明らかに、天候が悪すぎてこれ以上登るのは無理だ。仕事をやり残したまま、突然G20

0遠征そのものが危うくなったように思え、チームはどんよりした雰囲気に包まれた。二〇一五年の悲劇のせいで、これが二度目の挑戦だったからなおさらだ。もしここで登攀をあきらめれば、次の機会は巡ってこないかもしれない。私も元グルカ兵のはしくれだ。エベレスト登頂に失敗したという事実とともに生きることなどできない。たとえエベレストがあるのが私たちの祖国ネパールであっても、そのことに変わりはない。

もう一度、予定表で登攀の順番を確かめたところ、固定ロープを張る責任を負えるのはもう自分しかいないと気づいた。同じタイミングで、エベレストに挑もうとしていた登山家のなかには私より経験豊かな者も何人かいたのだが、彼らはすでに荷物をまとめて帰国していた。いま残っているなかで最強の登山家は、どう見ても自分だ。私には経験がある。極寒の環境でも動ける体力もある。精鋭部隊の一員として、精神的回復力もある。しかもラッセルワークが得意ときている。

これ以上頼りがいのある奴がほかにいるか?

「俺が登ってロープを固定する」絶望的な表情のチームBの前で、私ははっきり宣言した。

メンバーの多くが、もはやG200遠征は中止せざるを得ないとあきらめかけていただけに、この申し出を聞いて、彼らはいっせいに顔を輝かせたように見えた。この頃にはすでに、G200遠征隊全員が私の登攀歴を知っていた。いままで八〇〇〇メートル高峰を二座制覇し、そのうちの一座がエベレストであること、その登攀時にシーマを救出したことも だ。それでもやはり、私の決意を聞いて彼らは度肝を抜かれたようだ。

これまで軍人として、任務は必ずやり遂げてきた。与えられた任務に異議を唱えたことはないし、個人的な利益や政治的駆け引きは常に脇に置いてきた。このG200遠征隊でも、まったく同じ態度を貫いている。消極的な考えや感情は振り払ってきた。

「信じてくれ。俺なら絶対にできる」

最終的に、G200遠征隊のリーダーたちも計画に同意した。実際、誰も反対できなかったのだ。そんなわけで、私は先導者としてチームを引き連れていくことになった。固定ロープ張りのチームには、元グルカ兵の精鋭部隊隊員二名、シェルパ八名も含まれている。遠征スケジュールも変更された。もし私たち先発隊が困難に打ち勝って固定ロープ張りをやり遂げた場合、残りのメンバーの多くがチームAとなり、彼らが登っている間チームBはベースキャンプで待機し、最初のグループが頂上に到達してから登り始める計画だ。

固定ロープ張りチームのリーダーとして、ものすごい重圧を感じていたが、それでも自信は揺るがなかった。初めてのダウラギリで学んだラッセル技術を駆使しながら着実に登り続け、キャンプ2まで順調に進み、ひと晩体を休めてからキャンプ4を目指した。そこで短時間休憩し、すぐにサミット・プッシュに入ると、うしろからついてくるチームメンバーたちを鼓舞したくて、キャンプ4からバルコニーまでの四五〇メートルは自分ひとりでラッセルを請け負った。新たな踏み跡をつけて道を切り拓く作業は本当に大変だがシェルパたちに任せるのではなく、我が身を削ってこの作業を終わらせたいという意欲を示したかった。本当の敬意と信頼というのは、こういう状況下で生まれるものなのだ。

朝日が昇り始めた頃、私たちは南峰に達し、さらにヒラリーステップへたどり着いた。眼下に広がるネパールとチベットの絶景に畏怖の念を抱かずにはいられない。しかし、うっとりと景色を楽しんでいる時間の余裕はない。無線通信によれば、私たちのあとを追いかけているチームAが急速にキャンプ４へ近づきつつある。もし私のチームが最後のロープ数本を固定できずに引き返すようなことがあれば、チームA含めた全員がベースキャンプに戻らなければならない。食糧も酸素もなくなりかけているからだ。今回の遠征が失敗し、ミッション全体の見直しとなれば、またしても時間と労力が必要になる。エベレストの登攀シーズンは終わりに近づきつつあり、天候面から見てもはや登頂のチャンスはほぼない。そう考えると、G２００遠征の成功は、私たち固定ロープ張りチームにかかっている。

ありがたいことに、私のスタミナは切れなかった。最後にひと踏ん張りして頂上まで踏み跡をつけ、頂まであと一〇メートルというところまでやってくると、ペースの落ちたチームメンバーたちが追いつくまで待つことにした。「兄弟たちよ、ひとつのチームとしてエベレストを制覇しようぜ」心のなかでそうつぶやきながら。

みんなが追いついたところで、全員で肩を組み、最後のステップをともに歩み始めた。

まさに歴史的瞬間だ。私たち一三人は最後のロープを固定し、とうとうエベレストの頂を踏んだ。G２００遠征成功だ（私たちが張ったロープはこの年、エベレストの登山シーズンが終わるまで、ほかの登山家たちによって利用されることになった）。参加メンバーのなかには、これで満足し登山をやめる者たちもいた。何しろ、世界最高峰エベレストを制したのだ。**次に行きたい山など思い浮かばなかったのだろう。**ところが私は違った。これで登山を終わりにする気などみじんもない。足元に果てしなく広がる高峰を眺めながら、次はどんな冒険が待ち受けているのかと胸を躍らせていた。さあ、新たな挑戦の始まりだ。

準備はこれ以上ないほどできていた。いざローツェへ。ローツェ登攀後はふたたびエベレストに戻り、教官としてG200後発隊の登頂を手助けする計画だ。ただし、立て続けに挑戦するため、私自身にもサポートがほしい。ここからはシェルパを手配し、三座間に私のぶんの酸素ボンベを運んでもらうようにしていた（注4）。ところがすぐに、計画のすべてが頓挫してしまった。その日、今回二座目のローツェ挑戦のためにサウスコルを出発しようと準備していたところ、ローツェの固定ロープも不完全だと知らされた。先のエベレストでのチームと同じく、キャンプ4を過ぎたところで、固定ロープ張りのチームが一時的に足止めを食らったのだ。

さらに最悪なのは、ローツェに同行する予定だったシェルパの具合が悪くなり、すでにベースキャンプへ下りていたことだ。テントからテントを回って、同行してくれるシェルパを探したが、エベレスト頂上から下りてきたばかりのため、誰もが体力を回復しきれていない。

心が沈んだ。ローツェは初挑戦ゆえ単独で目指すのはどう考えても危険だ。もしこの身に何かあれば、エベレストのベースキャンプで待機しているチームBの希望を打ち砕くことになる。彼らはサミット・プッシュのために私の先導を必要としている。絶対にがっかりさせたくない。「このG200遠征でエベレストの頂を踏みたい」という夢を叶えるべく、みんな今日まで努力に努力を重ねてきたのだ。私は荷物をまとめ、ままならない現状に憤りながら下り始めた。

キャンプ2まで下山し、ひと晩体を休めていると、チームAが無事エベレスト頂上に達したという吉報が届いた。私たちのチームが到着してから一八時間後のことだ。一気に勝ち誇ったような気分になった。自分たちの、あの固定ロープ張りの苦労が報われたのだ。でも喜びもつかの間、今度は悪い知らせを聞かされた。グルカ兵数人が頂上をきわめたため、これでG200遠征のミッション達成とし、それ以上の登りは中止せよという決定が下されたのだ。ベースキャンプでは、ほかの隊員たちが自分の登攀する番を待っているというのに。それぞれ、貴重な時間をこの遠征のために犠牲にしてきたはずだし、なかには夢実現のために金銭面で犠牲を強いられた者もいるだろう。それなのに帰国せよとはあまりに一方的な命令ではないか。実際にチームBの面々と落ち合ったとき、彼らの落胆ぶりを目の当たりにして胸が潰れそうになった。なかには目に涙をためている者もいた。

こんなふうに彼らを突然切り捨ててなんの意味があるのか？「いや、当然だろう」と考える人もいるかもしれない。「ミッションは達成されたのだ。危険な山で命を落とすリスクをこれ以上誰にも負わせる必要はない」と。たしかに、チームBのグルカ兵たちのペースは最速とは言えないが、そのシーズンの最後にエベレストの頂に立った登山家たちの多くに比べても、彼らのほうがより体力があるはずだ。しかも、彼らは高高度の登山に伴うリスクをじゅうぶんに理解している。だからこのまま頂上まで登らせても、なんの害もないはずだ。

がっくりすると同時に、ふと気づいた。すべて計画どおりだったのだ。もし上級士官らを含んだチームAがエベレスト頂上に達していたら、チームBにおける私の任務も不要になっていたのだろう。ベースキャンプで動きがとれないまま、ほかのメンバーたちとそう知らされたに違いない。

数日後、カトマンズでグルカ兵の同志たちと打ちあげパーティをしたが、とてもミッション達成を祝う雰囲気ではなかった。途中で断念させられたメンバーたちは腹を立てて、ひどく憤っていた。そんな彼らを責めることはできない。やけくそ気味でビールを何杯もあおる間も、頭のなかで同じ質問が繰り返されている。**「なあ、ニムス、お前ならもっとできるはずだろ？」**ローツェに登る最初の計画は流れたが、ここへきて頂上まで固定ロープが張り終えられたと知らされた。つまり、エベレストとローツェ、マカルー三座に連続登攀するという私の当初の目標が、ふたたび達成可能になったのだ。ただし、いまからだとスケジュールが厳しすぎるし、もう一度エベレストに登る必要もある。だが自分の心の声はこう告げていた。**「それがなんだ？**　別に大したことじゃない」――もし天候に恵まれたら、当初の目標を達成できるかもしれない。まずエベレストのキャンプ3まで登り、そこからローツェの頂を制し、サウスコルまで戻ってエベレストの頂を踏んだあと、下山してヘリコプターに乗り込めばマカルーのベースキャンプへ到達できる。

持久力が試される実に難しい挑戦だ。なるほど登攀の一連の流れの面から言えば、なんの心配も不安もない。酸素ボンベはすでに所定の場所に届けられている。それぞれの山を目指す合間に、自分のボンベを手に入れられるはずだ。あらかじめ手配していたシェルパたちも、私の登攀を手助けしてくれるという。当初の予定からは少し遅れているが前に八〇〇〇メートル峰を何度か制覇しているし、いずれの場合も体力回復に長時間かける必要はなかった。今回も同じように迅速に移動すれば、目標達成可能だ。いまの私に必要なのはただひとつ。自分を信じる強い心だけだ。

ところが想定外の事態に見舞われた。

すべて順調にいくように思えたが、その翌日、エベレストのふもとに到着したとき、G200遠征隊が置いていった不用品の脇に、酸素ボンベの山が置かれているのに気づいた。近づいてよく見てみたところ、私のものだった。私がすでに荷物をまとめて帰国したと勘違いしたシェルパが、どこかのキャンプから私のボンベを下におろしてしまっていたのだ。怒りにかっとなったそのとき、最悪のタイミングでスマホが振動し始めた。兄カマルからだ。応答するなり、兄の怒声が聞こえてきた。

「お前、まだそこで何をしているんだ？　もうエベレストに二度も登ったんだろう。前回は誰かの命を救った。今年は失敗しかけていた任務を成功に導いた。お前の名前はすでに世間に知れ渡っている。もう立派な有名人だ……これ以上何を望んでいるんだ？」

最初は自分が何を望んでいるのか、カマルにきちんと説明しようと思った。**兄なら、この挑戦が自分のためではないこと、有名になるためではないことをちゃんと理解してくれるはず。**でも残念ながら時間がない。兄のこの剣幕だと、こちらの話に耳を傾けてくれるとは思えない。それに自分も酸素ボンベの問題にいら立っているせいで、これ以上怒りや憤りを感じたくもない。だからそのままスマホを切った。カマルから説教を聞かされるのはあとでもいい。

とにかく考える時間が必要だ。次の登攀に備えた装備や酸素を担いでいるせいで、すでに荷物の重量はほぼ限界ぎりぎりだ。余分な酸素を背負う余裕はない。次の二ヵ所のキャンプでは自分用の酸素が待っていると自分を慰めた。ところが、さらなる悲劇が襲いかかった。エベレストのキャンプ2、さらにはローツェのキャンプ4に登っても、目当ての酸素ボンベの大半がなくなっていたのだ。頭にきてテントやその周辺を探し回り、積もった雪をかき出したとき、山での厳しい現実に打ちのめされた。

誰かが盗んだのだ。

猛烈な怒りを覚えた。シーマを救出して以来ずっと、酸素ボンベなしでは絶対に登攀しないというルールを自分に課してきた。たしかに、私にはエベレスト、ローツェ、マカルーを連続登攀する体力があるが、自分と交わした数々の約束をおろそかにすれば、スピードが落ち、今回の目的も達成できないだろう。

これまでもずっと、その精神を貫いて生きてきた。ある朝起きて「よし、今日は腕立て三百回」と決めると、誠心誠意その約束を守ってきた。努力を怠れば自分との約束を破ることになり、自分との約束を破れば失敗を招くことになるからだ。同時に、現状に怒りを募らせても、なんの助けにもならないこともよく理解している。軍事訓練を通じて、精神的に強くあり続ける大切さを学んだ。自分の最大の目的に集中し続けるための方法はひとつだけ。ネガティブな出来事を瞬時にしてポジティブな勢いに変えるしかない。

落ち着け、ニムス。へこたれるな。お前は普通の人とは違う。お前ならこの問題の解決法を見つけ出せる。

深呼吸を何回かして気持ちを落ち着けると、この茶番劇を新たな視点からとらえなおそうとした。俺の酸素はもっとふさわしい場所へ行ったのだ、別の登山家の命を救ったのだと言い聞かせた。「そうだよ、ニムス、**お前の酸素のおかげで誰かが命拾いをしたんだ**」そうやって怒りをリセットし、さっそくこの状況に適応しようとした。スケジュールを調整し、ふたたびサウスコルを歩み始めたのだ。新たな計画はこうだった。まずは嵐が迫っているエベレストの頂上に到達し、次にローツェの頂を目指す。ローツェのキャンプ4に私のための酸素ボンベを置くよう、すでにある友人に依頼済みだ。そして最後にマカルーを踏破する。

強風がうなりをあげるなか、一瞬だけ不安になった。いまから自分がやろうとしているのはとてつもなく大変なことだ。**本当にやり遂げられるのか?**

すぐに自信を取り戻した。

ああ、もちろん、**お前ならできる。**

エベレストに登った日、天候条件は最悪だった。山頂では異常に強い風が吹き荒れ、氷の破片が弾丸のように絶え間なく激しく全身に降り注ぎ、死者が出てもおかしくないほどだった。それでもあえて困難に立ち向かった。持ち前の登攀スピードが自分を助けてくれるとわかっていたからだ。同行するシェルパに負けないスピードで頂を目指すもヒラリーステップでは、ふたりとも凍傷で手指を失うのではないかと心配になった。登り下りする登山家たちで大渋滞し、なんと四五分も待たされたせいだ。ようやくエベレストの頂に達すると、交代した新しいシェルパとともにキャンプ4まで下り、すぐにローツェを目指した。ローツェの頂に立った瞬間、腕時計を確認したところ、そこまでかかったのは一〇時間一五分。あとはマカルーを残すのみだ。

正直に言うと、この時点でエベレストからローツェへの連続登頂の世界記録を破ったことに気づいていなかった。もともとそれが目的ではない。三座の頂を踏むことしか眼中になかった。ところがベースキャンプで、エベレストからローツェ連続登頂の世界記録がそれまでは二〇時間だったと教えられ、本当に驚いた。知らない間に、その世界記録をほぼ一〇時間近くも縮めていたのだ。

となるともうひとつの記録達成も夢ではない。もし二、三日の間にマカルーの頂上へたどり着けたら、エベレスト、ローツェ、マカルーの頂を連続制覇した世界記録を更新できる。しかも単独シーズン中にエベレストを二度踏破したうえでローツェ、マカルーの頂を制覇した者はひとりもいないと教えられた。そう聞かされたら、もう記録達成を夢見ずにはいられない。その時点でマカルーには一度も登ったことがなく、しかもマカルーが世界第五位の高峰だったとしてもだ。次のベースキャンプへ移動するためのヘリコプターの操縦士は、友人ニシャールだった。高高度飛行では右に出る者がいないほどの凄腕だ。偉大な記録に近づきつつあるせいで、わくわくが止まらない。

「ニムス、世界記録を破ったばかりなんだってな」迎えにやってきたニシャールは、ヘリの着陸地点で抱擁してくれた。

「ああ。マカルーでもうひとつ記録達成だ」

気が焦る。急いで登りたい。ところがニシャールは私よりも広い視野に立っていた。「なあ、三座すべてを一四日間で制覇するつもりだって言ったよな。マカルー制覇に二、三日かかっても、G200遠征隊の帰国フライトには余裕で間に合う。この瞬間を楽しんでもいいじゃないか。祝杯をあげようぜ!」

彼は来たる五月二九日が、ヒマラヤではエベレスト登頂記念日として知られているのだと教えてくれた。一九五三年、登山家エドモンド・ヒラリーとシェルパのテンジン・ノルゲイが初めて登頂に成功した日に当たるのだ。

「ニムス、パレードもあるし、酒もある。みんながこの日を楽しむんだ。せっかくだから、きみもどうだ?」

たしかに、ここでエベレスト登頂記念日の祝賀に参加しても、まだ世界記録を狙える。だからニシャールに同意した。結局、いま私は休暇中なのだ。ニシャールがヘリをナムチェバザールに急降下させたあと、仕事仲間数人と酒を飲み、踊りまくり、祝祭を思う存分楽しんだ。ただその間も、マカルー登攀をいっときも忘れることはなかった。すると、ニシャールから登頂時間をさらに短縮するための、ある計画を提案された。

「なあ、ニムス、きみは全然疲れているように見えない。もっとここでこの雰囲気を楽しめばいい。俺がベースキャンプじゃなくて、マカルーのキャンプ2までヘリで乗せてってやる。しかも追加料金なしでだ」

一般的に、マカルーのキャンプ2までのヘリ移動には目が飛び出るほどの費用がかかる。ざっと見積もっても、数千ポンドは下らない。ニシャールは信じられないほど寛大な申し出をしてくれている（しかも彼は、翌朝の私のフライトに備えて酒を一滴も飲んでいなかった）。だが、その申し出は私のためにはならない。マカルーのふもとから頂上までこの足で登り切ることで、自分は晴れてふたつの世界記録を達成し、自分の精神的・肉体的限界についても多くを知るのだ。近道をしたなどと非難されたくない、何から何まできちんとやり遂げたい。

「ありがとう。けど、それはありえない。俺はちゃんとやりたいんだ」

首を横に振ると、ニシャールはひどく驚いたような顔をした。彼の友人たちも困惑したような表情だ。こちらの真意がうまく伝わっていないせいだろう。きっと彼らの目には、この申し出を断った私がとんでもない礼儀知らずに映ったに違いない。あるいは、感謝の気持ちが足りない奴だと。それから何時間か経ち、アルコールが回ってくると、彼らはその話題をふたたび持ち出し、こんな寛大な申し出を断るなんて信じられないと口々に言った。それから熱っぽい議論が続き、一触即発の雰囲気になると、ニシャールが最後にもう一度、私に無理やりイエスと言わせようとした。

「近道したって、誰にもわからないじゃないか！」彼は叫んだ。

「俺にはわかる！　たしかに、あの三座のふもとからてっぺんまですべて自分の足で登り切ったんだと、**世間に対して嘘はつける**だろう。だけど俺は俺自身に嘘をつきたくない。絶対に嫌だ。だから、このすべてをちゃんとやり遂げるつもりだ」

ビールのにおいが漂うなか、このやりとりを眺めていた男たちもようやく、私の真意を理解してくれたようだ。さらに言葉を尽くし、その場にいる全員に、ニシャールの寛大な申し出に心から感謝していると伝えた。同時に、今回のマカルー挑戦が単なる登攀とは違うこと、「死ぬまでにやりたいことリスト」のひとつを叶える以上の、もっと重要な意味があることも。今回の登頂には、ヒマラヤを代表する高峰でハットトリックを決められるかどうかがかかっている。だからこそ、誰が見ても正しいやり方で、誠意を持って挑みたい。これは自己発見の旅だ。自らの精神的・肉体的能力をフル活用して、この大胆な冒険の旅をやり遂げたい。

そして本当にやり遂げた。

二四時間後、マカルーのベースキャンプを出発した。ひどい二日酔いだったが、八四八五メートルを一気に登って頂を踏んだ。少人数のチームの先頭に立ち、自らルート工作を行い、豪雪や強風、方向感覚を失わせる雲をものともせず、頂上に到達した。この踏破そのものが偉業だった。そのシーズン中、いくつかのチームが挑戦していたものの、悪天候のせいで断念しており、結局マカルー登攀に成功したのは私のチームだけだったのだ。

そのあと無事にベースキャンプまで戻り、ひどい天候のせいで大揺れするヘリに耐えながらナムチェバザールへ戻った。そこから同じチームのシェルパたちとともにスピードを落とさず、途中ビールとウィスキーを飲むために休んだだけで、ネパールでも一番厳しいルートをはるばるカトマンズまでひた走り、本来なら六日間かかるはずの行程を一八時間で走破した。結局、最後までペースを落とさずに私についてきたシェルパはハラン・ドーチ・シェルパだけ。なんだか自分がものすごく強くなったように感じられた。苦しみをものともせず完走できたのは、ひとえに戦闘演習を積み重ねてきたおかげだろう。

結果的に、私はふたつの世界記録を塗り変えた。まずエベレストとローツェの頂を一〇時間一五分で制し、次にエベレスト、ローツェ、マカルー三座の頂を五日間で制覇したのだ。また単独シーズン中に、エベレストに二度登ってローツェ、マカルーを制した初めての登山家となった。しかも、まだ冒険が終わったと感じてさえいなかった。

英国行きのフライトに間に合い、G200遠征の仲間たちと無事帰国すると、兄カマルの様子を見に行った。話している最中、兄の声は何度もかすれた。涙をこらえているのだろう。「お前は俺の大切な弟だ」あの電話で怒っていた理由を、カマルはこう説明した。「本当に心配していたんだ」

その言葉を聞いたとたん、兄への不満はすべて吹き飛んだ。「ああ、わかってるさ。でも兄さんが電話してきたとき、ちょうど山にいて、自信を失いかけていたんだ。尊敬してる兄さんから否定的な言葉をかけられたら、簡単には立ち直れない。まさにあのとき、俺は前向きになる必要があった。だから電話を切るしかなかったんだ」

「なぜあのとき、そう説明してくれなかった？」

「そんな時間なんてなかった！　手違いのせいで酸素ボンベもないし、考えなければいけないことが山積みだった。自分の気持ちを兄さんに説明するよりも、とにかく目の前の課題に意識を集中させる必要があったんだ」

結局兄は、なぜ私があんな挑戦をしたのか理解してくれた。次にすべきは、どうやってあの挑戦を成し遂げたか、自分の頭できちんと理解することだった。

（注1）サウスコル経由でエベレストとローツェを目指す場合、登山家たちはベースキャンプからキャンプ3までを共有する。キャンプ3以降、エベレストを目指す者たちは左に折れ、サウスコルに設営されたキャンプ4から頂上を狙う一方、ローツェを目指す者たちはまっすぐ登ることになる。なお、マカルーを目指す者たちは、ベースキャンプからヘリコプターで移動しなければならない。

（注2）以前の高度順応はまったく違うやり方で行われていた。一回目はキャンプ1へ登り、そこで体を休めてからベースキャンプへ下山。二回目はキャンプ1、2まで登り、キャンプ2で体を休めてからベースキャンプへ下山。三回目は一気にキャンプ2まで登り、体を休めてからキャンプ3へ登り、ベースキャンプへ下山するのがかつてのやり方だった。だがここ数年で、一度だけで高度順応を終わらせて頂上を目指すやり方のほうが効果的だという説が一般的になった。この場合、高度順応はかなりの速さでキャンプ間を行き来し、キャンプ1と2で体を休め、キャンプ3に登ることになる。またこのやり方だと、登山家たちの命が脅かされる危険も軽減できる。非常に危険なクンブ氷河を何度も行き来する必要がなくなるためだ。ただし、これは酸素ボンベを携帯した登山家たち向けのやり方である。

（注3）固定ロープ張りは、遠征隊たちの安全確保のために固定ロープを張る作業。高度順応と同じく、何度か登攀を繰り返す必要があり、頂上まで到達しなければならない場合もある。一般的に、この作業チームのメンバーには、その時点でその山を知り尽くした最高レベルの登山家たちが選ばれる。作業は非常に難しく、その山の地形や天候条件、メンバーのスキルなどにより、終了までに何週間もかかる場合がある。

（注4）このときは高地にあるキャンプに酸素ボンベを置くようにした。この作業は高度順

応と荷物運搬（遠征後半に使用する酸素などの装備を運び込む作業）の間に行われていた。大規模な遠征チームの場合、サミット・プッシュ時に自分たちの装備を自ら携帯することはめったにない。

7 すばらしいミッション

頭のなかで、多くの疑問が渦巻いていた。

「ほかの多くの登山家にやれなかったことが、なぜ俺にできた？」

「疲労回復のための時間をほとんど取らなかったのに、どうやってあの厳しい三座を驚くようなスピードで制覇できたんだ？」

「カトマンズへ戻るときも走りたくてしかたなかった。もっとペースを落とし、みんなと酒でも飲みながらゆっくり戻る時間の余裕はあったのに。そんなに必死になって、いったい俺は何を証明しようとしていたのか？」

あんな偉業が達成できたのは、もともと自分を駆り立てずにはいられない気質だからかもしれない。別に珍しいことではない。登山家には、そういう一面を持つ人もおおぜいいるはずだ。ただ、特殊部隊にもエベレストに登った経験のある仲間がたくさんいるが、彼らのなかでローツェとマカルーに登攀した者はひとりもいない。しかも面白いのは、彼らが口々に「エベレスト踏破後はくたびれきっていた。すぐに別の山に挑戦するスタミナなんて残ってなかった」と言っていることだ。ところが自分は違った。エベレストの頂に立ったあとも、なぜだかわからないが「**登って下って、登って下って**」という体の動きをほぼ自然に繰り返していた。ろくに休憩も取らないまま固定ロープを張り、遠征隊を何度も先導していたのだ。自分の体力が底なしに思えた。

意欲を失わずに登攀し続けただけではない。腰まである深雪のなか、あの経験豊かなシェルパたちを従え、ルート開拓作業も自ら積極的に行っていた。非常に重大な決断も瞬時に下せた。ひとえに日頃の軍事訓練のおかげだ。リスクを見きわめ、すばやく反応する習慣は深く身についている。勇敢さと愚かさは紙一重だが、その境界線はちゃんと理解している。不利な状況に陥っても、プラス思考を活用して、ネガティブな要素をことごとくはねのけられる。こういった性質も、高高度の山を猛スピードで制覇できた理由にあげられるかもしれない。

自分より技術的に優れた登山家はたくさんいる。平地レベルでは、彼らは私よりも強みが多いかもしれない。だが彼ら登山家たち全員が、頭に思い描いたとおりの登攀ができるわけではない。でも私はできる。八〇〇〇メートル以上の山々であっても、自分を信じる力を呼び覚まし、頂を踏む自信がある。世界のいかなる山であっても、どんなに条件が悪くてもだ。

名誉なことに、女王陛下より大英帝国勲章を授与された。G200遠征中止の危機を救い、エベレストでシーマを救助し、エベレスト、ローツェ、マカルー三座登攀の世界記録を塗り替えた活躍に対するご褒美だ。だが、誰もが私の活動を認めてくれたわけではない。今回の記録が発表されると、名高い登山家たち数人が、私が酸素ボンベを使っていた事実をいち早く指摘してきた。気にするものか。自分が一番気にかけているのは登攀ペースだ。常に未開の地を切り拓く先駆者でありたい。先頭に立ち、前へ進む道を模索しながら、自分の足で歩んでいきたい。**これこそがニムス・スタイルなのだ。**

ほかの登山家たちより速ければそれでいいというわけではない。ニムス・スタイルには計画力と先導力が不可欠だ。同時に、山での揺るぎない自信も必要だ。山でのいくつかの厳しいレッスンを通じて、私は自分の強みと限界を理解するようになった。だからほとんどの場合、トラブルが起きそうになっても問題回避行動が取れるのだ。もし高高度の山で誰かが命の危険にさらされていたら、ためらうことなく救う。逆に、もし自分が命の危険にさらされた場合、誰かのミッションを断念させてまで助けてほしくない。相手の命まで危険にさらすなら、死んだほうがましだ。

デス・ゾーン登攀に関して「こうでなければ」というルールはひとつも決めていない。人にはそれぞれのやり方がある。私を批判している登山家たちが、私が工作したルートを使って登攀しても文句を言うつもりはない。たとえ彼らが、私が頂上に達した数時間後に私のつけた踏み跡を利用してサミット・プッシュに挑戦していてもだ。でもこちらの登攀について、上から目線で批判や攻撃をしてくる登山家たちにはイラッとくる。そのいら立ちをバネに自分を奮い立たせることにした。よし、世界記録達成後の不快なざわめきを原動力に変えて、さらなる高みを目指そう。五日間でデス・ゾーン三座を制覇できたのだから、目の覚めるような速さで五座登頂できるかもしれない。エベレスト、Ｋ２、カンチェンジュンガ、ローツェ、マカルーを、たとえば八日間で制覇するのはどうだ？――数週間考え抜いたあげく、挑戦しようと決めた。
もちろん、実現には多くのハードルがある。まずは休暇取得だ。そんな大がかりな計画のために長期休暇が与えられるとは思えない。でもひとまず休暇の申請をし、上官を説得してみよう。自分は戦場内外で抜群の記録を残しつつ、登攀技術にも磨きをかけてきた。そのすべての経験を活かして、Ｇ２００遠征をバネに今回の偉業を達成した。**世界記録を塗り替えたことで、特殊舟艇部隊の名をよりいっそう世界にとどろかせられたはずだ。そうだろう？**

上官は提示した遠征計画を疑わしげに一瞥した。ほら、否定的な答えが返ってくるぞ。

「ニムス、Ｋ２に挑戦する気か？　あそこでは四人にひとりが死んでいる。カンチェンジュンガだって七人のうちひとりが死んでいるんだ。ずいぶんと壮大な計画を立てたな。登るというより、山から山を駆けずり回る感じだ。たとえそうしたって十一、二週かかるだろう。いやはや、本当にこんなことが可能なのか？」

私は上官の冒険心に訴えようとした。「グルカ兵だった時代、特殊部隊の一員になりたくてたまりませんでした。金のためでも、名誉のためでもありません。選び抜かれた最高の兵士たちのなかで任務につきたかったからです。Ｇ２００遠征で誰もがあきらめたときも、私は固定ロープを張って頂上にたどり着き、特殊舟艇部隊の旗を高く掲げました。今回もそれと同じことをやり遂げたいんです」

上官は首を振り、こう説明した。自分にはそんな休暇を与える権限がない。あまりに危険すぎる。しかも特殊部隊の一員がパキスタンと中国の国境に位置するＫ２に登ると知られたら、テロリストからの攻撃を招くかもしれない、と。「どう考えても無理な話だ」

たちまち自信がしぼむのを感じた。それでも夢を捨てる気にはなれない。それから数ヵ月間あちこち駆けずりまわり、いろいろな幹部にその遠征について訴え続けた。彼らが耳を傾けてくれているように思える日もあれば、まったく聞いてもらえないように思う日もあった。結局、自分で決着をつけることにした。

もはやこれまでだ。軍を辞めるしかない。

そう考えた瞬間、いっさいの束縛から解き放たれたような感じを覚えた。当時私は三五歳。軍を辞めさえすれば、さらに大胆な挑戦ができるとわかっていた。八日間で五座踏破よりも、もっと大きな目標を打ち立てるのはどうだ？　いっそのことデス・ゾーン一四座すべてを、想像を絶する世界最速のスピードで踏破するのは？　予測不可能な困難が待ち受けているようには思えない。**問題があるとすれば、実現に漕ぎ着けるまでの政治的手段と金をどうするかのみだ。**もちろん運が悪ければ、実際に登り始めて雪崩かクレバスに遭う危険性もある……。

いや、この体に流れる「いかなるときも恐れ知らずであれ」というグルカ兵の血が騒いでいる。これまでもアンナプルナでは、雪崩のせいで何十人もの登山家たちが命を落としてきた。私がそのひとりになっても少しもおかしくはない。そういうことをあれこれ考えすぎるつもりはない。というか、デス・ゾーン一四座でどんな危険が待ち受けていても自分なら対処可能だ、と思える。悪天候や豪雪に見舞われた際、どう対処すべきかはすでに学んでいた。ひるむことなく、やるべきことを効率よくやれるだろう。「臆病者になるくらいなら死んだほうがまし」だ。しかも、三〇代で軍を辞することにためらいはない。八〇歳をすぎて、体の自由がきかなくなってまで軍にしがみついているのがいいことか？　むしろ体が元気に動くうちに退きたい。

ただし、この遠征に関する政治的手段と金に関する問題となると、また別の話だ。多くの書類仕事と許可申請が必要になる。特にチベットに位置するシシャパンマは、中国政府の入山許可が必要だ。金はいくらあっても足りない。デス・ゾーン一四座完全制覇には七五万ポンド、いや、それ以上かかりそうだ。スポンサー探しをしながら、その他の資金調達の手段を模索しなければならないだろう。まずは、本当に軍を辞めるべきか真剣に考えることだ。八〇〇〇メートル峰一四座すべての頂に到達できる――という自信はあるか？　もしあるなら、絶対にその目標を達成できるはずだ。

いままでの訓練と実戦経験を考えれば、絶対に達成できると思える。グルカ兵だったときは、常に居心地のいい場所から抜け出し、自ら困難な状況に飛び込んでいた。おかげで、身体能力以上に精神力が鍛えられた。特殊部隊の一員になってからも同じだ。厳しい訓練のおかげで、自分の心理的限界をさらに高められた。デス・ゾーン一四座を一気に狙うとなれば、物流計画にも苦労するだろうが、これまでの登攀を通じて登山関係者たちとそれなりの人脈を築いてきた。自分にはそういったネットワークを活用し、この遠征を実現させる能力があるはずだ。

ある日の午後、ノートパソコンを開いて、いままでこの種の遠征に挑戦した人は何人くらいで、どの程度の時間をかけていたのか調べてみた。オンライン情報によれば、八〇〇〇メートル峰一四座踏破に成功した登山家は一四人。世界記録は二〇一三年にキム・チャンホ（韓国）が達成した七年一〇ヵ月六日だ。それ以前の最速記録は一九八七年に登攀したイェジ・ククチカ（ポーランド）の七年一一ヵ月一四日だった。ちなみに一九八六年、人類史上初の八〇〇〇メートル峰完全制覇を成し遂げたのは伝説の登山家ラインホルト・メスナー（イタリア）であり、ククチカはふたり目の成功者となった。

つまり、この偉業はおいそれとは達成できないが、それだけ深いインパクトがある。これまでの平均から見ると、達成には数年かかるのが当たり前のようだ。ただエベレスト、ローツェ、マカルーを五日間で制したことから（ダウラギリ制覇二週間は言う必要もない）、自分ならこの世界記録を縮められる可能性がある。問題は、どの程度縮められるかだけだ。

現実的な見積もりを心がけるようにした。**資金はまったくない。調達のためにしばらく時間がかかるだろう。つてもある祖国ネパールを本拠地としてこの遠征を始めればなんとかなるはずだ。**

登攀すべき山々をリストアップしてみた。アンナプルナ、ダウラギリ、カンチェンジュンガ、エベレスト、ローツェ、マカルー、マナスル……。

パキスタンとなると、状況はまるで異なってくる。それぞれのベースキャンプまでの距離が長く、天候も不安定だ。

ナンガ・パルバット、ガッシャーブルムI峰、II峰、K2、ブロード・ピーク……。

チベットに入ると、もっと厄介だ。書類仕事と許可申請で時間をとられるかもしれない。

チョ・オユー、シシャパンマ……。

一四座のなかで登攀経験があるのは四座しかない。だったら七ヵ月でどうだ？　数週間前後するかもしれないが、七ヵ月あれば一四座すべて踏破できるだろう。

一四座全踏破七年といういままでの世界記録をいきなり七ヵ月に短縮する。どう考えても大胆すぎる目標だ。思いついたとたん、その考えが頭から離れなくなった。肝心なのは、どんな天候であっても可能な限り速いスピードで登ること。それこそがニムス・スタイルなのだ。自らに課してきた精神・感情面での限界を超えたいという強い思いはあるが、今回の挑戦は自分のためだけではない。祖国ネパールのためでもある。いまネパールは深刻な気候変動に苦しんでいる。今回の挑戦で、少しでも世界を変えたい。各地で洪水が多発したり氷河の消失が起きたりしている現状や、山岳地帯で暮らす人たちが陥っている窮状に、世間の注目や関心を集めたい。

何よりいいのは、これまでの常識を破れることだ。そう考えるだけで胸が高鳴る。このとんでもない野望を実現し、人には不可能を可能にする力があると証明できたら、子どもも大人もより大きな夢や希望を抱く助けになるかもしれない。彼らもまた、それまでは想像もできなかったことを「やってみようか」と考えられるようになるだろう。

まずは、この壮大なミッションに名前をつけることにした。その名は「**プロジェクト・ポッシブル**」次に、この戦いをやり遂げるための計画を立てることにした。このプロジェクトの成功を疑う人たちがいても、毅然とした態度を貫けるように。

特殊舟艇部隊を辞めるにあたり一番不安だったのは、精神的な安定を失うことだった。いつも命がけで哨戒活動を行ったり、敵方がひそむ建物に侵入したりしていたのを考えると、なんとも皮肉な話だ。それまでの一六年、英国軍での任務が私のすべてだった。どこに、いついるかは任務によって決められていた。家族と暮らす家も、日々の日課もすべて、軍から与えられていた。隊員としての仕事は危険だったし、常に大きなストレスを感じていたが、そういう生活に慣れていたし、ある程度の親しみも覚えていた。たとえ戦場にいても、そこが私の居場所であり、目の前の任務に集中し、誠意を尽くすのが本意と考えてきた。軍を辞める計画を立てる間も、自分は本当に英国女王と国王に忠誠を尽くしたと言えるのかと思い悩むこともあった。

もうひとつ、不安だったのは金だ。あと二、三年勤務し続けたら、莫大な年金を手に入れられるのだが、いま軍を辞めると多額の年金をあきらめなければならない。やはり心配だ。この先、金銭的なストレスに立ち向かわなければいけなくなるだろう。

そういった疑念を脇に置いて、二〇一八年三月一九日、国防省のサイトにログインし、退職願を提出した。私の場合、退職の事前通知期間は一年間だった。最初は数人の高官から引き留められ、ある高官からは、積雪寒冷地戦教官へ昇進させるという話をもちかけられた。特定分野の専門家として山に登り、高高度の厳しい環境で生き抜く術を教える実に名誉ある役職だ。これは私が特殊舟艇部隊のなかで最高の登山家であると認められたことを意味していた。

昇進をちらつかされただけではない。自分がやろうとしていることの落とし穴についても「いまここで軍を辞めれば経済的安定を失う。現実の世界をもっとよく見てみろ、そこではとんどの人が必死に求めているのは経済的安定だ」と指摘された。自分は「ほとんどの人」には当てはまらず、これまで現実の世界において、彼らとは違う生き方をしてきた。ネパールの貧しい家の子として育てられてきたのだ。たとえこの先、ダンボールハウスでの生活を余儀なくされても問題なく対処できる。しかし一番の驚きは、私の退職の意思を知った特殊空挺部隊から、ぜひ話したいことがあると彼らの本部に招かれ、面接した司令官から入隊を打診されたことだ。

「ニムス、G200遠征の成功、そして大英帝国勲章の授与、本当におめでとう」司令官は私の経歴に目を通しながら言った。「きみが山岳地帯ですばらしい力を発揮するのは我々も知っている。特殊空挺部隊の一員になってくれたら、手厚い待遇を約束しよう。より実力を発揮できる機会を与えるつもりだ。きみにとっても、ご家族にとってもいい話だと思う」

そのあと彼から、実に興味をそそられる提案をされた。名誉ある役職に就かせ、一年間ずっと高高度の登山だけに集中するプログラムを用意しているというのだ。さらに重要なのは、遠征に必要な旅費や装具にかかる費用も全額、特殊空挺部隊の予算から出るという点だった。夢のような話だが、特殊舟艇部隊から特殊空挺部隊へ移るのがどうにも不誠実に思える。いままでのチームを退団し、同じ地域のライバルチームへ移籍するサッカー選手のようではないか。そんな恩知らずな態度で世話になった特殊舟艇部隊の面々をがっかりさせるなんてありえない。だからこう答えた。

「自分のためにそんな高待遇を用意していただき、本当に光栄です。ですが、私が特殊部隊に入隊したのは偉くなるためでも、金を稼ぐためでもありません。もとの暮らしに戻っても大丈夫です。それに軍人として、チームを移ることはできません」

特殊空挺部隊司令官の反応は短く鋭かった。「忠誠心が厚いな。見あげたものだ。だがきみは本当に愚かだよ」

両肩をすくめ、彼に面接の礼を言ったものの、自宅へ戻る車内でも、考えずにはいられなかった。もしや決断を誤ったか？　特殊舟艇部隊と特殊空挺部隊のどちらにも所属した初の隊員となれたのに。誰にでもできることではない。賞賛に値する快挙だ。それから数日間、妻スチがインターネットで職探ししているのを横目で見ながら悩みに悩んだが結局、デス・ゾーン一四座制覇という最初の計画をやり遂げることにした。

家族や友人も混乱しきっている様子だった。私がいままで築いてきた長いキャリアの先に、まさかこんな結末が待ち受けていようとは思いもしなかったのだろう。兄たちからは恩知らずだと責められた。「かつて俺たちがチトワンに送金し続けなければ、お前はきちんとした教育を受けられず、英語も学べなかったはずだ。英語を学ばなかったら、英国軍の一員になることもなかっただろう」たしかにいまの自分があるのはすべて兄たちのおかげだ。電話してきたカマルは、何を考えているのか理解できないと嘆いた。

「ニムス、誰もが特殊部隊の一員になりたがる。せっかくその一員になれたのに、お前は辞めようとしている。しかも一〇年の戦歴が認められ、積雪寒冷地戦教官への昇進を約束されたのにだ。このまま勤めあげれば、戦地で手足の指や眼球を失うことなく、莫大な年金をもらえる。せっかくここまで苦労してきたのに、そのすべてを台無しにするつもりか？」

私は兄にこう答えた。「これは俺だけの問題じゃない。それに兄さんや家族だけの問題でもない。俺はもうそんなに若くない。挑戦する時間があまり残されていないんだ。でも、いまなら違いを生み出せる。八〇〇〇メートル峰登山を通じて、不可能を可能にできることを世界に示せる。これは試す価値のある、すばらしいミッションなんだ」

その電話から二ヵ月間、兄は私とひと言も口をきこうとしなかった。

家族生活にも金銭的な負担が及ぶことになった。ネパールでは、実の両親が貧しかったり、高齢のせいで自立生活ができなくなったりした場合、末息子が面倒を見るのが当たり前だ。私の場合、両親に金銭面で援助する必要があった。カマルとガンガーもできる限りの援助をしてくれていたが、それぞれ家族がいて面倒を見なければならない。だからグルカ兵として入隊して以来、私が月給のほとんどを両親に送金していた。父さんも母さんも、自分にとって大切な人だからだ。しかも、ここへきて母は体調不良が続いていた。

母は心臓病に苦しみ、とうとう手術でステントを入れる必要に迫られた。そのあと腎不全になり、しばらく治療のために定期的に通院を続けていたのだが、結局カトマンズの病院に入院することになった（チトワンには治療可能な施設がなかった）。父は半身不随で、カトマンズにいる母を見舞うこともできない。そんなふたりをもう一度同じ家に住まわせることが私の最終目標だったのだが、プロジェクト・ポッシブルに着手したいま、その目標達成は少しあとに延ばさざるを得ないだろう。

最初は両親も困惑していた。かつて住んでいた村はダウラギリの近くにあり、登山家たちはその村を通ってベースキャンプを目指すのだが、行きと帰りで彼らの人数が明らかに減っているのを何度か目の当たりにしていたせいだろう。母は以前、地元の小さなホテル《ティー・ハウス》で出会った登山家ふたりの様子をよく覚えていた。登山中に友人数人が死んだのだと、どちらも涙ながらに語っていたという。母は彼らの話を聞いて不安をかき立てられたそうだ。

その数年後の二〇一四年と一五年、エベレストで悲劇的な雪崩事故が起き、おおぜいの命が奪われたニュースを聞いて、母の不安はさらに増した。私が山に登ると考えただけでぞっとするという。実際、スマホで遠征の動画を見せるたびに顔をしかめてしまう。クンブ氷河で、クレバスに設置されたはしごを渡っている動画を見せると、いら立ちをあらわにし、私の新たな計画にどんな意味があるのか知りたがった。

「母さん、世界最高峰の山が一四座あるのは知ってるよね？」私は尋ねた。

母はうなずいた。「いくつかは知ってる」

それから知っている山の名前をあげ始めた。「**エベレスト、ダウラギリ**、ああ、あと**アンナプルナ**もあるね。でも、その山たちはお前となんの関係があるんだい？」

母はいら立っていた。**可愛い末息子が間違った方向に進んでいる**と考えているようだ。

「ねえ、ニルマル、私たちの体の具合が悪いからなの？　面倒をみるのが重荷だから？　もう生きているのが嫌になって、お前はこんな無謀なことをしようとしているの？」

「母さん、そうじゃない、すごいことだからさ。俺は世界じゅうの人たちに、本気でやればできないことなんてないってことを伝えようとしているんだ。すべてをやり遂げたら、俺はもっと強くなって戻ってくる。これまでとは違うニムスになってここへ帰ってくるんだ」

母はほほ笑んだ。「どのみち、私たちが何を言っても、お前は素直に聞こうとしないだろう。何がなんでもこの計画をやり遂げようとするはずだ。私たちはいつだってお前にいいことがたくさんあるよう祈っているよ」

家族だけではない。プロジェクト・ポッシブルについて話したところ、友人の誰もが本気にせず笑い出した。軍の同僚兵士たちからもさんざんからかわれた。彼らを責めることはできない。私が掲げたのは達成困難で、非現実的にも思える目標だったのだ——ただ「これまで誰も成し遂げたことがないから」という理由だけで。でも、かつては陸上の一マイル四分も、人類には永遠に越えられない壁だと言われていた。宇宙旅行もだ。二〇世紀初めには、月面を歩くなど、ジュール・ヴェルヌの冒険小説のなかの出来事としか考えられていなかった。もし宇宙に出発しようとしている若きニール・アームストロングに、誰かが「あなたの夢は叶いっこない」と言ったとしても、彼は耳を貸しただろうか？　**いや、**貸そうとしなかったはずだ。

もちろん月面着陸がそうであったように、失敗する可能性ゼロというのはありえない。というか、この計画の最中に、私が命を落とす危険性もある。もしプロジェクトが大失敗したら、世間の物笑いになるに違いない。「それ見たことか、だから気をつけろと言ったのに」と言われるはずだ。だが少なくとも「もしあのとき、あの計画に挑戦していたらどうだっただろう？」と後悔しながら死ぬことはない。

仮にこの計画を成功に導けたら……**その先**には、何が待っているのだろう？

8 いちかばちか

国防省によって、退職の事前通知期間である一年間が認められた瞬間から、私はふたつの計画に着手した。ひとつ目はプロジェクト・ポッシブルの詳細を決めることだ。狙うは二〇一九年。知り合いのネパール人登山家たちに一四座完登のサポートを頼むと同時に、過去五年間の登山シーズンの天気情報をもとに、年間を通じて登攀に最適な時期を検討し始めた。どの山に、どのタイミングで登るのが一番いいだろう？

それぞれの山の地理的条件を精査し、プロジェクトを三つのフェーズに分けた。第一フェーズではネパールの山々に挑戦。四月から五月にかけて、アンナプルナを皮切りにダウラギリ、カンチェンジュンガ、エベレスト、ローツェ、マカルーの頂を踏む。第二フェーズはパキスタンの山々に挑戦。七月にナンガ・パルバット、ガッシャーブルムⅠ峰、Ⅱ峰、K2、ブロード・ピークに登攀する。第三フェーズは、まずネパールのマナスルに登ったあと、チベットのチョ・オユーとシシャパンマを制覇する。どの山も登頂許可が必要なため、書類仕事が欠かせない。特に細心の注意を払わなければいけないのが、中国政府の管轄下にあり、チベットに位置するシシャパンマ。二〇一九年も一年を通じて入山規制が行われるのは明らかだ。ただ、いまから心配してもしかたがない。そのときがきたら心配しようと気持ちを切り替えた。

ミッションの計画を念入りに立てるのは得意中の得意だ。軍人生活でごく自然に身についている。だが資金調達の計画は得意とは言いがたい。プロジェクトのための資金をあちこちから募る必要があるが、難しい仕事になりそうだ。高地登山には法外な費用がかかる。二〇一九年、エベレスト登攀費用だけで四万から一五万ポンドほどが見込まれ、プロジェクト完遂には、恐ろしいほど巨額な費用がかかるだろう。大々的に資金の募集をかけなければならない。

こういった挑戦に資金を提供する企業があることを知った。スポンサー契約を結んで資金提供を受ける代わりに、一四座に挑戦する間ずっと、彼らの企業名やブランド商品を身につけるというものだ。ツアーごとに登山家たちを案内すれば、さらに報酬を受け取れるだろう（注1）。そこで各フェーズ最初の一座に登攀する際に、その山の頂を狙う熟練した登山家たちのガイドをすることにした。つまりはアンナプルナ、ナンガ・パルバット、マナスルだ。

やるべきことは山ほどあった。二〇一八年は軍での任務の合間に、一四座登攀計画を練っていた。資金調達活動は友人であるビジネスパートナー（ここでは匿名とする）に依頼していたが、ミーティングや企画会議があれば、列車に乗り込んで可能な限り参加するようにした。文字通り週七日間、休みなしだ。以前の特殊舟艇部隊選抜試験と同じように、絶え間ない移動で心身ともに疲弊し、それでもブレコン・ビーコン連山でそうしていたように、毎朝起きると自分に前向きな言葉をかけるようにしていた。「**俺ならできる。このミッションを邪魔するいかなる問題も、絶対にクリアしてみせる。俺はすでに世界一高いエベレストを制覇した男だ。しかも、いま目の前に立ちはだかっているのは資金面での問題だけ。さあ、この状況からとっとと抜け出そうぜ**」

グルカ兵に選ばれたときも、特殊舟艇部隊の一員として選抜されたときも、さらにエベレストを踏破したときも、燃えるような野心をバネに自分を奮い立たせてきた。今度はプロジェクト完遂のための資金調達を第一の目標にすればいい。その目標達成のためなら、なんだってやってやる。

だったら自分がすべきは、資金獲得を円滑に進めてビジネスパートナーを助け、複数の企業と投資契約を結ぶことだろう。企業にとって、プロジェクト・ポッシブルが魅力的な提案であるのはわかっている。だからこそ大切なのは、このミッションが世界じゅうの注目を集め、多くの人が噂するくらい大胆な発表ができるかどうかだ。

世界記録更新に自信を得て、私はこのプロジェクト発表のインパクトをさらに高める基準を設けた。まずは登攀スピードだ。八〇〇〇メートル峰一四座すべてを、それまでの世界記録を大幅に更新する記録的なスピードで制覇すると宣言した。自分のエベレスト、ローツェ、マカルーの三座完登の記録（さらにエベレスト頂上からローツェ頂上までの最短記録）をもとに計算し、実行可能だと判断してのことだ。それだけではない。世界最高峰五座（エベレスト、K2、カンチェンジュンガ、ローツェ、マカルー）と同じく、パキスタンの八〇〇〇メートル峰でも世界最速記録を更新するとぶちあげたのだ。

ところが、その野心的な目標は世間の注目をほとんど集めなかった。誰も彼も、私が冗談を言っていると考えたのだろう。その発表から数ヵ月間、ミーティングや電話をひっきりなしに繰り返したものの、衝撃的な現実に言葉を失うことになった。

「ニムス、ほとんど金が集まっていない」ビジネスパートナーから悲しげに言われたのだ。

「このままだと本当にまずい」

彼の言うとおりだった。銀行口座は空っぽのままで、第一フェーズさえ始められそうにない。まさににっちもさっちもいかない状態だ。いや、自分でそう考え込んでいるだけかも。すぐに戦略を変更し、私自身が先頭に立って資金調達活動をすることにした。やるべきことがさらに増えた。毎朝四時に起床し、数時間ソーシャルメディア活動をしてから朝七時に南海岸からロンドンへ向かう列車に飛び乗り、一日四、五回ほど人と会うのだが、相手の反応はあからさまな拒絶か口約束ばかり。深夜を過ぎても仕事が終わらない毎日が続いた。ロンドンから自宅に戻ってもパソコンを立ちあげ、フォローアップのメールを書き、インスタグラムやフェイスブックの更新をしてようやく一日が終了する。

当時はＩＴにまったく詳しくなかった。プロジェクト・ポッシブル関連の情報をいくつか投稿し、その記事にハッシュタグや関連リンクをつけるだけで丸二時間かかることもあった。そういった仕事が遅々として進まず、オンライン上でこんな不満を漏らした日もある。

今日も相変わらず、プロジェクト・ポッシブル資金調達のための厳しい戦いが続き、大苦戦を強いられている。しかも自分の専門分野ではない。誰かに会うたびに「ニムス、なぜ来年まで延ばさない？　来年にすれば資金を集める時間の余裕もできるだろう？」と言われる。だが俺の答えはいつも同じだ。「もし一度でも来年にすると口にすれば、そのままずるずると先延ばししそうだから」

一ポンドの資金も得られないまま数ヵ月が過ぎ、いよいよ二〇一九年。プロジェクト始動までのタイムリミットが迫ってきた。それなのにスポンサーは一社も見つからない。誰かと会っても、判で押したように「話を聞かせてくれてありがとう。でも、うちは遠慮しておく」という答えが返ってくるだけだ。彼らはプロジェクト・ポッシブルを達成不可能と考えているようで、なかにはこの計画を鼻で笑う人もいる。私は正真正銘の窮地に立たされていた。軍を辞めて収入はゼロ。生活費を切り詰めなくてはいけなくなったにもかかわらず、スチは応援し続けてくれた。私がプロジェクト実現のために奔走していても、少なくとも短期的には一ポンドの足しにもならないというのに、取り乱したり声を荒らげたりすることは一度もなかった。ひと息つける我が家という場所がどれほどありがたかったことか。

活動資金集めに積極的に関わるようになり、さらに多忙をきわめて苦しかったが、それでもやるしかなかった。へとへとに疲れ果てても、こなす必要のある仕事のリストは永遠に終わらないように思え、自宅へ戻ってもすぐに気持ちを切り替えることもできなかった。だが精神的な疲れがたまっていても、自分が感じているストレスや重圧についてスチに打ち明けるより、むしろすべて順調なふりをしているほうが気が楽だった。妻によけいな心配をかけたくない。それだけはどうしても避けたい。だから深夜一時や二時を過ぎ、スチがぐっすり眠っている間にベッドから抜け出し、電子メールや手紙を書くようにしていた。

ペースを緩めることなど無理だとわかっていた。どうしてもプロジェクト・ポッシブルを実現させたかった。苦しかったこの時期でも、プロジェクトを取りやめにしようかと迷ったことは一度もない。否定的な考えを少しでも思い浮かべたら、無意識のうちにその考えが将来のスポンサー企業や投資家たちに伝わってしまいそうで嫌だった。他人から信頼してもらうために大切なのは、まず私が自分自身を信じ続けることだ。

プロジェクト資金調達の試みはことごとく失敗し、重大な決断を下すべき瞬間が急速に近づきつつあった。このままいけば、このミッションを本当に続けるかあきらめるか決めなければならないだろう。だがすんでのところで希望をつないだ。特殊舟艇部隊の友人から紹介された男性がこのプロジェクトに興味を持ち、私の情熱を理解してくれ、その場で二万ポンドの資金調達を約束してくれた。さらにその後、私自身がある企業イベントで講演してもう一万ポンド得た。プロジェクト全体の経費総額七五万ポンドに比べれば少額にすぎないが、ここへきてまとまった金が入ったことはある程度の進歩と言えるだろう。

その時点で、自分で立ちあげたエリート・ヒマラヤン・アドベンチャーズを通じて「プロジェクト・ポッシブルのアンナプルナ登攀の同行希望者募集」という個人顧客向けの案内を始めた。さらに、寄付型クラウドファンディングGoFundMeにページを作成し、インスタグラムでもその日の最新情報をアップし続け、口コミによってフォロワー数と寄付金を増やし続けていた。元英国特殊部隊の兵士であり、テレビ番組ホストとして有名な冒険家アント・ミドルトンも気前よく二万五千ポンドを寄付してくれた。彼はグルカ兵の熱心な擁護者であり、同じ精鋭部隊でともに任務にあたった仲なのだ。

それでもまだ資金は全然足りない。第一フェーズを確実に始めるために究極の、しかも苦しい犠牲を払わざるを得なかった。自宅を担保にして金を借りたのだ。個人預金は全額、このミッションに注ぎ込んでいる以上、もはやそれしか方法がない。軍を引退した友人たちは自宅を二、三軒購入し、収入も貯金もあり、悠々自適の生活を送っているというのに、私は持てるすべてを登山に注ぎ込もうとしている。長い目で見れば「この投資で必ず見返りを得られる」とわかっていても、短期的に見ればあまりに痛い出費だ。

自宅を抵当に入れようか？　さんざん悩んだ。どう考えても危険な選択だが、もしプロジェクト・ポッシブルが成功したら、大きな報酬が見込めるはずだ。どれほど多額のローンがあっても、完済の目処は立つ。登山ガイドとして高額なガイド料を請求できるはずだし、晩餐会などにスピーカーとして招かれて多額の報酬も得られるだろう。特殊部隊の仲間でも、そういう講演で儲けている知り合いが何人かいる。でももし失敗したら？　宣言した期間内に一四座を完登できなかったら、世間から「口先ばかりで何も成し遂げられない奴」と切り捨てられ、キャリアアップなど見込めるはずもない。

友人たちの前では「いざとなったら、残りの人生ずっとテント生活でも大丈夫」などと強がっていたが、それはあくまで冗談。本音を言えば、失敗など絶対にしたくない。恥をかくよりも厳しい現実が待ち受けている可能性もある。もし私がミッション途中で命を落とせば、巨額の負債を妻スチと家族に背負わせてしまうその事実に思い至り、慄然とした——自宅を抵当に入れるという危険な一歩を踏み出す前に、スチの承諾を得なくてはならない。

　妻はいつも私の味方だった。軍人時代は常に「感情面でいかなる犠牲を払っても、精鋭部隊の一員として英国を守りたい」という私の理解者だった。そして今回は、夫にとってプロジェクト・ポッシブルがかけがえのないミッションであることもちゃんと理解してくれている。なぜなら、私がこの戦いに挑めるのは体力が充実しているいましかないからだ。実施を翌年まで、あるいは五年後まで先延ばしにすれば、このプロジェクトを成功させ、生きて戻る可能性が大きく減るだろう。精神面でも同じこと。軍での仕事を終えたばかりのいまが、気力も一番充実しているはずだ。任務中、残忍な暴力行為を目の当たりにする場面でも落ち着きは保てたし、ほとんどの場合、戦いの恐怖を跳ね返せていたように思う。

　自分の意思で特殊舟艇部隊を辞め、しかもその後に全身全霊で打ち込めるプロジェクトがあるのは、なんとありがたいことだろう。軍の仲間のなかには、負傷したせいで辞めざるを得なかった者もおおぜいいた。カミソリのような鋭さと集中力が必要とされる任務を続けられなくなったためだ。特殊舟艇部隊の同僚オペレーターたちのなかにも、心がぼろぼろになって辞めた者たちが多くいた。新たな人生の目的を見つけるのは、それこそ戦争で任務にあたるのと同じくらい厳しい試練だったに違いない。今後の人生をすべて賭けていいと思えるような、胸躍る目標はなかなか見つけられるものではない。私は本当に運がよかった。軍を辞めたのは、情熱を燃やせる目標を新たに見つけられたからだ。一四座すべてを制覇したい。その思いに突き動かされるような毎日を送れているのがつくづく幸せだ。しかもミッションが終わっても、同行した仲間たちと強力な絆を持ち続けられるのだ。

自然には癒しの力がある。外に出て、高い山に登ればすがすがしい気分になれる。山では人種、宗教、肌の色、性別などはいっさい気にならない。そういった差別や偏見を持っているのは私たち人間だけ。**山は誰に対しても公平に接してくれる。**偏った判断を下したりしない。心が折れそうになっている友人から苦しい胸の内を打ち明けられるといつも、私は彼らを山登りに連れて行く。登山は最高のセラピーだ。人生とはもっと単純なもの。アイゼンを装着して雪の大地を踏みしめ、ロープをたどりながら山頂を目指し、自然と触れ合っているうちにそう感じられるようになる。

私はプライドを捨て、自宅を抵当に入れていいかと妻に尋ねてみた。

「俺はこの夢に自分のすべてを賭けてる。このプロジェクトがなかったら、俺は俺でいられなくなってしまう。もし最悪の事態が起きて、一四座完登できなかったとしても、設立した登山会社があるから暮らしていけるし、何があっても絶対に生き残れる。いままで得たもののすべてを失って、また一から始めなければいけないとしても、俺たちは大丈夫だ」

スチにはいろいろと苦労をかけてきた。軍の危険な任務について何年も家を留守にしたり、かと思えば軍を早々と辞めたり、あともう少し勤務すればもらえるはずだった多額の年金を、よりによって登山のためにあきらめたり。そんな我慢を強いてきたのだ。この期に及んで、こんなお願いをするのは、どう考えても図々しいだろう。でもすでに万策尽きている。自宅を抵当に入れて巨額の借り入れをするしか、もう方法がない。

スチは真剣なまなざしで私を見た。「わかったわ、ニムス」そしてぽつりとつけ加えた。

「でもあなたは大丈夫」

妻がまだこの自分を、さらにはプロジェクト・ポッシブル成功を信じてくれているとわかり、どれほどほっとしたかわからない。スチは、私の成功を一ミリも疑っていないし、このミッションを絶対にやり遂げられると言ってくれた。ただ少し心配なのは、今回の挑戦でどれほどの経済的打撃を受けるかだけだ、と。知り合って以来ずっとスチにはある種の強さがあると感じていた。あまり多くの人が持っていない力強さだ。妻としてだけでなく、ひとりの女性としてのパワーと言っていい。心からそのことに感謝したい。夫の夢を叶えるために、いかなるリスクが待ち受けていようとも、スチは覚悟を決めてくれていたのだ。

奇妙に聞こえるかもしれないが、私自身は、自分の家を抵当に入れることに不安を覚えていなかった。軍人として精神的に追い詰められた経験から、我が家を失うかもしれないと考えても「これも苦しみのひとつ」ととらえ、対処可能なのだと受け止められた。「最悪の事態が起きても生計を立てる方法を見つけ出す」というのが、私の心のデフォルト設定だった。それゆえ不安はない。でもスチの場合は話が全然違う。それなのに、彼女は私と同じくすべてをこのプロジェクトに賭ける覚悟を決めてくれていた。思わず大きな安堵のため息をついた。


資金調達のために車を走らせている最中、一瞬だけ心が折れそうになったときがある。

あれは二月。プロジェクト開始まであと一ヵ月しかないというのに、資金集めはうまくいっていなかった。いくら人と会っても、誰からもいい返事は聞けない。そんなミーティングを果てしなく繰り返し、列車で移動したり、あちこち電話をかけたりしながらまたしても一週間が過ぎようとしていた。高速道路M3でロンドンからプールへ向かい、自宅へ戻る車のなか、頭はいろいろな請求書や契約書の数字でいっぱいだった。結局、担保を引いたあとの我が家の純粋価値は六万五千ポンドだった。そこからプロジェクト挑戦や山岳ガイドの仕事で留守にしている間の生活費を差し引き、残額すべてをプロジェクト・ポッシブルに充てたところ、物事がゆっくり動き出すようになった。第一フェーズのための飛行機チケットを予約し、登頂許可を得て、プロジェクト開始に必要な装備や物資もすべて揃えた。

それでもまだストレスを感じ続けていた。外部からの支援が足りなすぎる。夢のようなプロジェクトなのに、なぜ誰も俺を応援してくれない？　同時に、ネパールの古い慣習も両肩に重たくのしかかっていた。かつてベルゲン・リュックのなかに大きな岩を放り込まれたときみたいにずっしりとだ。**もし自分がこのプロジェクトを終わらせられなかったら、病気の父さんや母さんはどうなるんだ？** 不意に強い感情に襲われた。前を走る車のブレーキランプや道路標識が涙でかすんで見える。

くそっ、ニムス、お前はなぜこんなことをしようとしている？ お前が愛してやまない人たちに対してまでも？

ひとまず道路の待避所に停車して考えをまとめようとした。もし誰もが考えもしなかったことをお前が達成したら、どんなことが起きる？ あらゆる可能性を考えてみるんだ。

思い出せ。プロジェクト・ポッシブルは俺だけのものじゃない。これは常に変わらない真実だ。もちろん、ものすごい重圧がかかっているのは俺の両肩だし、この野心的なミッション達成のために大変な努力をしなければいけないのも俺だ。何か戦利品があるとすれば、それを手にするのも俺だが、ここで自分の目的をいま一度はっきりと思い出せ。俺が世間に示そうとしているのは、たとえ達成不可能な目標に思えても、その人が持っている身体と精神の力を出し切って挑戦すれば、必ず結果を出せるということ。一番大事なのはそこだ。また、かつて二〇世紀の大半においてそうだったように、ネパールの登山コミュニティをふたたび世界一の集団としてまとめあげ、彼らの名誉を回復したい。このプロジェクトを通じて、気候変動の問題も訴えたい。最後に元特殊部隊の兵士として、戦闘中であってもなくても、選び抜かれた精鋭集団という特殊舟艇部隊のイメージを強調したい。

思い出せ。プロジェクト・ポッシブルはけっして俺だけのものじゃない。

私は涙を拭いた。

絶対にやり遂げてやる。

実戦中に身をもって学んだのは、いかなる敵も障害物も新たな試練であり、解決し克服しなければならないということ。なんとしてもこの新しい環境に適応し、生き残らなければならない。特殊舟艇部隊の選抜試験や紛争地域での戦闘、世界最高峰エベレスト完登のときのように。私は意欲を取り戻し、次の数週間ひたすら計画を推し進めた。見込みのありそうな支援者たちからことごとく援助を断られても、自分にこう言い聞かせるようにした。「彼らには俺が達成しようとしていることの大きさがわからないだけだ」

断りの返事が続いた。「**なぜ失敗するとわかっている計画に金を注ぎ込まなければいけないんだ？**　どう考えても無駄遣いじゃないか」最悪な結末を口にする者たちもいた。「**無謀な計画に資金提供なんかしてきみが死んだら、私たちにも責任の一端があると責められるのがオチだろう？**」こんな返事ばかり聞かされてがっかりしたが、かえってこれまで以上に決意を固くした。彼ら全員が間違っていたと証明してやる。

ありがたいことに、話を聞いてくれた人たち全員が悲観的だったわけではない。在英ネパール人コミュニティ、それに退役した元グルカ兵グループから募金活動に協力するという申し出を受けた。年金受給者や退役軍人たちがプロジェクト・ポッシブル支援のために五ポンド、一〇ポンド、二〇ポンドといった金額を寄付してくれたのだ。彼らの厚意を目の当たりにして、本当に頭が下がる思いだった。第一フェーズまでの秒読み段階に入ると、支援金は総額約一一万五千ポンドにまで達した。第一フェーズ全体に必要な金額には遠く及ばないが登攀を完了するたびに、世間の興味はより高まるはずだ。私の順調な進捗状況を知れば、企業やマスコミ、登山コミュニティは衝撃を受け、すぐに支援金を申し出てくるに違いない。

自分を信じる心と気運の高まりを頼りに、私はこれまで生きてきたなかで最も野心的な挑戦への準備を整え続けた。

（注1）自分のキャリアと登山への情熱を結びつけるというアイデアが気に入ったため、私は二〇一七年一二月、エリート・ヒマラヤン・アドベンチャーズという会社を立ちあげ、二〇一八年から顧客の登山ガイド活動を始めた。八〇〇〇メートル峰制覇を目指す熟練した登山家たちのために有料で、経験豊富な山岳ガイドたちがサポートを行っている。

9 尊敬は勝ち取るもの

普通に考えれば、アンナプルナはプロジェクト・ポッシブルで最初に挑戦する山としてふさわしくない。理由ならいくらでもあげられる。まず標高こそ世界第一〇位ではあるものの、世界一死亡者数が多い山だからだ。二〇一九年初めの時点でほぼ六〇人が命を落としており、死亡率は三八パーセント。これは八〇〇〇メートル峰のなかでもダントツに高い死亡率だ。それほど危険な理由は、なんといっても天候の変わりやすさにある。アンナプルナは氷河に広がる戦闘地帯のようなもの。雪崩の危険性がきわめて高く、ひんぱんに発生する。運悪く間違ったタイミングで間違った場所にいて巨大雪崩に襲われたら、一瞬にして断崖絶壁に面した山道に閉じ込められる。雪に覆い隠されて見えないクレバスに落ち、自分でも知らないうちに死に至る登山家たちもいる。

もともとヒマラヤの天気は気まぐれだ。ほんの一瞬で悪化してしまう。二〇一四年、雪嵐のせいで四三名もの死者（そのうちトレッキング中の外国人が二一名）が出たことからも、その天候の豹変ぶりがわかるだろう。とにかく昔から、アンナプルナは「嵐につかまったら絶対に頂を踏めない魔の山」として知られているのだ。

もちろん、もっと攻略しやすい山から始めることもできた。だが私はアンナプルナこそ、この遠征に同行してくれるチームメンバーの実力を確かめるのにうってつけの山だと考えていた。どれほど経験豊富な登山家も、八〇〇〇メートル峰に挑戦する際にはサポート隊が必要だ。しかも今回のプロジェクトでは、一四座を通じて自分たちで固定ロープを張り続けなければならない。だから一座攻略のためにどの程度の人数のサポートメンバーが必要か、正確に把握しておきたかった。たとえば、その山に挑戦する遠征隊が私たちだけで、私が頂上までの固定ロープ張りチームを率いる場合、サポートメンバーは数人必要になる。だが、もし私がいままで登ったことのある山で、しかも頂上までの固定ロープがすべて張られている場合、エベレストのときのようにサポートメンバーはひとりだけでいい。

今回の遠征メンバーの能力を正確に把握することはきわめて重要だ。それもなるべく早く。二〇一八年を通してともに登攀したメンバーは、八〇〇〇メートル峰を何度も踏破した経験のあるベテランばかりで、全員個人ガイドとして独立していたのだが、今回のように一四座をすばやく連続踏破するには歳を取りすぎていた。過去に戦地での体験から教えられたのは「生死を分ける状況で、人の本性が現れる」ということだ。特に銃撃戦の場合、如実にその人の本性があらわになる。グルカ兵部隊であれ、英国海兵隊であれ、訓練は楽々とこなせた新米兵士でも、すぐ脇を銃弾や爆弾が飛び交う実戦に参加してみないと、戦いの場での本当の実力はわからないものなのだ。

登山の世界で言えば、アンナプルナはまさにそういった銃撃戦にたとえられる。私たちは固定ロープを張りながら登攀しなければならない。それだけでもキツい作業なうえ、どの段階でも死の恐怖が待ち受けている。真の実力を知るのに、これ以上の山はない。同行する遠征メンバーたちにとっても、私自身にとってもだ。ひとつのチームとして、そう簡単に登頂を果たせる山ではない。またそのチームを率いるリーダーとして、登攀にかかる重圧は計り知れないほど大きい。いつ危険に遭遇してもおかしくないなか、こいつなら冷静さを保ち続けられるだろうと信頼できるのは、いったいどのメンバーなのか？　その答えを早急に知る必要がある。同時に、ひとつのチームとして見た場合、弱さやもろさ、欠点があるとしたらその点も把握しておきたい。メンバーのなかにはすでに友人だったり、ともに登山をした経験のある仲間だったりする者もいた。ミングマ・デヴィッド、ラクパ・デンディ・シェルパ、ハラン・ドーチ・シェルパの三人だ。

ミングマは、あのドルジェ・カトリの甥っ子だ。初めて顔を合わせたのは二〇一四年のカトマンズ。そのあとすぐ、クンブ氷河の悲劇でドルジェは命を落とすことになった。山仲間の話によれば、ミングマは優れた登山家でエベレスト、ローツェ、マカルー、Ｋ２の登攀経験があり、体重わずか五四キロという痩身だが、強靭な肉体の持ち主である。これまでも遠征中に見かけるたびに「いまいるなかでも最強のガイド」という好印象を抱いてきた。しかも彼が高高度のダウラギリ、マカルー、エベレストで人命救助をした武勇伝はいまも語り草になっている。

二〇一六年、私がエベレスト初登頂に成功したときからずっとミングマが一緒に登りたがっているのは知っていた。パサンとともに頂を踏んだあのとき、ミングマは私がルクラ空港で出会った『エベレスト・エア』撮影チームのサポートを担当していたため、私たちが苦労しながらキャンプ4へ進んでいるときも一緒だった。その日、エベレストに吹き荒れたいまいましい強風のせいで、パサンと私がスノーシェルターに一時避難したとき、すぐ近くでミングマともうひとりのシェルパがテントを張っていた。彼らは私たちに気づくと、手を振りながら叫んだ。

「ニムスダイ、ここで何してるんだ?」ミングマが尋ねた。「高地肺水腫だって聞いたよ」

ダイ（dai）は「兄弟」を意味するネパール語だ。

「ああ、ヤバかったがどうにかなった」私は笑いながら答えた。「ちょっと休む必要があっただけだ。これからてっぺんを目指す」

かすかな光のなか、こちらをしばし見つめ返しているミングマの顔が見えた。こいつはバカがつくほど大胆なのか、それとも死にたがっているのか、と決めかねているような表情だ。ミングマは叫んだ。「なあ、ニムス、俺たちシェルパの仕事は登山者がてっぺんまで登る手助けをすることだ。俺たちなら、どんな山でも、どんな相手のお供もできる」

パサンを指差した。「きみのシェルパには経験がない。だから……」

だから?

「この先、俺がきみのお供をする。ニムスダイ、俺がきみを助ける」

そう言われ、心が乱れた。高地肺水腫を発症したため、単独でのエベレスト完登は無理だし、頂上へたどり着くにはパサンが必要だとわかっている。いっぽうで、自分のせいでほかの遠征隊に迷惑をかけたくないという強い思いもあった。途中でまた肺の具合がおかしくなり、高地で救助が必要になったらどうしようというストレスを感じていたのも事実だ。だからこの申し出に心が揺れた。彼らが設営したテントにありがたく入れてもらい、強風がおさまってふたたび登り始めるタイミングをうかがう間もひたすら考えていた。ミングマは優れたガイドとして名高い。まさに山岳界きってのエリート戦闘員と言っていい。**そんな彼が本気で私とチームを組みたがっているのだろうか？**

ミングマの申し出にはいたく感動した。結局彼の手助けを断り、エベレストにはパサンと登ることにしたのだが、このとき以来、「いつかミングマとチームを組んで一緒に登攀したい」と思うようになった。彼は心身ともに強く、しかも怖いもの知らずだからだ。

顔が広いミングマはプロジェクト・ポッシブルにゲスマン・タマンという友人を同行させたがった。ミングマに負けず強靭な体力の持ち主であり、八〇〇〇メートル峰に関してはやや経験が浅い。ミングマと同じく、いままでエベレスト、ローツェ、マカルーを制した経験はあるにはあるが、数えるほどしかない。だが、雪崩救助および高地山岳救助の訓練は受けていた。

初めてゲスマンについて話したとき、ミングマは言った。「本当にいい奴さ。まさに雄牛並みの体力の持ち主で、しかもどんなときでも正しい道を突き進もうとする。信頼できる奴なんだ」

プロジェクト参加希望者たちから送られてきた履歴書はどれも完璧だったが、このミングマの推薦の言葉も負けず劣らず心に響いた。しかも、ミングマもゲスマンも強みは並外れた体力だけではなく前向きな精神の持ち主でもある。このミッションに同行するメンバーは全員、プラス思考である必要がある。金や栄光を求めて登山するのではなく、山に登ること自体にあふれる情熱を持つ者であってほしい——私はかねがねそう考えていた（もちろん、晴れてこのプロジェクトを達成できれば、同行メンバーたちもより高額なガイド料を手にできるようになるとわかっていたが）。何より重要なのは、今回のプロジェクトを通じて、彼らにネパール人山岳ガイドとして誇りを持ってもらうことだった。

ずっと、シェルパ族の文化にもっとスポットライトを当てたいと考えてきた。それを自分なりのやり方で実現しようとしたのが、このプロジェクト・ポッシブルだ。長い登山の歴史のなかで、あまりに長い間、シェルパたちの偉業が見過ごされてきた。私の登攀に関して言えば、八〇〇〇メートル峰登頂成功の多くを支えてくれたのは彼らシェルパたちだ。大きな困難に直面しても、遠征を毎回無事にやり遂げられたのは、彼らが独自のネットワークを駆使して重い荷物を運び、支援してくれたからにほかならない。あのエベレストに固定ロープを張る作業をこなしているのは彼らで、登山者たちが身軽に頂上までの長い道のりを歩けるのは、金を払って彼らに重い装備や日用品を運ばせているからだという事実をどれだけの人が知っているのだろう？

シェルパたちはほかにも多くの専門的な役割をこなしている。たとえばエベレストでは、

「アイスフォール・ドクター」と呼ばれるシェルパの精鋭集団がいる。彼らの役割は、クレバスが幾重にも口を開けている巨大なクンブ氷河上にはしごをかけ、固定ロープを張るというものだ。通常、アイスフォール・ドクターたち全員に報酬が支払われるが、その額たるや、作業中にさらされる命の危険を考えるとあまりに少なすぎる。彼らが仕事をしてくれなければ、登山者の多くがエベレスト登攀に失敗するだろう。さほど経験のない登山者なら命を落としてもおかしくない。シェルパたちはもう何年もずっと、不可能と思われることを可能にしてきたのに、彼らの努力が称賛されることはほとんどない。

山では、そういった「政治」が当然のように働いている。その現状を見るにつけ、私はいら立ちを覚えずにはいられない。八〇〇〇メートル峰に挑戦し始めたとき、いろいろなウェブサイトや雑誌で、名だたる登山家たちがデス・ゾーンの頂に立つ姿を見たり、彼らの偉業をたたえる記事を読んだりして感動したものだ。そしてそのあと、登山家たちを支えた本当の英雄たちの名前を探した。結局、有名登山家たちよりも重い荷物を運び、彼らのために固定ロープを張ったのはシェルパたちなのだ。ところが、遠征隊の誰よりも苦しい仕事をやり遂げたシェルパの名前はどこにも載っていなかった。

登山家のようにシェルパも尊敬されるべきだ。それなのに、この差はなんだろう？　腹が立ってしかたがなかった。働きに対して報酬を与えられてはいるが、シェルパの仕事は信じられないほど危険なのだ。プロジェクト・ポッシブルを通じて、ネパールの登山家たちの高い能力にもっと光を当てたい。このプロジェクトに参加するメンバーにも、そんな哲学を持っていてほしい。私が求めているのは、おとなしく従順なメンバーでも、こちらの言いなりになるメンバーでもない。自分の頭で考えられるメンバーだった。

チームゆえ、それなりの上下関係はある。このプロジェクトではチームを率いるのも、プレッシャーのかかる状況で決断を下すのも私だということは初めから明言していた。精鋭部隊の隊員として、さらには寒冷地戦のスペシャリストとして、これまで学んだスキルをフル活用するつもりだった。実際、軍隊時代に身につけたスキルや経験のいくつかは、そのままプロジェクト・ポッシブルにも応用できた。特殊部隊では、どのチームも熟練の戦士たちで構成される。今回私が作った登攀チームも、まさにそれと同じ。集めたのは、気力体力ともに充実したメンバーばかり。リーダーは私だが、メンバーたちも登山のスペシャリストとして力を発揮してもらう。メンバーそれぞれが特殊技能を持っていて、危険な瞬間に直面しても、自分で自分の面倒を見られる者たちだ。

いまから挑もうとしている一四座では、苦しい試練がいくつも待ち受けているだろう。これ以上ないほどの結束力を発揮して、凄まじい積雪や悪天候をものともせず、チームみんなで道を切り開いていきたい。全員が選びに選ばれたメンバー。このプロジェクトを通じて、チーム全員が「高地登山に挑む特殊部隊の精鋭」として見なされるようになってほしい。シェルパに対する敬意を高めたい。

多くの点において、今回のアンナプルナ登攀メンバーに求める条件は、英国特殊部隊選抜のそれと重なっていた。プロジェクト・ポッシブルのメンバーたちは常に強く、有能で、プラス思考でなければならない。実際に選ばれたメンバーたち全員が、その条件をじゅうぶんに満たしている。もちろん選抜過程ではわからなかった部分もあるはずだ。実際に一座目であるアンナプルナに登攀すればそれも明らかになり、本当の姿がわかるようになるだろう。

常に各メンバーの違いも見きわめるようにしていた。最初から、今回の遠征隊はふたつのチームに分けようと決めていたからだ。最終的に私と一緒に登攀するメインの第一チームにはミングマとゲスマン、ゲルジェン・シェルパ、ラクパ・デンディ・シェルパを参加させた。いっぽう第二チームにはソナム・シェルパ、ハラン・ドーチ・シェルパ、ラメシュ・グールン、さらに必要とあらばすぐに交代できるバックアップ役として、ミングマの弟であるカサン・シェルパを加えた。もうひとりのメンバーであるダワ・シェルパには、私たちの遠征計画の行程すべてを、念のために再確認する役を任せた。

このチーム作りには満足していた。メンバーは個性豊かだ。当初、ゲルジェン・シェルパにはアンナプルナでの固定ロープ張りの作業を任せるつもりだったのだが、プロジェクト全体を通して、そのまま第一チームに残すことにした。いつも熱意に満ちあふれ、ダンスも踊れば笑みも浮かべ、何があっても落ち込んだり動揺したりしないゲルジェンが好ましく思えたからだ。アンナプルナの登攀メンバーが決まり、二座目ダウラギリの登攀メンバーについて考えているうちに、チーム全員に共通するあるひとつの特徴に気づいた。メンバーの誰もが懸命で、たとえ多大な努力を強いられても文句を言う者は誰ひとりいない。山では大変な努力を強いられることが多々あるものなのだ。

私がアンナプルナ登攀計画に微調整を加えるたびに、ほかのメンバーたちは「よし、それでいこう！」と応じてくれる。どんなアイデアを提案してもその場ですぐに話し合われ、「できない」と言われることがない。まるで誰もがノーという言葉を忘れているかのようだ。その理由として真っ先にあげられるのは、チームの団結力の強さだろう。かつてのエベレスト、ローツェ、マカルー登攀の話を聞き、メンバーの多くが私に敬意を払ってくれていたことも大きい。彼らはみんな、私から認められることを望んでいた。まさにこの第一フェーズに必要な、理想的な心理プロセスが自然に生み出されていたのだ。

ソナム・シェルパには支援チームの仕事全般を任せた。毎回のサミット・プッシュに備えた物流面での調整を行うと同時に、金を支払って今回のアンナプルナ、七月のナンガ・パルバット、九月のマナスル登攀時に同行する顧客たちの世話もしてもらう。ソナムには山にいる間、固定ロープ張り作業を手伝ってもらうと同時に、ベースキャンプなどから無線連絡を通じて私たち遠征隊の動き全体に目を光らせる役割も担わせた。

天候が突然変わった場合、私たちにいち早く緊急事態を伝えるのもソナムの役目だ。仮にミッションが最悪な事態に陥りそうになった場合、ヘリコプター救助要請など必要な手配をするのも彼だ。重責を担う支援チームには、ラクパ・デンディ・シェルパも加えることにした。二〇一七年、私がＧ２００遠征時に固定ロープ張りをした際、作業を手助けしてくれた登山家だ。そのときは彼とふたりで、二一四キロもあるロープをエベレスト山頂まで運んだ。ラクパ・デンディならば、山ごとひとつ持ち上げられるかもしれない。

両チームとも経験豊富な強力メンバーが揃っているものの、このプロジェクトが成功するかどうかは、彼らの能力をどう使うかにかかっている。メンバー全員、これまで八〇〇〇メートル峰を何座か登攀した経験はあるが、ガッシャーブルムI峰、II峰、K2、ブロード・ピークを完登した者は誰ひとりいない。私自身もまだ八〇〇〇メートル峰を四座しか制覇したことがない。これから一座ずつ完登を重ねていけば、プロジェクト・ポッシブルのメンバー全員が経験を広げ、評判を高めるだろう。これから先、デス・ゾーン挑戦をもくろむ遠征隊たちの間で、ガイド役として引っ張りだこになるはずだ。

そんな志の高いメンバーたちを率いるには、軍で教わったリーダーとしてのスキルを惜しみなく振るうつもりだったが、私はあのG200遠征を通じて、リードしすぎないことの大切さも学んでいた。最後の瞬間まで、メンバーたちを失望させることなく士気を高く保ち続けられるかどうかが鍵となる。特に、今回のように生死がかかった登攀では。

このプロジェクトそのものが、綱渡りのように危うい瞬間の連続となるだろう。だからこそ、最初から心と心をつなぐチーム作りを心がけていた。たとえばカンチェンジュンガは私もミングマもゲスマンも、チームの誰も登った経験がない。そういう不慣れな山に挑戦する場合、メンバー全員の自信が揺らぐ可能性はじゅうぶんにある。だが私たちには、プロジェクト・ポッシブルを成功させて帰還したいという燃えるような野心と願望がある。強い仲間意識で結ばれてもいる。そういった情熱をよりどころにして、彼らをリードすればいい。そのためには、自分が周囲の誰よりも力強い登攀をしよう。ただし、やりすぎは禁物だ。

これまでの遠征ではがむしゃらにラッセルワークを行い、あとに続く登山家たちが点になるまで引き離してきた。だがこのやり方にはふたつの欠点がある。ひとつ目は、彼らが追いつくまで一、二時間、身も凍るような寒さに耐えながら待たなければいけないこと。ふたつ目は、私が奮闘する姿を見て、ほかの登山家たちが意気消沈してしまうことだ。たとえばマラソンでトップの選手から完全に引き離され、姿が見えなくなったら誰でもやる気を失うだろう。だが、もしトップの選手がまだ手の届く範囲に見えていて、集団からほんの少し抜け出ただけならどうだろう？　あとに続く選手たちは意欲を失わず、トップ選手に引きずられるように走り続けるはずだ。これまでの記録を更新する可能性も大いにある。

今回はそれと同じ態度を心がけようと心を決めていた。チームのためになるなら率先してスピードをあげるが、助けが必要になったら、無理せず後退する。そうすれば、結果的にひとつのチームとして頂上にたどり着けるはずだ。

二〇一九年が終わりを迎える頃、チームメンバー全員に、この偉大なプロジェクトの一員だったことを誇らしく感じてほしい。その望みが叶えば、私も自分の仕事をやり遂げたと満足できるだろう。

二〇一九年三月二八日、ついにアンナプルナのベースキャンプに到着したとき、ほとんどの人が私を疑わしげな目で見ていた。世界一危険な山のふもとにある小さな辺境地で準備を整えている間、こちらから話しかけてもそっけない態度を取られることが多かった。その場にいたのは、筋金入りの登山家と経験豊かなガイドで構成された遠征チームだ。彼らのなかには、プロジェクト・ポッシブルについて知っている者が何人かいた。知らなかった者たちもその噂を聞きつけ、ソーシャルメディアでの私の投稿記事を検索し、鼻で笑っている様子だった。表情を見れば彼らが何を考えているか手に取るようにわかった。**「なるほど、あんたはこれまで難しい山を何度か登ったり下りたりしてきたらしい。だが八〇〇〇メートル峰すべての踏破がどんなに大変か、マジでわかっているのか?」**

だから自分に言い聞かせるようにした。「否定的な声には耳を貸すな。気が散るだけだ」

登山コミュニティは、不可能を可能にするという私の強い決意を、完全に誤解しているようだ。無理もない。何しろ、キム・チャンホが八年近くかけて達成した一四座世界最速登頂記録を、ほぼ七ヵ月に縮めると宣言したのだ。平地レベルで言い換えれば、エリウド・キプチョゲ選手が二〇一八年に達成した驚異的なマラソン世界記録（二時間一分三九秒）を更新すると宣言したようなもの。しかも一、二秒縮めるのではなく、フルマラソンを約一〇分で完走するとぶちあげたも同然だ。

登山家の多くにとって、プロジェクト・ポッシブルは絵空事にしか聞こえなかったようだ。実際「やりすぎだ」と私を責める人たちもいた。彼らは口々に、誰の注意も引かないまま、ひっそりとミッションをやり遂げることもできるのに、なぜ私がそんなイカれた計画を世間に言いふらしたのかわからないと非難した（注1）。一方、ありがたいことに、応援してくれる人たちもいた。インスタグラムに投稿された彼らからのメッセージを読んだり、プロジェクトの趣旨に感動したという相手とチャットしたりしたこともある。

わずかであっても、私を支持してくれる人たちの声援を心から必要としていた。

固定ロープ張りを始める数日前、私たちチームは安全祈願《プジャ》を執り行った。**プジャ**はネパールの祈りの儀式。ラマ僧が読経するなか、メンバー全員で山の神々に祈りを捧げた。経文が書かれたたくさんの旗が掲げられるなか、香を焚き、ライスシャワーを空高く放り投げ、山の神々にこれからの道中の安全を祈り、雪崩やクレバス崩壊に遭わないようお願いをした。

私は特定の神を信じているわけではないが、祈りの力は信じている。それに自然と一対一でつながる感覚も大好きだ。プジャが終了するとみんなから離れて、アンナプルナの頂が見える場所にひとり立った。空は青く澄み切っているが、山の頂上近くには分厚い雲が垂れ込めている。それでも頭上に見える岩壁と雪壁に意識を集中させ、一対一の会話を試みようとした。目の前の山に許しを得たかったのだ。

俺、登ってもいいですか？　それともだめですか？

山をじっと見つめ、待っていると、ふいに希望のようなものを感じた。

その時点で不安点をあげるとすれば、体の準備不足だ。軍を辞めてからこの一年ずっと、資金援助のために数えきれないほどのミーティングをこなしてきた。まだじゅうぶん健康ではあるが、軍人時代ほど体を酷使することはない。かつてはエリート戦闘員として、常に厳しい鍛錬を自分に課してきたし、実戦でも訓練の場でも、毎日体を鍛える機会がどこにでも転がっていた。でも民間人となり、ときおり山岳ガイドとしての仕事をこなすだけで、プロジェクト中心の生活のいま、体のキレは、軍人時代と同じとは言いがたい。

だから機会があればいつでも、プロジェクト・ポッシブルのために準備を整えようとしてきた。アンナプルナのベースキャンプ到着までは筋トレがわりに岩々を持ちあげ、ダナ村では体を整えるためのコンディショニング・トレーニングを、最後はランニング二〇キロで締めくくるようにした。理想的な体の整え方とは言えないが、第一フェーズ終了までほぼ四ヵ月ある。ひとたび固定ロープ張りを始めれば、体力が高まるのはわかっていた。

というか、無理にでも体力を高めざるを得ないのだ。何しろ、私たちが進むのは雪崩が多発する恐ろしい地帯。かのモーリス・エルゾーグを隊長とするフランス隊によって初登頂された北東壁ルートを、固定ロープ張りチームの一員として四月二日から遠征を始めると、ミングマやゲルジェン、さらにほかの遠征チームのシェルパたち数人とともにひたすら前進した。この第一段階でのミッションは、キャンプ1、2へのルートに固定ロープを張る作業だ。

情け容赦ないルートだ。最初は岩場が一面雪に覆われていたため、さほど苦労することなく登れたが、登るにつれどんどん危険度が増していく。深いクレバスがところどころにあり、見えているものもあれば、分厚い雪の下に隠れたものもある。一歩踏み間違えれば、たちまち亀裂に真っ逆さまに転落してしまうだろう。だからこそ、安全確保のために全員の体をロープで結びつけるのだ。もし誰かが転落しても、残りのメンバーたちの体の重みによってブレーキがかかり、転落を阻止できる可能性がある。

ベースキャンプからかなり高度を稼いだが、天候は悪くなるいっぽうだった。ロープをしっかりと体に結びつけながら固定ロープ張り作業をする間も、容赦なく鞭のような強風が吹きつけてくる。すぐに雪は腰の高さまで降り積もり、作業はさらに困難をきわめた。ほかのメンバーたちを牽引するのは私の仕事だ。両脚を高く上げ、ブーツでしっかりと踏み跡をつけながら前進する。同時に、集中力を途切らせることなく、周囲にも気を配る。後続メンバーたちが遅れていないか？　どこかから雪崩の前兆となる轟音が聞こえてこないか？　一歩一歩、確固たる自信を持って進んでいたわけではない。足を前に振りおろすたびに、自分に言い聞かせた。「俺は強い。絶対にこの山の頂を踏める。ただし雪崩が起きるかどうかは神のみぞ知ること。雪崩だけは誰にも止められない」

ブーツの靴底から、硬い雪の感触が伝わってくる。あたりの空気は氷のように冷たく、呼吸するたびに肺が痛くなるほどだ。それでも私はゆっくりと、だが着実に登り続けた。

（注1）多くの意味において、誰からも注目されないまま任務を遂行するほうが、私らしいやり方だったと言えるだろう。ただ問題は、資金ゼロから始めなければならなかったことだ。資金援助を受けるために、どうしてもスポンサーが必要だった。そしてスポンサー獲得のた

めには、登山している間も下山してからも自分を見世物にする必要があった。

10 極限状況でも正常に機能する

腰まである積雪のなか、プロジェクト・ポッシブル・チームは何時間もかけて、何キロもルートを作り続けながら、ようやくキャンプ2へたどり着いた。その間、気を抜ける瞬間は一瞬もなかった。常にクレバスの危険にさらされながら、急勾配の場所《リブ》や急峻な岩壁《バットレス》に挑む必要があった。とにかく大変な苦労をしながら登高を続けたが、こうして固定ロープを張ってルートを作るほどサミット・プッシュという目標に着実に近づける。そう、いつかは必ず頂上に挑む日がやってくる。ここから頂上まではまだまだ長いが、疲労困憊の割に誰もが高い志を持ち続けているようだ。きっと手に負えない強風がおさまり、天候がかなり落ち着いたからだろう。太陽も少し顔を出している。キャンプ内にフライドチキンと米のにおいが漂うなか、みんなが踊り出し、冗談を言い合った。

そのとき、頭上で、雷のような轟音が聞こえた。

まさか……。

アドレナリンが全身を駆け巡るのを感じた。なじみのある感覚だ。ただちに行動を起こさなければならない瞬間に働く体内センサーのようなもの。以前このセンサーが働いたのは軍にいた時代、予期せぬ銃声が聞こえた瞬間、それか簡易爆発物が爆発した瞬間だ。だが今回の敵はそのときよりもっと手強いうえに、はるかに凄まじい破壊力を持っている。雪崩だ。しかも相当に大きい。アンナプルナ北壁が大きく削り取られ、雪煙がものすごい勢いで稜線を滑り落ちている。その一瞬、思考も動きも停止した。事の重大さを目の当たりにし、神経がブチ切れたかのようだ。雪崩は通り道にあるものすべて容赦なく飲み込む。**私たちはちょうど雪崩の通り道にいる。もはや逃げ道はない。**

動け！

振り返ると、ミングマとソナムも微動だにせず立っている。あまりの恐怖に動くことさえできないのだ。津波が起きた直後の様子を映した、港湾監視カメラの映像を見ているようだ。高波がそこまで押し寄せているのにすぐ逃げ出せず、ぼんやりと眺めている通行人たち——生存のために戦うか逃げるかを決める「闘争・逃走反応」が働いたときには、すでに手遅れであることがほとんどだ。多くの人がその場から逃げ出せなくなる。いままさに、それと同じ恐ろしい運命が私たちに襲いかかろうとしていた。

「ヤバいっ、逃げろ！」私は叫んだ。「みんな、シェルターに入れ！」

雪崩が起きたら、真っ先に体を保護するものを探せ。よくそう教えられてきた。たとえテントのように薄っぺらなものでもいい。何もないよりまだましだ。本能のまま、とっさに一番近くにあったテントまで走り、なかへ飛び込んだ。ミングマとソナムもあとから駆け込んできて、ファスナーを引きあげて両開きの扉を閉めた。すぐにやってくるであろう衝撃に備え、三人でできるだけ体を寄せ合う。轟音が近づいてくるにつれ、あたりの地面が揺れ始めた。大混乱は避けられそうにない。ひとたびこのテントが雪崩に飲み込まれたら、自力で脱出するしかなくなる。直感的にそう気づき、ふたりに指示を出した。

「ミングマ、ナイフを出せ。ソナム、背中をテントの支柱にもたせかけて支えろ」

だがソナムの耳に、私の言葉は届いていないらしい。ずっと山の神々に祈りをつぶやき続けている。その姿を見て、恐怖に体がぶるりと震えた。**くそっ、最悪だ。**

一瞬、希望のような考えが頭をよぎった。**「きみの祈りが通じることを願うよ、ソナム」**

雪崩がこのテントをどの程度まで破壊しようとしているかは神にしかわからない。雪崩に襲いかかられても、テントはどうにか持ちこたえていたがその勢いたるや、凄まじい。三人ともなすすべもなく横倒しになるなか、覚悟を決めた。もはやテントごと山から押し流されるしかない……。ところが意外にも、あたりが突然静かになった。沈黙のなか、ほかのふたりの荒い呼吸が聞こえる。九死に一生を得たのだ。

「ソナム、平気か？」彼を近くに引き寄せ、そっと体を揺さぶった。

ソナムはうなずくと、祈りの言葉をつぶやき、情け深い神々に命を救ってくれた感謝の祈りを捧げ始めた。あたりは不気味なほどしんと静まり返っている。しばらく様子を見て、テントから出てみた。キャンプ２の被害を確かめたかったし、自分たちの装備や機材がどうなったかも知りたかった。外へ出た瞬間、自分たちは本当に運がよかったと思い知らされた。巻き込まれたのは雪崩の本体ではなく、末尾だったらしい。負傷した者もいなければ、破壊された物もなかった。ただ、私たちの固定ロープ張り作業を手伝っていた地元シェルパたちは不安を募らせていた。「数日前に行った安全祈願《プジャ》のご利益はない。山の神々のご機嫌が悪いせいだ」と考えているのだろう。

結局彼らは恐れて日没前にベースキャンプへ戻っていった。今後キャンプ3、4への固定ロープ張りは、とてつもなく大変な作業になるだろう。でも少なくともこうしてまだ生きている。暗闇のなか、この先どう進むか考えたところ、不意に直感のようなものが働いた。かつてアンナプルナ初登頂を成し遂げた、モーリス・エルゾーグが開拓した通常のルートは危険すぎる。一歩踏み出すたびに、いつまた雪崩が引き起こされるかわからない。誰かが足を滑らせたり、ふたたび雪崩を起こしたりすれば、チーム全員の命があっという間に奪われてしまう。

もしサミット・プッシュの最中に致命的なミスが起きた場合、あるいは、あとになってとんでもなく危険だったことがわかった場合、みんなから非難されて当然だ。別のルートを考え出さなければ。

アンナプルナの頂を見つめ、心のなかでふたたび問いかけてみた。

俺、登ってもいいですか？　それともだめですか？

それからほかのメンバーたちと夕飯を食べるために戻った。今後はこの山がもう少し我々に情けをかけてくれたらいいのだが。

翌日、私は日の出とともに動き出し、前々からの計画を実行に移した。

この遠征の機材の一部として何台か持参していたカメラを作動させたのだ。プロジェクトの一部始終を映像に残したい。自分が登攀する姿をチームのほかのメンバーに撮影させ、彼らが撮影できないときは自分で自分を撮影するつもりでいた。映画撮影の経験などないが、胸躍る映像が数多く撮影できるはずだ。撮りためた映像を編集し、今回の遠征をまとめたドキュメンタリーとして世間に公表、あるいはトークライブのようなものを開催しようと決めていた。プロジェクト・ポッシブルを無事に終了しても、その成果に疑念を唱える者たちを黙らせたいという思いもあった。そういう者たちは絶対に現れる。これまでも誰かが苦闘の末、ようやく偉業を達成しても、あれはヤラセだ、捏造だという声が必ずと言っていいほどあがっていた。しっかりした記録の裏づけがないと、その隙をついて結果を勝手に切り貼りする輩がいるものなのだ。

これは厄介で油断のならない問題だ。一九六九年の月面着陸は嘘っぱちだと信じている人は少なからずいる。実際、インターネット上ではアポロ計画陰謀論とその「証拠映像」があふれている。私はそういう非難にさらされたくなかった。自分の達成した成果が捏造されるのもごめんだ。だからこそ、この遠征の様子をできる限り映像に残そうと決めていた。その編集とソーシャルメディアへのアップを手助けするメンバーはふたり。セイガー＆アリット・グルンだ。彼らはプロジェクト・ポッシブルの主旨に強く感銘し、イギリスでの仕事を辞めて我々に同行してくれていた。

実はイギリスでの資金調達活動の間に、このプロジェクトの記録映像の権利を買わないかと制作会社数社にかけあってみた。できるなら遠征中ずっと撮影クルーが同行してくれたらいい、と考えていたのだが、興味を示してくれた制作会社は一社もなかった。みんなこう考えていたのだろう。**「こいつは自分のプロジェクトの資金調達さえままならない。この計画を達成できるわけがない。なぜ失敗するとわかっている男の姿を撮影し続けなければならない？　そんな予算は我が社にはない」**アンナプルナに到着する前の数ヵ月は、本当にストレスまみれだった。これからやろうとしていることを「実現可能」と信じてくれる人は皆無だと思い知らされたから。

気持ちを切り替えた。よし、もし誰も興味を持たないなら、俺がやる。

一日目、ベースキャンプ出発前に、チームメンバー全員にヘッドカメラを渡し、さらに手持ちのデジタルカメラも一台、スタンバイさせた。持参した撮影機材のなかで一番わくわくしたのはドローンだ。出発前、自宅で性能を試したところ、無限の可能性を秘めたツールだと気づき、興奮を覚えた。登高を続ける間、周囲の絶景を空撮するのにこれ以上の機材はない。果てしなく広がる岩と氷のなか、きっと私たちは蟻のように見えるはずだ。それだけではない。雪崩の頻発で有名なアンナプルナでも一番安全なルートを見極めるツールとしても使えると思いついて、衝撃を覚えた。

思えば、英国軍でも戦場偵察のためにドローンを活用していた。同じやり方で、ミングマとソナムとともにアンナプルナの切り立った氷稜に立ち、ドローンを飛ばしてみた。保存された動画を見返し、キャンプ３へ向かう最も安全なルートを探し、見つけ出した。ここなら、、、、、イケる！

私たちの頭上およそ二、三百メートルの場所に、垂直に長く伸びた尾根が見えた。遠くから見ると、雪に覆われたその姿は尖った鼻のようにも見える。これこそ悪名高いダッチ・リブ。一九七七年、オランダ遠征隊がシェルパ九名とともに登頂して以来そう呼ばれるようになったルートで、ナイフの刃のように鋭く切り立った尾根が特徴だ。挑戦しようという登山家たちがほとんどいないのは、あまりにも急峻すぎて、誰もが恐れをなすせいだろう。こうして実際の様子を見てみると、鼻柱の部分は幅もじゅうぶんあり、山頂を目指すにはちょうどいい。

ただし岩が露出し、しかも滑りやすいダッチ・リブを登攀するのは簡単なことではない。もし鋭く削られた岩で足を滑らせたら、なすすべもなく谷底へ転落だ。その間ずっと、著しい苦痛と恐怖に耐えなければならない。

リスクはそれだけではない。ドローン映像を念入りに確認したところ、ダッチ・リブにたどり着くためにはまず、またしても雪崩が起きそうな「無人地帯」をルート工作しなければならないとわかった。だがひとたび尾根に乗れたら、もはや頭上からセラックが降ってくる危険はないだろう。ダッチ・リブは急峻すぎるため、上から氷塊が落ちてきてもぶつかる前に両サイドに落ちるはず。それが私なりの理論だった。ひとつ問題があるとすれば、いつなんどきアンナプルナが凶暴な野獣と化してもおかしくないことだ。

その日遅くベースキャンプに戻り、待機していたほかの遠征チームに自分の計画を伝えたところ、もう何年もアンナプルナのガイドをしているシェルパから、ダッチ・リブは立入禁止区域だと言われた。「もう何年も、あのルートには誰も登っていない。あまりに危険すぎるんだ」

そのシェルパの反論を聞き、少し不安になった。

「くそっ、あまりに危険すぎるだって？」心のなかでつぶやく。「だけど、ほかにどんな選択肢が残されているというんだ？」

長年の軍事訓練のせいで、私は常にポジティブさを失うことがない。そのおかげで、これまで問題が発生しても泣き言を言ったり、くだらない言い訳をしたりすることなく、創造的な解決法を見つけてきた。今回もそうだ。ダッチ・リブのドローン映像をもう一度じっくりと確認したうえで、やはり自分の理論を試そうと決めた。だってやってみなきゃわからないだろ？　一度心を決めたら、ひたすら前進あるのみだ。ただし、自分以外の誰にも、今回の計画に従うよう無理じいするつもりはない。固定ロープ張りチームのリーダーとして、彼らにひとつの選択肢を示しただけだ。その選択肢を選ぶかどうかは彼らに任せた。だが数日後、同行者ゲルジェンとともに険しい尾根をゆっくりと登り、ダッチ・リブのルート工作に取りかかったが作業は遅々として進まない。雪面に足を踏ん張りながらロープを張り、固定しようとしても足元の雪が緩んでしまう。あのシェルパの友人の言葉は正しかったのだ。そうでなければよかったのに。そんなふうに思い始めていた。

ダッチ・リブで丸一日過ごしても、作業はほとんど進まない。陽光が薄れかけたとき、いま自分たちがいるのは、ちょうどキャンプ2とキャンプ3の中間地点だと気づいた。暗がりのなか、滑りやすい急坂を登ってキャンプ3を目指すのは危険すぎる。だからと言って、キャンプ2までわざわざ戻ることを考えても徒労感に襲われる。明日また一から同じ工程を繰り返しても、大した進展が見込めないとわかっているからなおさらだ。今日よりもさらに高度を上げるには、ここでひと晩明かすしかない。だからダッチ・リブの「鼻筋」の部分に固定アンカーを三〇ほど打ち込み、テントを張って夜明かしすることにした。切り立った急斜面の上だ。寝ている間にゲルジェンと私のどちらかが転げ落ちれば、ふたりとも確実に死ぬ。

それ以外にもっと差し迫った問題があった。その日の朝、一日で作業をやり遂げ、一気にキャンプ2へ戻るつもりだった私たちは、夜明かしのための寝袋や食糧といった装備は持っていく必要がないと考えた。旅支度はコンパクトで軽量なのに越したことはない。だから、食糧やジェットボイルのガスストーブはキャンプ2へ置いたままだ。最悪なことに、予定だと物資の調達は翌日までない。このままの状態でダッチ・リブにとどまり続ければ、すぐに体が凍り始めるだろう。ふたりとも死にそうなほど空腹だし、急速に脱水状態に陥りつつある。いまやプロジェクト・ポッシブルそのものが存続の危機にさらされていた。

キャンプ3までたどり着けなければ、このミッションを断念しなければならない可能性はじゅうぶんにある。今日キャンプ2へ引き返し、明日ふたたびダッチ・リブの中間点までたどり着いても、また作業が終わらずキャンプ2へ戻るという繰り返しを何日も続けるうちに、結局ミッションそのものを断念せざるを得なくなる。自分のプライドにかけて、そんなことを許すわけにはいかない。グルカ兵部隊および英国軍精鋭部隊の一員として、彼らの高い評判を汚すようなまねをし、面目を失わせるのは絶対に嫌だ。

私は無線を通じて、山にいるすべての人に向けて援助を求めた。

「みんな、聞いてほしい。立ち往生している」私は状況を説明した。「もし、いまキャンプ2に引き返したら、なんの進展もないし頂上にもたどり着けないだろう。だからここへ残って作業を続けることにした。だが……食糧がない。誰かストーブとヌードルを持ってきてくれないか？」

そう呼びかけたが、誰からも応答はない。それでも、まだキャンプ2まで引き返す気分になれずにいた。戦争中はよく、こういった我慢を強いられたものだ。食糧も水もほとんどない状態で、それでもいち兵士として戦わなければならなかった。

「このままここにいよう」ゲルジェンにそう告げた。負けてなるものか。

ところが、この快適とはほど遠い環境に慣れるにつれ、今度は尾根に吹きつける強風が恐ろしくてたまらなくなった。ふたりとも体ごと引き剥がされそうな強風がびゅうびゅうと吹きつけてくる。強風がおさまった瞬間、無線から誰かの声が聞こえた。

「ニムスダイ、もしキャンプ2から誰も食糧と水を運ばないなら、俺がベースキャンプから運ぶ」

こいつは誰だ？

「ゲスマンだ」

ゲスマン？

ゲルジェンが頬を緩めた。ゲスマンはミングマの推薦で遠征に加わったが、チームのなかで一番登攀技術も経験もない登山家だ。デス・ゾーンもいままで二、三座しか踏破したことがない。それでもいま、ゲスマンはダッチ・リブまで必需品を運ぶと申し出てくれている。彼よりも経験豊富な登山家やアンナプルナのガイドたちが、助けを求める私の無線を完全無視しているというのに。彼の無線に大きな、本当に大きな力をもらった気がした。

「いいんだ、兄弟」私は答えた。「俺たちは大丈夫。けど本当にありがとう。おかげでなんとか頑張れる」

幸せだった。ゲスマンの申し出に勇気と感動をもらったその瞬間、はっきりと理解した。プロジェクト・ポッシブルのなかで一番未熟な登山者は、逆境を前にすると百戦錬磨の熟練登山者のように恐れ知らずの、しかも献身的な登山家になれるのだ。自分にとって、このチームは新たな特殊部隊にほかならない。私たちはどんな高度にも怯まない、**すでに選び抜かれた精鋭なのだ。**

私のなかで「選抜試験」が終了した瞬間だった。

引き続きダッチ・リブに沿って歩みを進め、キャンプ3までの固定ロープ張りの作業を終えると、ベースキャンプへ戻り、サミット・プッシュに挑む準備を整えた。今回の遠征には、金を払って参加した顧客とシェルパたちも同行している。頂上までの計画はこうだ。まず私とミングマが固定ロープ張りチームとして、顧客たちより一日先に登り始める。顧客たちはソナムの案内で各キャンプ目指して登ることになるが、先に私とミングマが雪面につけた踏み跡を頼りに進めばいい。私たち固定ロープ張りチームは一気にキャンプ2まで登り、そこでひと晩体を休める。そして翌日、ダッチ・リブを経由してキャンプ3へ向かい、キャンプ4まで固定ロープを張る作業を行ってからキャンプ3に戻って体を休める。キャンプ4からだと、深い雪のなかルートを作りながら頂上まで固定ロープを張るのに丸一日かかるだろう。

すべて計画どおりにいけば、私たち以外のプロジェクト・ポッシブル・チームも、ほかの遠征チームも、山頂までの固定ロープ張り作業を終えたばかりの私たちとキャンプ4で落ち合えるはずだ。そこから全員がひとつのグループとなり、アンナプルナの頂を踏める。

このプロジェクトにとって、今回は初のサミット・プッシュ。だからこそどんな努力も惜しまないつもりでいた。固定ロープを張る作業をこなすには、重たい荷物を背負わなければならず、重量の大半を占めるのはロープだ。しかも深い雪のなか、ルートも作らなければいけないため、さらに大変な努力が必要となるのは最初からわかっていた。着実に登ってロープを固定し続ければ、当然背負う荷物の重さも徐々に減っていく。これまでの経験から言えば、最終的には一〇キロ程度まで軽くなるはずだ。しかも私は食糧や水は極力持たないようにしている。

これまでエナジージェルやサプリメント、スナックを補給したことは一度もない。登攀中に口にするものは、そのときの気分で決めている。大抵の場合、卵炒飯と鶏干し肉《ドライチキン》だけでなんとかなる。それ以外の加工調理済み食品は口に合わないし、うまく調理できない。水分に関して言えば、サミット・プッシュを通じてほとんど補給する必要がない。だから自分の分の水を、ほかの登山家たちのために取っておく場合が多い。兵士時代、わずかな水分でも任務をこなせるように鍛えられていたせいもあるのだろうが、登攀時一リットル分のサーモス水筒があれば常に事足りる。水分補給したいときは、カップに雪をいっぱい詰めて、そのカップに自分のサーモスから少量の湯を注いで溶かしながら飲むのがコツだ。このやり方のおかげで、サミット・プッシュの場合も常に一リットル分の水筒があればいい。

そういった持ち物はすべて、登攀ペースを遅らせる可能性はあるが、それほど大きな影響を及ぼすわけではない。二日間着実に仕事をこなしたおかげで、私たちはキャンプ4で数時間休息を取りながら、ほかの遠征隊の到着を待つ余裕ができた。疲れてはいるが、まだエネルギーがあり余っている。テントでくつろいでいるとき、突然ある考えが思い浮かんだ。**酸素ボンベなしで登りたい。**八〇〇〇メートル級の山々を酸素なしで踏破する。それこそ長い間「最も純粋な登山の形」と考えられてきたやり方だ。

一九七八年、ラインホルト・メスナーがペーター・ハーベラーとともに、人類初のエベレスト無酸素登頂を成し遂げたとき、信じがたい偉業として絶賛されたが、あまりに賞賛されたせいで、その快挙を疑問視する人たちもおおぜい現れた。「世界最高峰の山を無酸素で踏破できるはずがない」というのが彼らの主張だった。そんな疑問を払拭するために、メスナーはふたたび無酸素による登頂に挑戦。今回はチベット側からエベレストに挑み、非常に苦戦を強いられながらも、どうにかエベレスト無酸素単独登頂を成功させた。

二〇一六年、初めてエベレストに挑戦したとき、山の途中で動けなくなっている女性を助けた際に、酸素を携帯することの大切さを痛いほど思い知らされた。だから私は自分に誓いを立てた。八〇〇〇メートル以上の山に挑むときには必ず、酸素ボンベを携帯するようにしよう、と。プロジェクト・ポッシブルの間、どこかの山で動けずにいる登山家に遭遇する可能性はじゅうぶんにある。もしその人に救助の手を差し伸べられなかったら、自分を一生許せない。今回はほかのさまざまな責任もおろそかにはできない。私は遠征チームのリーダーとして、顧客である登山家たちを頂上へ連れていく責任も背負っている。もし彼らのうち誰かがけがをしたり、重病になったりした場合、その登山家をベースキャンプまで連れ帰らなければならない。酸素がまったくなかったら、病人を生きたまま連れて帰れる可能性はほとんどない。

そういった諸々のことを考えても、どうしても無酸素でアンナプルナに挑戦したいという気がおさまらない（この時点で自分用の酸素は携帯していた。ほかの誰かが必要とした場合に備えてのことだ）。あとから思えば、このときの私は高高度のせいでおかしくなっていたに違いない。低酸素のせいでまともに考えられなくなり、持ち前の負けん気に火がついてしまったのだ。過去にも、こんな衝動に突き動かされたことがある。一〇代の頃、チトワンで真夜中、体を鍛えるために走っていたときや、メードストンで英国特殊部隊の選抜試験に備えて、肩に食い込むような荷物を背負いながらトレーニングに励んでいたときだ。リスクはあるとわかっていても、アンナプルナを無酸素で踏破したい。なぜ突然そんな思いに駆られたのか。あるひとりの登山家から、誇りを傷つけられるような、挑戦的な発言をされたせいだ。

一週間ほど前のことだ。固定ロープ張り作業の合間に休息を取っていたところ、別のヨーロッパ遠征隊のメンバーであるスティーブンに紹介された。引き締まった体つきをした超長距離を走るランナー《ウルトラマラソン》で、彼自身もそれを自慢に思っているようだ。「この体があれば、僕は八〇〇〇メートル峰も無酸素で登れる」初対面の私に対して高らかに宣言した。八〇〇〇メートル峰登攀に酸素ボンベを用いていることを暗に批判したのだろう。

「へえ、そいつはすごい」私は答えた。「みんな、登り方にはそれぞれの流儀があるからね」

その一件はすぐに忘れたが、やがてスティーブンは優れたチームプレイヤーとは言えないことが明らかになった。彼の遠征のためにシェルパたちが固定ロープ張り作業を行っていても、助けを申し出ようともしない。優雅に紅茶をすすりながら談笑しているほうが性に合っているようだ。その数日後も、私がミングマ、ソナム、ゲルジェン、ゲスマンとささやかなパーティをしているところにスティーブンが通りかかったため、大声で彼を呼び止め、一緒にビールを飲まないかと誘った。山ではほかの遠征隊とも打ち解け、心をひとつにしたい。ところがすげなく断られた。

「いや、いい。僕は山に登りにきているんだ」彼は硬い口調で言った。

「そうとも。俺たちみんな、山に登りにきているんだ」

「でもきみは酸素を使っているじゃないか」

ほら、きた。まさに挑戦だ。プロジェクト・ポッシブルが酸素を使用することについて、登山コミュニティはずいぶんざわついている。前々からそのことに少しいら立ちを感じていたせいもあり、私は言い返した。

「ああ。だけどキャンプ4までは使っていない。それにキャンプ3までのラッセルは俺たちが全部やったから、きみは何をする必要もなかった。体力自慢したいのはわかるが、ほどほどにしておいたほうがいい」

それ以上は何も言わなかったが、サミット・プッシュを始めると、私の負けず嫌いな一面がむくむくと頭をもたげてきた。短い時間ではあるが、登山家全員がキャンプ3に集まる機会があった。その日、私のチームはキャンプ4までの固定ロープ張り作業に出かけるところだったが、ほかのみんなはキャンプで休息を取っていた。誰もがへばっていて休息を必要としている。特に疲弊していたのがスティーブンだ。数時間前、彼の遠征チームがはるか下のほうに点のように見えていたが、ダッチ・リブ登攀に苦労している様子で、とうとうキャンプ3にたどり着いたものの、スティーブンは血を吐いていた。体が悲鳴をあげているのだろう。私は心底彼を気の毒に思った。

もしスティーブンが私の顧客だったら、その時点で誰かを付き添わせ、治療のために下山させただろう。酸素を使い、彼がすみやかに回復するようあらゆる手を尽くしたはずだ。だがスティーブンは無酸素のまま登るのをあきらめようとせず、まだ大丈夫だから登り続けるとまで宣言した。

その二四時間後に負けん気を刺激された私はキャンプ4であることを思いついた。だったら同じ条件でスティーブンと勝負するのはどうだ。今回のアンナプルナだけは無酸素で登るのだ。無事に踏破できたら、スティーブンのように「酸素を使っている」と**私を批判する者たちを黙らせられる**。

この勝負、絶対の勝ち目がある。まだ一座目だ。強気でいられる。デス・ゾーンといっても、アンナプルナの標高は八〇九一メートルにすぎない。無酸素で登ると考えただけで気持ちが高ぶってくる。ところがその計画をテントのなかで話したところ、ミングマから即座に却下された。もし私がスピードを失い、いつもの推進力を発揮できなくなれば、このミッションそのものが失速してしまうというのだ。

「ニムスダイ、俺たちはきみのがむしゃらさを必要としているんだ」

私は理由をつけて説得しようとした。「もちろん、遠征中はずっと俺が先頭に立つ。どんな山でも無酸素で登れるのはわかっているんだ」

心のどこかでわかっていた。ミングマは引き下がらない。それでもとりあえず押してみた。

「なあ、やたらと批判するいまいましい奴らを黙らせるために、無酸素で登らせてくれ」

彼は笑い声をあげた。「だめだよ、ニムスダイ！」

私にとって、ミングマの意見はとても重要だ。彼のおじであるドルジェ・カトリは、ネパール山岳仲間の間でも一目置かれる存在であり、山に関する自らの知識をすべて、自分の家族に伝えている。だからこそ、ミングマも誰よりも知識豊富な優れたガイドとなり、シェルパ・オブ・ザ・イヤーに選出された。この崇高な職業の代表とも言うべき、最高のシェルパにしか与えられない名誉ある賞だ。

ミングマが正しいとわかっていた。その瞬間の彼の揺るぎない態度を見て、かつて幼かった自分がグルカ兵になりたくてたまらなかった理由を思い出した。「**誰かに何かを証明する必要がなくなる**から」だ。次に思い出したのは、自分との約束だ。八〇〇〇メートル峰を登るときには常に酸素ボンベを携帯すると誓ったはず。一度その誓いを破ると、悪い習慣につながるかもしれない。悪い習慣は失敗を招く。

だから折れることにした。

集中力を失っている暇はない。戦闘中、兵士として優れた働きをするためには、いかなる痛みも振り払うことが求められた。ひと口に「痛み」と言ってもいろいろある。灼熱の暑さ、不快感、飢え、脱水状態、そして精神的な動揺。今回アンナプルナに対しても同じ態度を貫いてきた。頂上へ達するまでの最後のプッシュは、酸素ボンベを使っても過酷なものとなるだろう。あと千メートルほど登らなくてはならず、途中にはスロープが緩やかで固定ロープ不要のところもあれば、腰まである深い雪のなか、雪に踏み跡をつけてラッセルを行う箇所もある。しかも頂上手前は滑りやすくて危険な岩々が続く最後の難関だ。険しい氷崖が待ち受けている。その日の午後九時、キャンプ4を出発したとき、それまで一緒に固定ロープ張りを行ってきたチームメンバーの多くが、一対一で個人顧客に付き添っているのに気づいた。この調子だと、頂上までのルート作りはきわめて難しくなるだろう。いまの状況から判断して、深い雪をかき分けて進める余力が残っているのはミングマと私だけだ。ふたりだけでは人手が全然足りない。だから手近にいたガイドたちを引き寄せて話しかけた。

「なあ、みんなで交代でラッセルしながら登ろう。ひとり一〇分ずつ、できれば二〇分やってほしい。持てる限りの力を振り絞ってくれ。チームの先頭に立っている者は疲れたらラッセルをやめて脇へ退き、隊列が進むのを待って一番最後からついてきてほしい。それまで列の二番目にいた者がリーダーになり、一〇分間かそれ以上隊列を引っ張る。それを繰り返せば失速せず隊列の勢いを保てるはずだ」

簡潔な方針に沿って、私たちは固定ロープを張り、ほとんどのルートでラッセルワークを行った。ひとりずつ順番に隊列の先頭に立ちながら進むうちに、ようやくアンナプルナの頂が見えてきた。ほかの遠征チームの面々があとからやってきていることも、彼らが私たちのルート工作を頼りに頂を目指していることも百も承知だ。それでも、私にはこの仕事をやり遂げる自信があった。

ダウラギリを制覇して以来、自分の不思議な体質に気づくようになった。高度八〇〇〇メートル以上の環境が快適に感じられるのだ。**ほかの人たちの具合が悪くなり始めても、なぜか自分だけは元気を取り戻せる。**まさにホームグラウンドに戻ってきたような感じだ。ときに自信を失ったり恐怖を覚えたりもするが、ネガティブな感情にとらわれることはなく、「本当に俺にこれができるのか?」と自問することもめったにない。もし自らの能力に少しでも疑問を抱いた場合、自分の新たな希望を思い出すようにしている。「不可能を可能にしたい。想像力こそ、人が持つ最高の力であることを世に証明してみせる!」

過去の遠征では、山頂まであと数メートルというところで、なんとも言えない達成感が込みあげてきたものだ。長く困難な道のりの終わりがようやく見えてくる。登山家ならば誰もが感じる至福の瞬間だ。だがアンナプルナの頂を踏んだとき、不思議なことにあふれんばかりの喜びは感じなかった。込みあげてくる感情に圧倒されもしなかった。何か感じていたとすれば、生きてここに立てた自分は本当に運がいい、という気づきだ。あれほど巨大な雪崩に遭いながらも九死に一生を得た。あれはまじでヤバかった。アンナプルナのように危険と隣り合わせの山に登る登山家には、運も必要なのだろう。たとえば強さ、回復力、チームスピリット、前向きな思考など、八〇〇〇メートル峰登攀に必要なほかの要素と同じく、とびきり大きな運。この山はいつなんどき牙を剝くかわからず、しかも制御不能。それでもその日の午後三時半、私たちはとうとうその頂を踏んだ。

山頂に立ち、ほんの少しの間、眼下に広がる絶景を楽しんだ。ちょうど正面には、鋭い歯のようにギザギザした、ヒマラヤの山々の頂が見事に連なって見えている。雲が集まるなか、私の場所からだとダウラギリがよく見えた。あの山影のどこかに、私が生まれた小さな村ダナも隠れているのだろう。故国で挑戦する二座目の山だ。

これまでの遠征のように、山頂に立っても幸福感を感じられなかったのは、周囲に連なる険しい山々を見て、改めてこれからの大変さを思い知らされたからかもしれない。今後どんどん疲弊し、苦しい思いをすることになるだろう。

それに今後の資金調達をどうすればいい？

とりあえずプロジェクト一座目の頂は踏んだ。しかも生きたままで。山頂でイギリスにいるスポンサーたちに短い感謝のメッセージ動画を録画し、さらなる資金援助を呼びかけた。寄付を募るのは悪いことではないだろう。実際、喉から手が出るほど、資金を必要としているのだから。

二〇一九年四月二三日、アンナプルナ登頂達成。時計の針が刻々と時間を刻み、世界が注目するなか、**私のレースはまだ始まったばかり**だった。

11 大救出

ニムス！　ニムスダイ！

誰かが名前を叫んでいる声で、私は目覚めた。ここはアンナプルナのキャンプ4。寝袋のなかで体を縮こませたまま、その日起きた出来事をすばやく思い返してみた。ここ数週間ほとんど寝ていないまま、ようやく今日アンナプルナの頂を踏んだ。ほっとしたのか、体に力が入らない。両脚も、背中も、とにかく全身のあちこちが痛い。ミングマとゲスマンとともに頂上から重い足を引きずりながらキャンプ4へ着くと、自分たちのテントへ倒れ込んだ。みんなくたびれ切っている。だが休む間もなく、新たなドラマが始まろうとしていた。ひとりのシェルパが近づいてくる。ひどく慌てているようだ。

「ニムス、客をひとり、置いてきた」そのシェルパは必死の形相だ。「まだあそこにいる。彼の酸素が尽きて、俺のもほとんどなくなっていた。だからわずかに残っていた俺のボンベを渡して、助けを呼んでくるまでここで待っててほしいと伝えたんだ。でももう手遅れかもしれない。彼がいた正確な場所すらわからないし……」

私はシェルパが話しているその男性を覚えていた。チン・ウィ・キンという名前の、マレーシア人医師だ。四八歳で、登山家としてかなり経験を積んでいた。私のチームで安全祈願《プジャ》を行ったとき、ドクター・チンもしばらくの間参加していて、そのあと一緒に酒も飲んだ。私たちが儀式を執り行う様子を、笑みを浮かべながら穏やかに見つめていたのを覚えている。彼とはともにダンスも踊ったし、自撮り写真も撮った。頂上でも、ドクター・チンとそのシェルパの姿を見かけた。ふたりともややくたびれているようだったが、それでも足取りはしっかりしていた。

「なあ、下りられるうちに早く下りよう」私は山頂で記念写真を撮っている彼らに早く下山したほうがいいと注意した。「下りたら乾杯しようぜ」もし彼らの酸素が少なくなっているとわかっていたら、自分のボンベをためらうことなく手渡したのに。シェルパはドクター・チンが山頂までに疲れきってしまうとは思わなかったのだろう。顧客の登攀能力を高く見積りすぎていたのかもしれない。どのみち、計算違いだったことに変わりはない。

「もう死んでいるかもしれない」シェルパは言った。「彼はものすごく疲れていた。ニムス、助けてくれるか？」

迷わずうなずいた。ドクター・チンが山腹に置き去りにされていると考えるだけで、不安をかき立てられる。自分は最初に挑戦したエベレストでも救助を経験している。その事実を踏まえれば、この時点で救出に向かうのに一番ふさわしいのは私だろう。ドクター・チンを救出するのは大きなリスクを伴うが、喜んでその役目を果たすつもりだ。そのためには酸素が足りない。私のチームのぶんはほとんど残っていない。どの地点に取り残されているにせよ、その場所からドクター・チンを運ぶには、私たち三人で救出に向かう必要がある。

「ああ、もちろんだ。喜んで彼を助けに行く」私は答えた。「でもここから登るには、どうしてももっと酸素が必要だ。酸素ボンベをヘリで運んでもらう料金を、彼の保険会社に請求することになる。それが許されたら救助に向かえる」

シェルパはぽかんとした表情で私を見た。

「よく聞いてほしい」私はふたたび口を開いた。「まず、俺にはドクター・チンが生きているかどうかがわからない。次に、俺は酸素を持たないままでドクター・チンの捜索をするつもりはない。そんなことをしてチーム全体を危険にさらすようなリスクを負う覚悟はない。ドクター・チンがすでに亡くなっているかもしれないのだからなおさらだ」

ベースキャンプに無線を入れ、ドクター・チンの保険会社に許可を取ってほしいと伝えたのだが、朝六時になっても、私たちの要求に対する答えは返ってこない。もうこの段階になると、どんな努力をしても無駄だということはわかっていた。そもそも酸素がなければ捜索活動はできないのだ。そうは言っても、私はまだドクター・チンの救助活動をあきらめていなかった。**もしかして彼を見つけ出す別の方法があるのでは？** ふたたびドローンに手を伸ばし、朝日でバッテリーを温めてから飛ばすことにした。置き去りにされた崖っぷちから移動していなければ、頭上のどこかにいるドクター・チンの姿を少しだけでもとらえられるかもしれない。だがモーターが動かない。もう一度やってみたが、うんともすんとも言わない。ツイてない。計画はまるつぶれだ。

最後にもう一度無線を入れ、保険会社が立場を変えるつもりはないのを確認すると、悲しい気分でベースキャンプを目指すことにした。これでまたアンナプルナの死者数がひとり増えることになる。自分が無事であるのが心苦しく、その場から逃げ出したい気分だった。ようやくベースキャンプにたどり着いたのは午後一〇時近く。心身ともにくたびれ切っていたが、何も口にできないほど疲弊していたわけではなく、翌朝三時までウィスキーを飲み続けた。どうにかして重苦しい感情を振り払いたかった。ひとりの登山家が山腹に置き去りにされたと考えるだけでつらかった。ドクター・チンの家族はどれほど嘆き悲しむだろう。私だっていつ、同じ立場に立たされるかわからない。その事実をまざまざと思い知らされた。ほかの登山家たちが戻ってくる物音を聞きながら、ようやく眠りについた。ドクター・チンはおそらく死んでしまっただろう。それか、いままさに死にかけているかもしれない。私たちの頭上にそびえ立つこの山のどこかで。ところがその数時間後、ゆっくりと目覚めたとき、ドラマがまたしても始まろうとしていた。ミングマが私の名前を叫んでいる。

いったい何事だ？

「ニムスダイ！　彼らがドクター・チンを見たそうだ……彼はまだ生きてる！」

ヘリコプターのローター音が聞こえた。ヘリが一機、捜索救出活動のために手配されたのだろう。「本当か？」

ミングマは大きくうなずいた。

「よし。だったら、まずは居場所の確認だ。あのヘリで彼のいた場所まで連れて行ってもらい、そのあと救助チームの準備だ」

私は手早く服を身につけると、ミッションの計画を立て始めた。さらにソーシャルメディアを通じて私たちの遠征の様子を追いかけている人たちに向けて、現状を手短にまとめて発信した。彼らのうち、誰かが私たちを助けてくれるかもしれない。

チン・ウィ・キン、アンナプルナでいまだ生存（助けてくれ！）
必要な対応：彼の保険会社が救出を許可すること。
要求：誰かメディアの力を借りて、俺たちを助けられるだろうか？
現状：俺のチームはベースキャンプでヘリの救助サポート（酸素ボンベ六本の運搬）を待っている最中。彼の保険会社から正式に認められないと救助に向かえない。みんな、命を救う手助けをしてほしい。

装具一式をかき集めるとヘリに乗り込み、彼らがドクター・チンを最後に目撃した場所のあたりまで連れて行ってもらった。いた！　一面の氷の上で、鮮やかな赤いサミット・スーツ姿の男性がひとり、強風に吹きつけられながらも、こちらに向かって手を振っている。

「あれはチンだ！」私はパイロットに叫んだ。「あそこまで下りないと助けられない」

こうなったらもう救助するしかない。もし私がドクター・チンの立場なら、これまでどれほど混乱し、大きな不安を感じていただろう。しかもいま、こうして上空をヘリが飛んでいるのを見て、彼がどんな気持ちで、何を考えているかは容易に想像できる。**「ヘリが見える。いや、目の錯覚か？　違う、手を振ったら振り返してくれる。やったぞ、助かったんだ！」**──それなのに、ここで救助しないなんてあり得るだろうか？「結局は自分のぬか喜びだったんだ。いくら待っても救助隊はこないかもしれない」などと落胆させるのはあまりに残酷すぎる。そんな結末があってたまるものか。

アンナプルナのサミット・プッシュで、体は悲鳴をあげている。それにダウラギリでは、先発チームがすでにキャンプ2まで固定ロープ張り作業を終え、私の到着を待っている。だとしても、救助するしかない。最大の問題は、プロジェクト・ポッシブルが存続の危機にさらされていること。巨大な嵐が向かってきているせいで、ダウラギリの好天期は急速に終わろうとしている。二、三日以内に頂上へたどり着けなければ、今回の計画全体が台無しになるだろう。第一フェーズ完了までに必要な残り時間が、大幅に削られてしまう。

いったんキャンプへ引き返し、ゲスマンとミングマ、ゲルジェンに先ほどヘリから見えた様子を手短に報告し、救出計画のあらましを説明した。誰もが救出費用はドクター・チンの奥さんが負担するに違いないと言う。酸素もすでに私たちのもとへ届けられていた（ちなみに、プロジェクト・ポッシブルはこの救出にかかった人件費を、誰にも請求しなかった）。

「彼をあんな場所に置き去りにできない」私は彼らに言った。「難しい山だ。でもみんなの力を合わせれば、彼を救える。軍人時代、俺は戦地に誰かを置き去りにしたことが一度もないんだ。山でもそんなむごいことをするつもりはない」

ヘリで直接、ドクター・チンのいる場所まで下りるのは危険すぎる。だから私たちそれぞれが救出用ハーネスを装着し、ヘリ胴体部に固定された長いロープの先にぶら下がった状態で、ひとりずつ救助現場に向かうことにした。いわゆる「ロングラインレスキュー」と呼ばれる誰もがひるむような救助方法だ。ヘリが地面から離れた瞬間から救助者は不安定なロープの揺れを感じながらも、なんとか正気を保たねばならない。実際、ヘリが上昇するに従い、私も全身のあちこちに強烈な衝撃を感じた。ゴーグルとフェイスマスクをしていても、容赦ない寒さが襲いかかってくる。ヘリがスピードをあげるにつれ、たちまち視界がぼやけ出した。頭上でローターが激しく回転しているせいで、周囲の山々が歪んで見える。

救助を断念するわけにはいかない。大切なのは、この不安定な飛行を精一杯楽しむことだ。飛び立ってから五分後、ヘリが上空で一時停止した。はるか下に雪と岩に包まれたアンナプルナが見えている。パイロットが私たちを下ろすのに適した場所を探しているのだろう。

長年軍人として経験を積んできたなかで、任務遂行のために速度をあげて進む舟艇や敵側の複合施設めがけて、ヘリからファストロープ降下（人の手と足の力だけで降下するやり方）をしたことは何度もある。戦闘中は当たり前だ。だがさすがに、死亡率世界一の山めがけて降下したのは初めてだ。ただし今回は「どこからも撃たれる心配がない」と自分を慰められた。ひとりずつ地上に降下し、全員が無事着地すると、すぐに移動し始めた。ドクター・チンがいる場所へたどり着くまで、つらく苦しい道のりになるだろう。

数日前、キャンプから次のキャンプまでルート工作と固定ロープ張りをした際にかかった時間から割り出すと、ヘリから降下した地点からドクター・チンが動けずにいる場所まで一八時間ほどかかる計算になる。しかし、全身をアドレナリンが駆け巡っていたおかげだろう、私たちは予定よりもはるかに速いペースで突き進んだ。まるでウサイン・ボルトが乗り移って山登りをしているかのように、チーム全員が薄い空気と戦いながらも一直線に突き進んでいく。純白の雪の上にうつ伏せになっているドクター・チンの姿が見えたのは、わずか四時間後だ。だがその瞬間、私は不安になった。結局無駄な努力だったのでは？　ドクター・チンはひどく具合が悪そうだ。息はあるにはあるが、私たちに囲まれてもなんの反応も示さない。眼球は動いている。試しに彼の両肩をそっと揺さぶってみた。もしこれからドクター・チンを安全な場所へ運ぶなら、まず彼と話をする必要がある。

「聞こえるか、ドクター・チン！」私は大声で叫んだ。「もう大丈夫だ」

彼の全身を念入りに調べてみた。死にかけているように見える。何しろこんな高所で一歩も動けないまま、ほぼ三六時間も身体的な苦痛にさらされ続けてきたのだ。片方の手は完全に凍傷にやられている。顔も、ブーツの下の両脚もだ。ドクター・チンを病院へ搬送できても、この状態では命を落とすかもしれない。それでも彼の体の動きからは、まだ生きることをあきらめていないのが伝わってくる。私が意識レベルを確認しようと話しかけると、ドクター・チンは答えたそうなそぶりを見せた。必死に生きようとしているのだ。

「なあ、ドクター・チン、いまここに何人いる？」

「四人」

いいぞ！　ドクター・チンは生きることをあきらめていない。

「すばらしい、その調子だ。何か飲めるか？」

「水を……」

私は水筒をドクター・チンの唇に慎重に押し当てた。ほかのメンバーたちは細心の注意を払いながら、彼を救助用ソリに乗せている。

ぐずぐずしてはいられない。太陽は山の背後に沈みつつある。これからとっぷりと日が暮れてあたりは闇に包まれるだろう。救助ヘリが私たちを引きあげるのはどう考えても無理だ。となると、ドクター・チンをできるだけ早く避難所へ連れて行くことが重要だ。少なくとも、ヘリが迎えにくる翌朝までドクター・チンが寒さをしのぎ、生き続けられるような避難所へ。

全速力で山を下り、キャンプ４のテントにたどり着くと、ドクター・チンが意識を失わないよう可能な限り手を尽くした。全身の血流が少しでもよくなるようにと彼の体をこすり続け、その合間に彼のブーツを脱がせようと試みた。片方だけでもブーツを脱がせられたら、足先からも体を温められるからだ。だがどちらのブーツも脱がすのは無理だった。極限の寒さのせいで、ドクター・チンは体の芯まで冷え切っており、ナイフを使ってもブーツを引き剝がせない。彼の冷え切った全身を徐々に温める必要がある。

自分なら絶対に彼の命を救える。そう確信する瞬間もあった。「頑張れ。いまをどうにか乗り切れば生きて帰れる」ドクター・チンが意識を失いそうになるたびに、そう声をかけて励まし続けた。そのたびに、彼はうめき声で答えてくれた。

一方で、ドクター・チンが確実に死に向かっているように感じられ、救助しようとした自分たちの決断が本当に正しかったかどうか疑問に思わざるをえない瞬間もあった。ミングマにこう話しかけたほどだ。「彼は死にかけている。俺たち、無駄に自分たちの命を危険にさらしたも同然だ」

ひと目見ただけでも、ドクター・チンが全身に痛みを感じているのがわかった。呼吸をするたびにゼーゼーと胸が鳴り、体力が衰えて弱っているようだ。これと同じ兆候を見たことがある。負傷した兵士たちに応急処置を施しているときだ。長時間、なんとか生きようと頑張り続けてきた傷病兵が、いざ負傷者後送チームが到着したのを見た瞬間、精神的にひと休みすることは多々ある。それまで必死に自分を守ろうとしてきただけに、自らの命を救助者の手に委ねられる状態に安堵するのだろう。命の責任が完全にシフトする瞬間だ。生存できるかどうかは、救助にやってきた他者の努力次第ということになる。

今回の場合、私たちが到着して避難場所を提供したことで、ドクター・チンもある程度心を休められたのだろう。だが、それこそが危険な時間だ。彼は死と隣り合わせの状態にある。ほんの一瞬でも気を抜けば、命を失いかねない。

私たちもくたくただ。ほんの二四時間前には、全員がアンナプルナの頂上目がけて登っていたし、そのあとほとんど休みもせず、猛スピードでドクター・チンの救助に駆けつけた。その代償は大きい。こうして真夜中にドクター・チンの体を温めようとしている間も、容赦ない眠気が襲ってきてついうとうとしそうになる……。

ピシャッ！　突然鋭い痛みを感じた。ミングマから両脚を思い切りぶっ叩かれたのだ。

「ニムスダイ、起きろ！」ミングマが叫んでいる。「寝ちゃだめだ！」

私は弾かれたように体を起こした。またしても疲労のせいで死にかけたのだ。自分で自分の頬をビンタした。一度、さらにもう一度。ゲスマンとゲルジェンも同じことをしている。眠り込まないためには、そうするしかない。そのうち、互いに大声で叫んだり怒鳴ったりするのがいいと思いついた。誰かがその光景を見たら不思議に思ったに違いない。狭いテントのなか、ドクター・チンを取り囲むようにして金切り声をあげ続けているのだ。自分たちの発する体の熱で彼の命を助けられるかもしれない、という一縷の望みにすがりながら。誰もが必死だった。こんな苦肉の策に頼るしかなかった。ドクター・チンは一度寝たら最後、命を落とすだろうとわかっていたからだ。

それ以外にも考えなければいけないことはあった。ヘリは朝六時に私たちを引きあげにやってくる。その時間きっかりに、約束の地点まで到着していることが何より重要だ。もし到着が早すぎたら、ドクター・チンの体を寒さと強風にさらすことになる。到着が遅すぎたら、ヘリにかかる費用が分単位で莫大になる。

腕時計を確認し、日の出まであと数時間待てばいいと気づいた。ちょうどいい頃合いを見計らい、ドクター・チンを乗せたソリを引きずりながら下山していると、頭上からヘリの音が聞こえてきた。よかった。どうにかドクター・チンを救助用ロープにくくりつけ、ヘリがカトマンズの病院へ遠ざかるのを見送った。

ネパールでは、こういった負傷者後送が日常的に行われている。ただし、ちょっとした駆け引きが必要な場合もある。金銭的な事情で、ほとんどの場合、レスキューを終えた捜索隊員たちは自力で下山しなければならない。彼らをひとりずつヘリに乗せて何度も往復すれば、それだけコストがかかるからだ。たとえば捜索隊四人のために、ヘリを四回飛ばすとなれば、巨額な追加費用になる。ただ今回に限り、私は次にやってくるヘリで下山していいという申し出を受けた。

「いや、俺はあとだ」すかさず答えた。「俺以外のメンバー三人をヘリで連れ帰ってから、もう一度迎えにきてくれ。俺が最後のひとりになる」

もし私が先にヘリに乗り込んだら、残されたほかのメンバーのためにヘリが本当に戻ってくるとは考えにくい。それほどヘリを飛ばすのにはコストがかかるのだ。でも、最後までこの山に残るのが私なら、さすがに見捨てられることはないだろう。ドクター・チン救出のためにここまで努力したのだから。私はネパールでそこそこ名前を知られているし、それなりの人脈もある。そういった事実も味方してくれるはずだ。思惑どおり、特に異論も出ないまま、ドクター・チンが搬送されたあと、ミングマ、ゲルジェン、ゲスマンがベースキャンプへ運ばれた。

ドクター・チンが搬送されたカトマンズの病院の発着場へ到着する頃には、彼が救出されたという噂がすでに広まっていた。病院にはドクター・チンの奥さんも駆けつけていた。おおぜいのカメラマンと記者たちもだ。ヘリからおりた瞬間、私は取材陣に取り囲まれた。集中治療室でミセス・チンと顔を合わせたとき、彼女はとりあえず安堵していたが、感情がたかぶっているようだった。

「本当にありがとうございます。なんてお礼を言っていいのか」彼女は言った。「ただ医師たちから、夫がこのまま生きられるかどうかわからないと言われました」

「彼は心から生きたがっています。三六時間ずっと、あんな場所で戦い続けていたんです。俺たちはできる限りのことをすべてやりました」

ドクター・チンをミセス・チンのもとへ帰してあげられて本当によかった。だが今回の救助で、「高山挑戦は常に死と隣り合わせである」という真実を目の前に突きつけられた気がした。同時に「八〇〇〇メートルを超える山となれば、いつ牙を剝いてきてもおかしくないし、そのタイミングも予測不可能だ」という現実も改めて思い知らされた。一般的に言えば、ドクター・チンもどんな登山家も、そういうリスクをじゅうぶん理解したうえで高山へ挑戦しようとする。そして実際に高山病にかかったり、重傷に苦しんだりして初めて、かつて経験したことのないショックに襲われる。アンナプルナとは、それがあまりにひんぱんに起こる山なのだ。

だが「年老いて体の自由がだんだんきかなくなりながら死に近づいていくのと、遠征やミッションの間に命を落とすのとどちらか選べ」と言われたら、即答できる。私は絶対に後者のほうがいい。山で死ぬことを恐れてはいない。静かにゆっくりと年を重ねていくよりもむしろ、やりたいことをやり切って燃え尽きたいタイプなのだ。

ふと思った。ドクター・チンも私と同じ考えだろうか？

カトマンズでほかのメンバーたちと落ち合い、ダウラギリのベースキャンプへ向かう計画を立てている間、ずっと激しい怒りを感じていた。アンナプルナでのドクター・チンの扱われ方がどうにも許せない。あまりにひどすぎやしないか？　ダウラギリで私の到着を待たされていたプロジェクト・ポッシブルのほかのメンバーたちも、同じくらい不満を募らせていた。ラクパ・デンディ、ラメシュ・グールン、カサン・テンジたちだ。

ダウラギリへの到着が遅れたせいで、すでに登攀のベスト・シーズンを逃していた。しかも悪天候のせいで、壊滅的な被害まで発生していた。大雪でせっかく固定したロープが埋もれ、どこにあるか探し出すことさえできないらしい。そのうえ、より高地のキャンプに設営した私たちのテントは、猛烈な風のせいでことごとくなぎ倒されているという。シェルターのいくつかは強風でぼろぼろになってしまったらしい。ゲスマン、ミングマ、ゲルジェンとともにヘリでダウラギリに到着したとき、ベースキャンプで待機していた私のチームの士気は低下していた。食糧もほとんど底を突きかけていて、最悪な状態だった。

一刻も早くダウラギリを踏破するのが大切だとわかっていたがチームのメンバーたちの連帯感を高めることも、同じくらい重要だ。登山の遠征隊をまとめるのは、戦場で兵士たちをたばねるのとなんら変わらない。彼らに必要なのは目的と意欲だが、食糧と休息も同じくらい大切だ。適度な休みも取らず体力を回復しないままでは、チーム全体もメンバー個人も戦いに負ける危険性がある。だから私はメンバー全員に、一度下山して新たな気分で再出発しようと告げた。ささやかな酒宴を催し、ダンスを踊り、車でポカラの町まで移動して一週間ぶっ通しでパーティを続けた。小型オートバイをレンタルし、猛スピードで大地を駆け抜けたりもした。

チームの雰囲気がしだいによくなった。短い間ではあるが体を休めたおかげだろう。五月一二日午後五時半、私たちはダウラギリの頂を踏んだ。風速七〇キロの強風と分厚い雲と戦いながらも、二四時間一度も休むことなく突き進んだ。ほんの数メートル進むために、深い雪を必死にかき分けながら登らなければならないときもあった。今回採用したのはアルパインスタイル。特に切り立った岩壁や岩場をよじ登るとき以外はすべて、固定ロープに頼らず一気に山頂を目指した。このスタイルは非常に骨が折れるし、どう考えても危険だ。ただリーダーとして、悪天候のなかでもチーム全体の勇気をかき立て、高い技術力を発揮させるためにどう振る舞えばいいか、わかっていた。ほんの一瞬でも風がおさまると、チーム全員でがむしゃらに前進し、次のスコールがくるまで可能な限り登る。そうやって嵐に立ち向かい、けっして気を抜かず、ふたたび前進できるタイミングを待つように心がけた。

不平不満を口にする余裕すらない。というか、自分たちを憐れんだり、心配や恐れを募らせたりしても、なんの助けにもならない。チームで休憩を取るのも五分までとした。五分が過ぎると、自ら率先して立ちあがり、ふたたびルート工作を始めた。リーダーである自分が手本を示すのが一番だからだ。すばやく前進するよう心がけてはいたが、チームの仲間の命を危険にさらしたことはない。ラメシュが高山病のせいで体調を崩し始めると、すぐに下山するように命じた。

高山病に苦しんでいたのはラメシュだけではない。ミングマの弟カサンもだ。八〇〇〇メートル峰を踏破した経験は何度かあるものの、兄ほど動きが俊敏とは言いがたい。厳しい作業を数多くこなし、体力を失いつつあるようだ。強烈な歯痛に悩まされているせいもあるだろう。デス・ゾーンに近づくにつれどんどん元気がなくなっていく。頂上目指して必死に登っている間、ミングマに背中を押してもらわなければいけないことも何度かあった。

カサンは兄ほど強い体の持ち主ではない。本当に頂までたどり着けるのか？

恐ろしいことに気づいた。もし兄弟ふたりが雪崩に巻き込まれたりクレバスに転落したりしたら、彼らの家族は稼ぎ手を失ってしまう。カサンも同じことを考えていたようで、ダウラギリの頂を踏んだとき私の背中を軽く叩いてこう言った。

「兄弟が同時に同じ山に登るのは間違っているかもしれない。もし何かあったら、家族の面倒は誰が見ればいい？」

私はカサンを引き寄せた。「大丈夫、約束する。ふたりとも無事に家に帰す」

それからチームを率いて、ダウラギリの頂から急いで下山した。

天候は荒れに荒れ、何度か圧倒されそうになり、山から信じられないほどの敵意を剝き出しにされた。強風のせいで何も見えなくなることもあった。保護ゴーグルをかけていても、目に焼けるような痛みを覚えた。どうにかベースキャンプまでたどり着いたとき、チームの雰囲気が完全に変わったのを感じた。アンナプルナではゲスマンが身をもって私たちが精鋭部隊であることを示してくれたが、ダウラギリを制覇したいま、チーム全体が特別な絆で結ばれていると気づかされた。大きな危機に何度も見舞われるうちに、メンバーの間に強い忠誠心が育まれていたのだ。

先の捜索救助活動を通じて、ミングマとゲルジェンがプレッシャーのかかる状況でも頼りになるメンバーだということはわかっている。G200遠征で難しい仕事をやり遂げたラクパ・デンディもだ。そしていま、ダウラギリの予測不能で危険きわまりない状況をともに生き延びたことで、チームの結束はさらに固くなったようだ。彼らには私がついているし、私には彼らがついている。特殊舟艇部隊のときと同じように、このチームのメンバー全員も飽くなき探究心でさらなる高みを目指している。

次のカンチェンジュンガを無事に登りきるには、絆をさらに深める必要があるだろう。

12 暗闇へ

三座目に選んだのは、世界第三位の標高（八五八六メートル）を誇るカンチェンジュンガ。第一フェーズで最も過酷な遠征になる危険性をはらんだ山でもある。アンナプルナの断トツの死亡率を考えると不思議に聞こえるかもしれないが、カンチェンジュンガは難攻不落の山として有名だ。頂上までたどり着ける回復力や運、強さを持つ人はめったにいない。というのも、キャンプ4（七七五〇メートル）から山頂までの標高差がハンパなく、とにかく心が折れそうになるからだ。千メートルほど登ればいいだけにもかかわらず、その道のりが果てしなく続くように感じられる。山頂へ向かう行程は雪が肩のあたりまで積もっているため、窒息しそうになることもしばしばだ。

ようやく最後の尾根にたどり着いても、強風と寒さが容赦なく襲いかかってくる。空気中の酸素濃度が平地の約三分の一にまで低下するうえ、危険で複雑な地形だ。無数の浮石や凍結した岩々、先も見えないような猛吹雪と戦わなければならない。あまりの過酷さに、頂上には永遠にたどり着けないのではないかと思え、山頂のかなり手前で頂を踏むのをあきらめて引き返す登山家も多い。一シーズンあたりの登頂成功者数の平均は、エベレストの場合だと三百人いるが、カンチェンジュンガは二五人ほどしかいない。

そんな山へいざ挑戦する段になっても緊張はしなかった。私たちは最初の二座を信じられないほどの速さで踏破している。しかも信じられないほど過酷な環境だったにもかかわらずだ。だからカンチェンジュンガも完登できると確信していたが、チームの誰もがくたびれきっているのは間違いない。ダウラギリで過ごした五日間、三〇キロ近い装備を背負いながらロープを固定したり、深い雪の下に埋もれていたロープを掘り起こしたりという作業をこなし、みんな満身創痍だ。だからカンチェンジュンガのベースキャンプに到着した五月一四日、チーム全体でちょっとした贅沢を楽しむことにした。近くの村で買ってきたフライドチキンを頬張りながら、今後二四時間で制覇するための作戦を練ったのだ。

ぐずぐずしている余裕はない。通常の遠征隊がやるようにキャンプ1からキャンプ4に到着するたびに一日体を休めるのではなく、一気に頂上を目指したい。いいいいいいいいいわけじゃない。私たちチームの異例のスピードは必要に迫られて生まれるものだし、メンバー全員がすでに高度順応できている。それにエネルギーを消耗しつつあるいま、足を止めて休息を取っていると、いつその場でうとうとしてしまうかわからず、かえって失敗する危険性がある。今回私とともにサミット・プッシュを行ってくれるゲスマンとミングマもくたびれ果てていた。

気合いを入れ直して出発し、強力モードに切り替えて、キャンプ1を目指し始めたが、心拍数が急上昇し、体がなかなか言うことをきかない。一面雪に覆われた足元には、地雷のようにどこに隠れているかわからないクレバスが無数にある。頭上にある低いスロープは、雪崩と落石が頻繁に起こることで悪名高い超難所だ。ただでさえ天候が悪く危険だというのに。

　周囲にあるいくつもの大石は完全に凍っているが、日中は太陽が高く昇るため、一部の氷が溶け出して小規模な雪崩を引き起こす危険がある。そこで雪崩に備えて、私、ミングマ、ゲスマンのうち、誰かひとりを見張りに立てるようにした。見張り役が尾根の上から雪崩の兆候がないか確認する間、あとのふたりは一番近くにあるシェルター目指して突き進む。もし見張り役が「落石だ！」と叫んだら、三人全員で手近なシェルターめがけて死に物狂いで逃げる作戦だ。

　最初は、このスピードを上げる作戦がうまくいった。エネルギーレベルが下がるメンバーは誰ひとりいない。

「みんな、ぶっちぎりの速さでこの山をやっつけようぜ！」私は興奮して叫んだ。「息がゼーゼーしていたら、誰もうっかり眠り込むこともできないさ！」

　午後五時にはキャンプ１に到着し、すでに極地用サミット・スーツのファスナーを上げていた。私たちより先にこの山に到着していたほかの遠征隊たちは、それぞれサミット・プッシュに向かっており、午後七時には彼らの多くがキャンプ４を出発していた（高度面で言うと、キャンプ４から山頂までの登りが最長になるエベレストでも、登山家たちは午後九時くらいにキャンプ４を出発するのが一般的だ）。暗がりのなか、頭上で明かりがちらちら光っているのが見える。先に出発した遠征隊員たちのヘッドランプだ。正直、少し心配になった。

自分たちの場所から彼らがあまりに遠く離れた高い位置にいるように思えたせいだ。山頂はまだまだ遠いと思い知らされた。

カンチェンジュンガを予定時間内に制覇するには、休むことなく迅速に登り続け、頂上に到達しなければならない。ところがゲスマンが遅れ始めているのに気づいた瞬間、私の楽観的予測はどこかへ吹き飛んだ。ゲスマンはいままでずっと私とミングマに遅れず、常に三人で力を合わせてロープを固定してきた。頂上に近づくにつれ、より強気になってきたものの、ゲスマンが追いつくのを待つと考えただけで不安になる。

足を引っ張るメンバーとの登攀は常にリスクを伴う。頂を踏んでふもとまで無事に引き返せる天気のタイミングを逃した場合、カンチェンジュンガのように死と隣り合わせの山から無事に下山できる確率はきわめて低くなる。下山途中に立ち往生し、暗くなるなか、登ることも引き返すこともできなくなる危険性が高い。もし天候が悪化した場合はふたつのキャンプ間で立ち往生することになる。今回は最初からどこかで夜明かしする計画ではなかった。

カンチェンジュンガは一気に登って下る計画だったため、必要最低限の装備しか携帯していない。酸素、緊急時用ロープ、食糧、それにわずかな私物だけ。短い間でも立ち止まってはいけない。ひと息つこうとするたびに、恐ろしい眠気が襲ってくる。目を開けているのさえやっとだ。だが目を開け続けていなければ、すぐに死神に捕まえられるだろう。

「なあ、みんな、カトマンズでパーティをしたときは、いつも朝六時までぶっ通しで踊りまくったよな」私は口を開いた。「あれは遊びだったから全然平気だった。でもカンチェンジユンガを登るのはわけが違う。誰もができることじゃない。もし成功したら努力が報われる。この挑戦で人生ががらっと変わるかもしれないんだ。休んでる暇なんてないぞ」

つらく困難な仕事に取りかかるときに視点を変えて現状を見つめ直す《リフレーミング》のは大切だ。感情スイッチを切り替えれば、肉体的な苦痛を感じていても、とりあえず数メートル前進できる。

デス・ゾーンについて深く語れるほど登攀経験があるわけではないが、山中で何か災害が起こりそうだと察知はできる。兵士として戦場で戦っているとき、迫りくる危険を嗅ぎつけられるのと同じだ。従軍期間中の大半において、兵士は完全に意識を集中しなくても、常にあたりに注意を払い、機能的な働きができる。高速道路で車を走らせながら、誰かと会話している状態に似ているかもしれない。もし道の前方になんらかのトラブルが待ち受けていても、常に周囲を警戒している運転手ならば、すぐ反応して車の速度を落とせる。あるいはとっさに方向転換もできる。

それと同じことだ。兵士は周囲の人の流れを観察するだけで、状況が険悪になりそうだと判断できる。任務にあたっている辺境の地で、地元民が突然近くにある裏路地や戸口に姿を消したら、もうすぐ争いが起きるサイン。戦闘モードに切り替えるのだ。

キャンプ３から先に進み始めたとき、私はそれに似た胸騒ぎを感じた。何かがおかしい。嫌なことが起ころうとしている。最初にそう感じたのは、険しく滑りやすいスロープを前進している途中、ちょうど真上を登っているひとりの登山家の姿に気づいた瞬間だった。少しも気を抜けないスロープだ。ありったけの力を振り絞る必要がある。ゲスマンははるか遠くに遅れていたものの、それでも私たちはそのスロープを着実に進んでいた。

頭上にいるチリの登山家は動きがひどくゆっくりで、四苦八苦していた。もし頂を踏んで時間に余裕を持って安全に下山したいならば、彼を追い越さなければならない。彼にはもはやこの遠征をやり遂げるだけの体力がないようだ。遠くから見ても、弱りきっているのがわかる。理性的に考えれば、彼にとって一番いいのはここで引き返すことだ。にもかかわらず、無理やり前に進もうとしている。

気持ちは痛いほどよくわかる。誰もが自分なりの目標——**大切な理由**——のために八〇〇〇メートル峰に挑んでいる。登山そのものを楽しみたいという経験豊かな登山家もいればもっと個人的な大きな目標、たとえば慈善事業の資金集めのために挑む人もいる。個人的な理由で多いのは、心的外傷後ストレス障害（ＰＴＳＤ）のような精神衛生上の問題を克服するために遠征にやってくる人たちや、ガンなどの病気からの回復を祝う人たちだ。そのほかにも「自己最高記録を達成したい」とか「自分の可能性をもっと広げたい」という人もいる。

先のベースキャンプで、そのチリ人登山家がロドリゴ・ヴィヴァンコという名前で、個人的な野心を燃やして今回の登攀に挑んでいるのを知った。当然だろう。彼の祖国ではまだカンチェンジュンガ踏破を成し遂げた登山家がひとりもいない。この同じ日にロドリゴ以外にもうひとり、チリ人の登山家がこの山に挑んでいた。ロドリゴは酸素なしでの登攀。もうひとりの同胞は酸素ボンベを使用し、はるか頭上にいて小さな点にしか見えない。このままだと、ロドリゴは祖国の代表として二番目にカンチェンジュンガを踏破した登山家になってしまう――それを意識しながら登るのは、大変なストレスに違いない。たとえ酸素ボンベを使っていなかったとしてもだ。

とうとう私とミングマは追いついた。ロドリゴは動くのさえやっとで、肩でゼーゼーと息をしている。くたびれ果てているのは明らかだ。彼にとって一番いいのは、ここで下山することだろう。

「なあ、もうかなり遅い時間だ」私は話しかけた。「だけど頂上はまだはるか先だ。きみはいま、本当に、マジで慎重になったほうがいい」

ロドリゴはうなずいた。それでも登り続けると心を決めているようだ。「ああ。でも俺は登る。登るんだ！」

「決めるのはきみだ。でも俺がいま伝えようとしているのは、きみのペースがものすごくゆっくりだということ、頂上はここからまだ何マイルも先だということだ」

ロドリゴにどうこう言える立場にない。もし彼がプロジェクト・ポッシブル・チームの一員だったら、命を守るためにすぐ下山するよう命じただろう。もし彼が料金を支払って遠征に参加した顧客だったらどうにか説得し、ガイドをひとり伴わせてベースキャンプまで下山させたはずだ。でもいまの私にできるのは忠告を与えることだけ。その忠告をはねつけられ、なんとも言えない嫌な予感を覚えた瞬間、不意に意識が研ぎ澄まされるのを感じ、考えを巡らせた。

ロドリゴは健康状態がよくない。**この先、どの地点で倒れ込むだろう？　登りの途中か？**

それとも下りの途中か？

もしそうなったら、俺たちにはロドリゴを救出する体力が残っているだろうか？　**ああ、たぶん大丈夫。ゲスマンはへたっているが、それでも俺たち三人いればどうにか救出できる。**レスキューが必要なら、まずカンチェンジュンガの頂を踏んでから、戻る途中でロドリゴを助けられるか？　いまの自分にはまだ体力がある。**頂上も手の届く範囲にある。だから……ああ、助けられる。**

どんな登山家にとっても、最も難しいのは自分を客観視することだ。私は登山を始めてすぐそれを学んだ。山の上では自分自身、言い換えれば**自分の真実**から逃げたり隠れたりできない。私の直感は真っ先に「ロドリゴを下山させよ」と告げたが、彼から登り続けると言われた以上、こちらも心のスイッチを切り替えるしかない。「自分のミッションに集中せよ」という声に従うことにした。

私は一四座を七ヵ月で踏破しなければならない。踏破リストに次に加わるべきは、このカンチェンジュンガだ。

そのためにはどうすればいいかわかっている。

運のいいことに、私は個人として、登山家としての自分自身――自分の「真実」を理解している。ロドリゴが体力を回復し、すばやいペースを取り戻せるようになるのを期待しつつ、彼のあとから登攀するのは自分らしくない。目的に向かって突き進んでいるとき、誰かの背後を歩きながら「こいつ、どいてくれないかな」などと考えるのは、私の流儀《モダス・オペランディ》ではない。

それにロドリゴが一瞬でもロープから離れ、私たちを先に通してくれる可能性はほとんどない。彼は完全に燃え尽きつつある。だからミングマとともに仕方なく固定ロープから外れ、可能な限りすばやくチリ人登山家を追い越すと、日の出の最初の光が差し込むなか、猛スピードで登り続けた。進路からそれたのは初めてだった。ロドリゴを避けるためにやむを得なかった。

山は渋滞していた。登る者もいれば、下る者もいる。山頂を目指す人たちから感じられるのは、一刻も早くたどり着きたいという切羽詰まった感情だ。一方で、より低いキャンプを目指して下山する人たちからは、まったく違うエネルギーの状態が感じ取れる。彼らの多くは疲れ果てていた。気力が萎えているように見える者もいる。なかには生と死の分かれ目でどうにか踏みとどまっている様子の登山家もいた。まるで山頂へ向かう途中で爆風に吹き飛ばされたみたいにぼろぼろだ。なかでも一番具合が悪そうなのは、シェルパと一緒に岩にもたれかかっているインド人登山家だ。もはや一歩も動けず、登ることも下りることもできないようで、恐ろしい現実に直面していた。カンチェンジュンガによって、彼ら自身の「真実」がむき出しにされていたのだ。

五月一五日正午、ついにカンチェンジュンガの頂を踏んだ。ミングマと抱き合い、雲に向かって大きな叫び声をあげたあと、私はザックに手を伸ばし、写真を撮るためにスマホと持参した旗を二本取り出した。一本目はプロジェクト・ポッシブルのロゴが入った旗。もう一本は特殊舟艇部隊の徽章が印刷された旗だ。

「まさにこれだぜ！」特殊舟艇部隊のスローガンを力いっぱい叫んだ。「力と知恵を！」

私たちの場所から第一フェーズで挑戦する最後の三座、エベレスト、マカルー、ローツェの頂が完全に見えている。はるか遠くのどこかに、ネパールと中国、インドとの国境があるに違いない。まさに祝いの日だ。この瞬間、ずっと願っていた夢がひとつ叶った。だが時間はあっという間に過ぎていく。腕時計を確認したところ、日没まであと数時間しかない。嬉しいことに、疲労のせいで遅れていたゲスマンもとうとう私たちに追いついた。だがこのあと繰り広げられることになった茶番劇を、誰がこのとき予想できただろう？　そろそろ長い時間をかけて下り始めるべきときだ。私はトラブルに対処できるよう、すでに心のスイッチを切り替えていた。おそらく下山途中で、すっかり動けなくなったロドリゴを救出することになるだろうと。

しかし、ドラマは予想よりも早く始まった。先に見かけたインド人登山家と彼のシェルパがまだ、私たちの五〇メートルほど下の地点で動けずにいたのだ。このままだと「死のスパイラル」に巻き込まれる。具合が悪くなって一歩も動けなくなった登山家を、まだ体力が残っているほうのチームメイトが下山させせようと説得しているうちに、互いの体力が急激に低下し危険な状態に陥ってしまう——高山ではよくある話だ。その場から逃げ出すエネルギーもなくなり、彼らはなすすべもなく命を落とす。ここカンチェンジュンガで、同じことが起きようとしている。登山家もシェルパも身動きできなくなっていた。

とにかく彼らを奮起させようと私は尋ねた。「いったいどうした？」登山家は深刻な高山病にやられているようだ。

シェルパは首を振った。「彼の酸素がなくなった。俺のもない。彼はいま、下山できない状態だが、もちろん置き去りにはできない。だから一緒に山を下りようと説得しているが、彼はもはや動けない。次に一歩でも踏み出したら、死ぬだろうと考えている」

目の前で、ゆっくりとしか動けない車が衝突事故を起こしそうになっている――そんな気分だった。

「さっきここできみたちを見かけた。あれから一歩も動いていないのか？」

「ああ、そうなんだ。彼は一歩も動けない」

私はインド人登山家に尋ねた。「きみの名前は？」

「ビプラブだ」シェルパがつぶやく。「彼はしゃべることもやめてしまった」

ビプラブの具合を確認したところ、幸いにも意識はあった。だが高地肺水腫なのか高地脳浮腫なのかわからない。彼のシェルパも具合が悪そうだ。ただ少なくとも、シェルパのほうは片方の足をゆっくりともう片方の足の前に出して立ちあがることはできた。

こんな危険な状態のままふたりをここへ置いていくつもりはさらさらない。自力での下山はできそうにない。だからミングマとゲスマン、私の三人で助けることにした。とにかく急いで下山せねば。少しでも酸素を使用すれば、ビプラブも動けるようになるかもしれない。私たち全員がはっきり気づいている。少なくともキャンプ4まで下山できなければ、ビプラブは確実に死ぬだろう。厄介なことに、最も大きな障害は肉体面ではなく精神面にあるようだ。恐怖のあまり、ビプラブの体は完全にすくんでいる。

「俺たちがきみを連れて帰る！」ビプラブが立ちあがるのを手伝いながら、私は大声で叫んだ。

すぐに負傷者後送の準備に取りかかった。ミングマは自分の酸素ボンベをビプラブに手渡した。酸素が極端に薄い場所に何時間もいるせいで、自身の体も衰弱しているはずなのにミングマはたくましい。ビプラブのシェルパを手伝い、彼が立ちあがる手助けをするくらいの余力があった。

「俺たちのスピードを利用しよう」私はミングマに言った。「助けるにはそうするしかない。下山したら、彼らの具合もいまよりよくなる。俺たち全員にとって、酸素が何よりの薬なんだ」

私は無線でベースキャンプに助けを求めた。「みんな、ニムスだ。立ち往生しているふたりを見つけたが酸素がない。救助するにはもう少し酸素がいる。誰かキャンプ4から届けてくれないか？」

応答があった。「了解、助けに行く」誰かが叫ぶ。「シェルパ三人、酸素を持って行く」

私はビプラブに体を近づけ、衛星電話で誰か話したい人はいないかと尋ねた。少しでも前向きな気持ちになれたら、長く過酷な下山もどうにか踏ん張れるはずだ。もはや一刻の猶予も許されない。

「妻を」彼は答えた。

そのあとすぐに、遠く離れた場所にいる夫婦が電話でつながった。どうやら彼の家族全員が一台の携帯のまわりに集まっているらしい。ビプラブが笑っている。意欲と前向きさを取り戻したのだろう。無事に山を下りるために何より大切なことだ。あたりは安堵と希望に包まれた。よし、俺たちは大丈夫。無事に下山できる。ほんの一瞬、心からそう信じられた。

だが私は間違っていた。

ミングマと私でビプラブの腕を取り、ゲスマンが彼の片脚を持ちあげ、私たちの命綱に彼を結びつけた。それから力を合わせてキャンプ4までの長く苦しい道のりをとぼとぼと進み始めた。予期せぬ救助活動となったため、必要な装備は持ち合わせていない。だからその場の状況に合わせて工夫するしかない。この種の救出の場合、病人はストレッチャーに乗せられ、前面にひとりの救出者が立ち、後部にもうひとりの救出者が立ってブレーキの役割を果たすのが常だ。救出者がほかにもいれば、病人の体のバランスに注意を払いながらストレッチャーを導く役割を果たすのがセオリーだ。

ところが、今回の負傷者後送は通常とはまったく違う。足元には、一面岩と雪と氷が広がる危険な地形。どうしても下るペースがゆっくりになる。慎重を期してトラバースを行わなければならない。特に、いつもの下山とは異なるロープ技術を用いる必要がある。私とミングマはなかば意識不明の状態にある病人の体の重みに耐えながら、ビプラブの体ごと引っ張ったり、持ちあげたりした。

そうやって下り始めてからすぐに、先のほうに別の登山家が見えた。彼は下っているというよりもむしろ、登っているようだ。助けの者か？　いや、ひとりきりだし、救出にやってきたにしては装備がふじゅうぶんだ。しかも動くのがやっとの様子で、必死にロープにしがみついている。サミット・スーツに見覚えがある。ロドリゴだ！　彼はまだ山頂を目指し続けていると気づいた瞬間、ぞっとした。もうすでに午後もなかばだ。ロドリゴがカンチェンジュンガの頂を踏み、漆黒の闇のなか、たったひとりで無事下山できる可能性は万にひとつもない。

ロドリゴが近づいてくると、私はふたたび彼の腕をつかんだ。「なあ、いますぐ下山しないとだめだ。もう午後二時近い」

ロドリゴは耳を貸そうとしない。体はすでにダウン寸前かもしれないが、山頂を目指す決意は揺るがないようだ。

「嫌だ！　山頂に立つのは、俺にとってすごく重要なことなんだ」ロドリゴは叫んだ。

「ああ。でもいま引き返したら、来年また頂上に立てる。きみは本当にゆっくりとしか進んでいない。もし引き返さなかったら死ぬぞ」

ロドリゴは私を押しやり、脇を通り過ぎようとした。頂上に達したいという強い執着心《サミット・フィーバー》の兆候が見られる。八〇〇〇メートル峰の頂を踏むというミッションに取り憑かれるあまり、もうひとつの重要な部分「無事に家に戻ること」を忘れてしまう状態だ。なにしろこの高度だ。酸素不足で、脳が重要な情報をきちんと伝えられなくなっているのだろう。

　あるプロジェクトの終わりが見えてくると、「その仕事を最後まで成し遂げたい」という強い欲望が重要な場合もある。ロンドン・マラソンでは、ゴールから二百メートル手前で調子を崩すランナーをよく見かける。なかにはあきらめて走るのをやめる者もいるが、彼らの大半はメダルをあきらめず、よろめいたり、這ったり、ほかのランナーに寄りかかったりしながらも走り抜こうとする。海抜ゼロメートルであれば、くたびれ切っている人がその種の「最後のひと踏ん張り」を行っても死ぬことはまずない。しかし、高度八〇〇〇メートルでは話が違う。よく考えもせずに、がむしゃらにゴールを目指すのは信じられないほど危険だ。なぜなら、山頂は山の中間点に過ぎないから。**頂上を目指すのは、マラソンで言えば「ほぼ二一キロを完走すること」で、さらに二一キロあまり残っているのだ。**そのうえ山の場合、途中で問題が起きてもすぐに助けを求めるのは難しい。ロドリゴが頂上を目指す決意を変えようとしないのは、高山病のせいなのか、理性的な思考が停止しているせいなのかはわからない。ただどちらにせよ、彼にはひとつだけわかっている。カンチェンジュンガの頂に到達するのは、自分にとって「死か栄光か」を意味するということが。

　先に進み続けようとするロドリゴに私は叫んだ。「俺は無理にきみを下山させることができない。だから頼む。どうか、くれぐれも気をつけてくれ。きみの人生がかかっている」

　それから無線をつかむと、キャンプ４に向けて呼びかけた。そこにロドリゴの遠征オペレーターとキャンプ・サポーターが待機しているのはわかっている。これは彼らの責任であって、私の責任ではない。しかも私は二度もロドリゴに話しかけ、山頂を目指すのは自殺行為だと忠告をした。ここからはもう彼らの責任だ。

13 混乱のとき

のんびりしている時間はない。ビプラブは刻一刻と死に近づいている。私たちは大急ぎで頂上尾根を下っていった。ときおりビプラブが低くうめいている。いい兆候だ。少なくとも生きている。だが悪い兆候でもある。私たちは彼の体を持ちあげたまま、山頂のごつごつした岩場を下らなければならない。ひどく難しい仕事だ。あちこちの岩場にぶつかり、ビプラブの体には無数の傷がついているだろうが、できるだけ早く移送するにはこのやり方しかない。

軍人時代、負傷者後送を何度か行ったことがある。そのとき学んだのは、スピードが何よりも重要ということだ。救命治療を施すため重傷兵士を移送中に多少の切り傷やあざができても「やむを得ない」と考える。そのたびに時間をかけて治療をしているとその兵士が大量の血液を失うかもしれないからだ。このときのビプラブがまさにそうだ。優しく繊細な気遣いをしている場合ではない。日没とともに気温が低下するにつれ、心配材料が増えていく。このままだと、私たちの気力はカンチェンジュンガによってゆっくりと奪われてしまうだろう（注1）。

混乱のまっただ中だったというのに、人は奇妙なことを覚えているものだ。私の場合、この日を振り返るたびに、目の覚めるような青空の下、カンチェンジュンガ全体がくっきりと見えていた様子が鮮やかによみがえってくる。周囲を見回したり、下へ続くロープを確認したりするたびに、絵葉書そっくりの絶景が広がっているのが見えた。『ナショナル・ジオグラフィック』誌から切り取ったような迫力の光景だった。すでに一時間が経とうとしており、下りのルートと遠くにあるキャンプ4がはっきりと見えていたが、私たちの速さだとたどり着くまでに六時間はかかるだろう。その間ビプラブがなんとかもちこたえてくれるよう祈る思いだ。状況は刻々と悪いほうへ変化しつつある。ビプラブは数ある不安材料のひとつにすぎない。

今後ゲスマンはどの程度遅れるだろう？　ミングマが高山病にやられるとすればどの時点か？　それに救援チームはいまどのへんにいる？

八四〇〇メートル付近まで下山してきた。私の計画によれば、酸素ボンベを運んでくる救援の三人と落ち合うはずだった地点だ。しかし、そこで目にしたのは救援チームではなく、ぐったりとしたもうひとりの登山家だった。**遠くからだと、彼は大丈夫なように見えた。**前方にある山をしっかりと見すえている。だがさらに近づくにつれ、わずか一時間前にビプラブの姿を見たときと同じ恐怖がよみがえってきた。

私はその男の肩を軽く揺さぶった。「おい、大丈夫か？」

「ああ、大丈夫」男はそう答え、自分の名前はクンタルだと自己紹介した。まるで穏やかな午後、山ですれ違った相手に接するような態度だ。ところがクンタルは私と目を合わせようとせず、あたりの景色にうっとりとしているように見える。その瞬間、ぞっとする現実に気づいた。**マジかよ、クンタルは雪のまぶしさで目が見えなくなっている。**

「なぜここにいる？」私はクンタルの状況を確認した。彼の酸素ボンベはすでに空っぽだ。

「下山できないんだ。ガイドは俺を置き去りにした。チームメンバーもだ」クンタルはあきらめきっているのか奇妙に冷静な声でつけ加えた。「俺はここで死ぬんだ」

私は悲しい気分でミングマとゲスマンのほうを見た。**これは本当に現実なのか？　またしても？**　その遠征チームがクンタルに対してどの程度責任を負っているかはわからないが、いずれにせよ、彼らはクンタルがもはや下山できず、命も救えないと判断し、彼を置き去りにして自分たちだけで下山したに違いない。そしてそのせいで、私たちはいまここで重い決断を迫られている。ひとりの人間の生死にかかわる重大な決断だ。

私たちもクンタルを置き去りにするべきか？　それとも彼を助け、いま救出しようとしているほかの負傷者の命を危険にさらすのか？

考えるまでもない。軍人時代は常に、味方をひとりたりとも置き去りにするなと厳しく訓練されてきた。戦場でのルールがそのまま高山に当てはまるわけではないが、ルールはすでに私の一部となっている。それに、そもそも自分が酸素ボンベを使う理由はそこにある。

「彼も一緒に連れて帰ろう」私は言った。

自分の保護マスクを外し、クンタルの顔にかぶせた。二〇一六年、エベレストでシーマを救出した際に、今後の登山では絶対に保護マスクもすると誓っていた。登りの最終段階では酸素ボトルを使ったものの、こうして酸素不足の状態が続いても、私の生命維持に不可欠な臓器はへこたれていないようだ。肺がヒューヒューいうこともなければ、デス・ゾーン登攀で避けられない心拍数の急上昇も感じられない。前に比べると、高地登山で体力を消耗しやすくなっているが、ここからの数時間、どうにか乗り切れる自信がある。その間に救援チームが到着するだろう。

以前エベレストで高地肺水腫になっても生き延びた体験を思い出すと、さらに心を落ち着かせることができた。大丈夫、俺は生き延びられる。あのエベレストでもすぐに回復し、一週間かそこらでまた登り始められたのだから。そんな希望に力が湧くと同時に、カンチェンジュンガでの生存確率がどんどん低くなっていくようにも感じられる。エベレストでシーマを救助したときは、彼女が動けずにいた場所からキャンプ4まで一時間しかかからなかった。でも、それは酸素が手元にあったからだ。

今回はあのときとはわけが違う。ここはカンチェンジュンガ。六人の人間がなんとか生き延びようとしているが、三人は体の自由がきかない。残りの三人は体こそ動いているものの、自分の酸素を負傷者たちに与えている。キャンプ4までの下山の道のりは、途方もなく長いものになるだろう。もし救援チームがすぐに到着しなければ、私たちのうち、少なくともひとりが命を落とすかもしれない。

助けにやってくるはずの救援チームは、いまどこにいる？

もう一度無線で救助を呼びかけたところ、相手はこう答えた。「心配するな、救援チームはすでに出発していてすべて順調だ」**応答しているのは先ほどと同じ人物か？** ノイズのせいでわからない。ただ薄暗がりのなか、こうしてキャンプ4を見おろしても、依然としてなんの動きも感じられない。もしかすると、救援チームはひと張《はり》のテントのなかに集まり、任務遂行計画を立てているのかもしれない。もしそうなら、彼らにはより迅速に登ってきてもらわなければ。私たちの物資はほとんど尽きかけている。このままだとどんどん体力が奪われていく一方だ。

緩慢なペースで下り始めてから一時間経った頃、ゲスマンのパワーが落ちた。三週間前、アンナプルナでドクター・チンを救助したとき彼はすでに足の凍傷にかかっていたが、ここへきてふたたび患部にしびれとうずきを感じているようだ。明らかに、この凍える寒さのせいだろう。私は彼の態度も心配になった。みんなの具合を確認しようと振り返ったとき、信じられない光景を目にしたからだ。ゲスマンがクンタルの顔からゴーグルを引き剝がし、彼の両目めがけて指を一本突きつけている。

クンタルが死んだ？ それともゲスマンは高地脳浮腫になったのか？

「ゲスマン！　何事だ？」

「こいつ、嘘ついてやがった」ゲスマンは怒りの叫び声をあげた。「こいつ、見えてるんだ！　ほら、見てくれ！」

ゲスマンは片手を思いきりうしろに引いた。いまにもクンタルの頰を張り飛ばすかの勢いだ。その瞬間、クンタルは体をびくっとさせた。さらにもう一度。ゲスマンにはわかっていたに違いない。危険を前にした人間はすぐに反応するはずだと。**もし目が見えないなら体をこわばらせるはずがない。**私はかがみ込んで同じテストをしてみた。指で目を突き刺すような動きをしたところ、そのたびにクンタルは体をこわばらせた。

ゲスマンの言うとおりだ！

私は低くうなった。もしクンタルが本当は見えていると認めていたら、もっと速いペースで下山できていたはずだ。それなのに彼は嘘をついた。自力で下山する勇気がないあまり、傷ついたフリをして、私たちに体を運ばせたのだ。クンタルはなすすべもなく体を縮こませている。物事を筋道立てて考えられないのだろう。怒りが込みあげてきて、私はクンタルのサミット・スーツのフードを引っつかんで思いきり引き寄せた。

「何考えてんだ?」叫ばずにはいられなかった。「俺たち三人はずっと命を賭けて、お前の体を死人みたいに運んできた。なのに、お前はずっと見えないふりをしていた。なぜだ？」

クンタルは弱虫すぎて答えることさえできない。すっかり気落ちした様子のゲスマンがクンタルの両肩をつかみ、立ちあがらせ、私たちはふたたび下山し始めた。すでに山には濃く長い影が落ちている。怒りのせいでよけいなエネルギーを使いたくない。特に、いまはおぜいの人の命がかかっている。私は怒りをすぐに手放した。

どうやら私たちは見捨てられたらしい。誰ひとり、助けにやってこない。キャンプ4やベースキャンプへの無線連絡は、百回を超えていたに違いない。そのたびに落胆し、不安を募らせたが、怒りが湧きあがっても冷静な態度を貫こうとした。「大丈夫、**救援チームは登っている**途中だ。**酸素ボンベはこちらに向かっている**」そう自分に言い聞かせるようにしていた。

下のキャンプでは少なくとも五〇人がテントで寝泊まりしていて、多くは私たちと同じ日にカンチェンジュンガの頂を踏んでいる。彼らなら、いま私たちがいる場所まで二時間もあれば登ってこられるだろう。ほとんどが経験豊かなアルピニストや単独登山家で、なかには言葉を交わした者やベースキャンプで一緒に飲んだ者もいる。高地登山のスペシャリストとして有名な者たちもいた。

そんな登山家たちが勢揃いしているのだ。**わずかな人数でも、私たちを助けたいと考える者たちがいるはずだ。そうだろう？**

ところが無線を入れるたびに、不安は増すばかりだ。もはや数時間が過ぎ、私たちを取り巻く状況はどんどん絶望的になっていく。それなのに、毎回同じ応答が返ってくるだけだ。

「誰かが助けに向かっているよ、ニムス」

「彼らはもうすぐ着くはずだ」

「もうそんなに長くはかからない」

だが私の見たところ、誰もキャンプ4を出発さえしていない。彼らはヘッドランプも装着せずにこの山を登るほど愚かではないはずだ。いくら目を凝らしても、下から近づいてくる明かりはひとつも見えない。

午後八時を回った。この救助活動を始めてからすでに数時間が経とうとしている。幸い、天候はかなり落ち着いていて、風もさほど強くないが身震いするほどの寒さであることに変わりはない。ゲスマンとミングマ、私の三人には、極寒環境でも生き抜くスキルがある。心配なのは、負傷者に渡した酸素が尽きかけていることだ。救援チームが誰も登ってこないせいで、みんなの士気も低下しつつあった。

クンタルは高山病にやられ、満足に話ができないようだ。ビプラブも具合がますます悪くなっている。少し休んだあと、安全のためにゆっくりと下り始めたが、一五分も経たないうちにビプラブの体の異変に気づいた。氷壁に寄りかからせるように、彼を片足ずつおろしてみる。私たちが歩を進めるたびに痛そうなうめきをあげ、筋肉を引きつらせていたのだが、いつしか無反応になっていた。

ビプラブは死んでいる。

祈るような気分で彼のバイタルサインを確認しながらかすれ声で言う。「頼む。俺たちの苦労を無駄にしないでくれ」

しかし、脈は感じられない。呼吸もしていない。両目を突いてもみた。重傷者の反応を引き出すひとつのやり方だ。だが反応はない。ビプラブの酸素ボンベを見た瞬間、ぞっとする真実に気づいた。ボンベが空になってすぐに、彼は絶命したのだ。この急激な体力の衰え方から察するに、サミット・プッシュ前に、本来なら数週間かけるべき高度順応をちゃんと行っていなかったのだろう。

「本当にすまない、兄弟。やれるだけのことはやったつもりだ」悲しみをこらえながら、彼のフードをそっと目深にかぶせた。

激しい怒りを覚えながら、キャンプ4の明かりをにらみつける。救援チームが助けに向かっているなんてデタラメだ。あれほど何度も救援を要請したのに、ことごとく無視されたのだ。でもなぜ？　信じていた者たちに裏切られたような気がした。

「人間って本当に汚い」しみじみそう思った。

山は自分の真実の姿を教えてくれる。本当の自分は何者か、どんな人間かを示してくれる。登りでも下りでも、私は常に自分が率いる小さな集団の命を守ろうと心を砕いてきた。だからいつだって胸を張って顔をあげていられる。だが今回、厳しい現実を思い知らされた。心から尊敬していた登山家のなかに、頭上のどこかでひとりの男が絶命したこの瞬間も、テントのなかでぐっすり眠っている者たちがいる。こちらから何度も何度も、救助を要請したというのに。つらい現実だ。

彼らの真実の姿から目をそらすことはできないだろう。これからもずっと。

ゲスマンは恐れるような表情で私を見た。彼の凍傷はひどくなる一方で、いまでは一歩も動けない。下山させるべきだろう。最初ゲスマンは抵抗し、このまま私たちと一緒に戦いたいと言い張った。だが、ここで彼が自ら低地キャンプに下山しなければ、この先ミングマと私はもうひとり負傷者の面倒を見なければならなくなる。そんなリスクは負えない。結局ゲスマンは私たちに別れを告げ、ビプラブに謝罪の言葉をかけてから、暗闇のなか、自力で下山していった。ビプラブの遺体はこのまま残していくことにした。これ以上、下山のスピードを落とすわけにはいかない。

通常なら、いまいる場所から三〇分ほどで安全な場所にたどり着けるだろう。ただし、それは私たち全員がかなりの速さで下山した場合の計算だ。体の動かない負傷者がふたりに減ったとはいえ、これからあと数時間は苦しい下山を強いられる。いや、もっとかかるかもしれない。でもひたすら下山するしかない。それしか選択肢がないのだ。デス・ゾーンから高度ほぼ千メートル近く下りたおかげで、ビプラブのシェルパはいま、かなり自由に動けるようになっている。ミングマと私は力を合わせてクンタルの体を引きずるように運んでいた。短い休憩ごとにミングマを励ましながら、ともにその重労働を続けてきたが、ミングマもまた具合が悪そうだ。高山病の兆候が見え始めている。次に休憩を取るときは、彼から何か言われるだろう。私にはそうわかっていた。

「実は両脚も、顔も、顎も感覚がない」案の定、ミングマから言われた。「このままひとりで先に下りなければ。きっと高地脳浮腫だ。これ以上ここにいたら、きっとお荷物になる。面倒を見なければならない人間がもうひとり増えてしまう」

ミングマは私が知るなかでも最強のシェルパだ。けっして言い訳したり、楽な道を選んだりしない。経験豊かなだけに、自分の限界をちゃんと知っているのだ。これ以上無理をすれば死ぬという限界点をわきまえている。このミッションのせいで、大切なチームメンバーのひとりを失うなど想像するだけでも耐えられない。自分が重病を抱えた登山家と先ほどまで具合の悪かったシェルパとともに、この山に取り残されることになろうとも。

さらに悪いことに、無線を通じて、登山家がもうひとり行方不明になっていると知らされた。「もし見かけたら、必ず下山させてほしい」ベースキャンプからひび割れた声が届いた。私はいら立ちながら、はるか遠くに点滅するキャンプ４の明かりを見つめた。いまだに誰ひとり、助けにやってこない。ミングマを抱擁し、下山する彼の姿を見送った。

「ほかの奴らに何が起きたか話してくれ」別れ際、ミングマの背中に向かって叫んだ。

いったい俺はここで何をしている？　この救助を行うのに、本当に最適の立場にいると言えるのか？　まず俺には酸素がない。二四時間以上、この山にいるせいでもうへとへとだ。特にダウラギリで厳しい五日間を過ごし、ほとんど休まないままカンチェンジュンガにやってきたからなおのこと。それまでの間に、九時間しか睡眠を取っておらず全身の筋肉がもう動くなと泣き叫んでいる。それから二時間、ときどきシェルパの助けを借りながら、クンタルの重たい体を引きずり続けているうちに、とうとう重大決断を下すべき瞬間が訪れた。救援活動をしていると、たまにあるケースだ。

選択肢はふたつ考えられる。ひとつ目は救援チームが酸素を運んで駆けつけるのを期待して、ここで待機しながら彼らの到着を待つこと。相変わらず下に広がるテントからはなんの動きも感じられない。一番可能性が高いのは、このまま私たち全員が寒さと酸欠のせいで死ぬ、という結末だ。ふたつ目の選択肢は、クンタルとシェルパをここへ置いて、私が全速力でキャンプ4までおりること。いまの自分の状態なら、一五分でたどり着けるだろう。そうすれば、ふたりのために救援チームを出してくれと頼み込める。私がキャンプ4まで下山する頃には、すでにじゅうぶん体を休めた者たちがいるはずだ。たとえ朝の早い時間からカンチェンジュンガの頂上を目指すことになっても、彼らのなかにはそのミッションに対応できる実力の持ち主が何人かいる。彼らを行動に駆り立てることさえできれば、クンタルとシェルパの命を救えるかもしれない。よし、二番目の選択肢を選ぼう。

「なあ、酸素はもう残りわずかだ」私はシェルパに話しかけた。「もしクンタルがビプラブみたいな状態なら、じきに彼を失うが、キャンプ4に行けば人がいる。彼らなら俺の話を聞いてくれ、クンタルの救援にやってきてくれるはずだ。きみは彼とここに残っても、俺と一緒に下山してもいい。それはきみが決めることだ」

私が下山し始めると、シェルパはあとからついてきた。大丈夫、自分たちならクンタルの命を救える。そう信じながら下っていると、目の前に奇妙な光景が現れた。四五メートルほどしか離れていない場所で、年老いた男が雪のなか、あてもなくさまよっている。くたびれ切った様子で、前後不覚な人のように見える。ひげが氷に覆われており、私たちの懐中電灯の明かりを受け、彼のサミット・スーツがレーザー光線のようにまぶしく反射している。

最初はついに自分が高山病にかかったのかと思った。**高地脳浮腫のせい**で、幻を見ているのか？　いや、違う。いま目の前にいるのは、行方不明になっているもうひとりの登山家に違いない。あとで知ったことだが、彼はラメシュ・レイという名前だった。ラメシュの背後に広がっていたのは待ちに待った光景だ。何時間も待たされたあげく、はるか遠くから私たちめがけて近づいてくるヘッドランプの明かりがついに見えた。ようやく救援チームが動き出したのだ。私たちは急いでその登山家に近づくと、彼をしっかりと捕まえ、その場でじっとしていた。やがて点滅するヘッドランプが人の姿になり、彼らがあげる叫び声が聞こえてきた。

「この人を下山させてくれ」近づいてきた救援チームに向かって私は言った。「きみたちのほうが俺よりも彼を連れて帰る体力がある。あと、この上にもうひとり、クンタルがいる」

私は残り少ない酸素ボンベを置いて残してきたクンタルのいる場所を指差した。「ここからそんなに遠くない。彼に酸素を与えて助けてやってほしい」

これで任務完了だ。残念ながらビプラブは助けられなかったが、少なくとも、彼のガイドとクンタルはすぐに救助されるだろう。もうひとりの登山家も無事であることを祈りたい。午前一時、ようやくキャンプにたどり着くとミングマとゲスマンのテントを探し出してもぐり込み、自分の寝袋を引っ張り出して横になった。少しでも暖を取りたい。眠ることなどできそうにない。激しい怒りを感じている。**あれほど無線で繰り返し救援を求めたのに、どうしてことごとく無視された？** なぜ何度も「もう向かっている」と嘘をつかれたのか？

いま自分のまわりにいるのはそういう人たちなのだ。一緒にいればいるほど、こちらのやる気が奪われていくように思えた。朝がやってきて彼らが目を覚ましても、もはや誰ともまともに目を合わせられそうにない。だから紅茶を淹れ、静かに座りながら、この山を立ち去れるときを待つことにした。

私はバッグを引っかき回して新しい靴下を取り出し、荷造りを済ませた。いまからゲスマンとミングマを起こし、ベースキャンプまで下山するつもりだ。その途中で登山家たちとすれ違っても無視だ。誰かが近づいてきても、絶対に目など合わせるものか。だが、まずは妻スチに電話をかけたい。

ビプラブの死で、心が折れてしまっていた。

イギリスにある自宅へ電話をかけると、スチはすぐに何かよくないことがあったと気づいたらしい。山から電話がかかってくることはめったにないからだ。「ニムス、どうしたの？」

妻はおびえたような声で尋ねた。

「しくじった」涙をこらえながら言った。「俺、失敗してしまった」

それから妻にすべてを話した。しだいに悲しみが怒りに変わるのがわかった。「ここにいる登山家たちは自分のことしか考えていない。自分たちがいかにタフで強い人間か強調し、この山もあの山もこんなふうに登ったと自慢げに語っている……でもタフで強い彼らはいま、どこにいってしまったんだ？　彼らのうち、ひとりでも酸素を持って登ってきてくれたら、俺たちはもっと元気でいられた。ビプラブも生きていたはずなのに」

スチは私の苦しみを和らげようとしてくれたが、こちらは頭に血がのぼりすぎて彼女の話を聞くどころではなかった。ミングマとゲスマンを起こしても、気分はさらに落ち込むばかり。ロドリゴも死んだはずだと知らされたのだ。

頂上とキャンプ4の間で救助活動を行っている間、私は一度もカンチェンジュンガの頂を見上げる余裕がなかった。ミングマが聞いた話によれば、山頂から少し下った地点で、あのチリ人登山家のヘッドランプが灯っているのがずっと見えていたという。ひと晩じゅう、その光は動かず灯っていたが、やがて点滅し始め、最終的にはバッテリー切れで見えなくなったらしい。二四時間寒風に吹きさらされ、いまロドリゴの遺体は凍りついているはずだ。

少なくともクンタルは救助され、カトマンズの病院に移送されたと信じていた。カンチェンジュンガのキャンプからキャンプへ下っている間に、頭上をヘリコプターが通り過ぎていったからだ。ヘリは重傷者を引きあげやすい山頂近くへ向かっていたので、クンタルがヘリで運ばれたと思った。

自分たちの努力は無駄にはならなかったと考えると慰められたし、満足感も覚えた。絶対に全員を生きたまま救出するという頑張りが報われた気がした。ところが山のふもとまで下山すると、ヘリが移送したのはラメシュ・レイだけだったと聞かされた。周囲の話によれば、クンタルは私たちが残した場所にそのまま置き去りにされたという。救援チームがあれほどすぐそばまで近づいていたにもかかわらず、だ。彼らなら簡単にクンタルを救出できたはずなのに。

思わず吐きそうになった。ということは、クンタルはまだあの山に置き去りにされたままなのだ。酸素もないまま、彼が生き延びる可能性は万にひとつもないだろう。私はミングマとゲスマンの前で怒りを爆発させた。

「あの登山家たちめ！　ソーシャルメディアでかっこいいところを見せているが、実際には何もやろうとしない。奴らは俺のことを忌み嫌っている。大変な事態が起きたとき、奴らはどこにいた？　教えてやろう。あいつらは自分のテントにこそこそ隠れていたんだ！」

戦争を通じて、私は死の受け止め方についてふたつ学んだ。ひとつは、兵士たちが戦地で命を落とすのは、自らの大義のために戦っているからということだ（登山家にもほぼ同じことが言える。高山で命を落とすのは、彼ら自身が過酷な環境に耐える試練と戦っているからと言っていい）。ふたつ目は、それでもときどき、愚かしい出来事や防げたはずの事故のせいで人が死ぬ場合があるということだ。紛争地帯では、男女問わず誰でも、味方からの誤爆で命を落とすこともある。

山において、困難に直面した登山家たちが命を落とすのは彼ら（または彼らの周囲にいる人たち）が準備不足のせいで、状況の悪化にすばやく対処できないからだ。そういった状況はつらいものだが、ある程度は理解できる。ほとんどが人為的ミスか事故によって引き起こされるからだ。それでも、今回のビプラブとクンタルの死はとうてい受け入れられない。ふたりの死が「選択」によって引き起こされたせいだ。誰かが私たちを助けようとすぐに駆けつけてくれていたら、**あのふたりの命も助かっていたかもしれないのに。**

私にはいまだにわからない。なぜ誰も救援にこなかったのか？

いや、どう弁解されても到底受け入れられない。あのインド人登山家ふたりの場合も、より低地のキャンプで寝ていたうちの誰かが本気になってくれさえすれば、救援に向かえたはずだ。なるほど、カンチェンジュンガの頂をきわめたあと、彼ら遠征隊はようやく数時間の休息を取っているところだったのだろう。ただ彼らは登りも数日間かけて、キャンプからキャンプへとゆっくり移動してきていた。私よりも体を休められていたはずだ。私の場合、丸五日間ほとんど眠らなかったうえに、カンチェンジュンガを一気に踏破していた。それでも、ひとりの命を救えたのだ。

遠征ガイド会社を経営している経験から言っても、顧客の命を最優先にすべきだというのは痛いほどよくわかっている。たとえ彼らが山頂に立ちたいと言い張ってもそういう状況においで私がすべきは、彼らの意識を現実に引き戻すこと、あるいは彼らを引きずってでも安全な場所に連れ帰ることだ。どうやら、ほかの人にとってはそうではないらしい。今回身をもって学ばされたように、高地登山とは常識が通用しない、実に残酷な世界なのだ。

飛行機に乗ってエベレストのベースキャンプへ向かう間に、最優先すべきミッションに意識を集中させるようにした。第一フェーズ最後の三座となるエベレスト、ローツェ、マカルーを連続踏破しなければならない。今回、三人の登山家が命を失ったのは事実。しかし、自分にとって一番大切なミッションが続いているのもまた事実だ。

亡くなったあの三人の記憶は、遠いカンチェンジュンガに残した。

（注1）戦地で負傷者後送を行う看護兵たちは、いわゆる「ゴールデン・アワー」を意識している。重傷を負った直後の一時間のことで、この一時間以内に重傷者を戦地から病院へ移送し、治療できれば生存率が高くなると言われている。当然ながら、その生存率は銃創や傷の深さによって異なる。標高の高い山なら、移送にかかる時間と高度そのものも重要だ。下山するにしたがい、負傷者の体は酸素を取り込めるようになり、生命の維持に不可欠な血流も呼吸数も心拍数も通常に戻り始めるため、臓器は守られる。負傷者が生き延びるために役立つ要素は酸素だけではない。大気圧（空気の重さによって変わる圧力）もまた大切だ。標高が高くなるほど薄くなる空気と同じく、大気圧もまた下がる。酸素を利用していても高地キャンプで命を落とす登山家がいるのはこのためだ。

14 サミット・フィーバー

プロジェクト・ポッシブルに対する嘲笑や批判がようやくおさまってきた。フェイスブック、ツイッター、インスタグラムで、今回の私の遠征の様子に注目が集まるようになっているし、資金援助を前向きに検討したいという申し出も日に日に増えている。だが、気を緩める余裕はこれっぽっちもない。たしかにエベレスト、ローツェ、マカルーは勝手知ったる山のように思える。約二年前、世界記録を更新して踏破した山だからだ。しかし、どの山も甘く見てはいけない。相手は八〇〇〇メートル峰。手強いことに変わりはない。だからこそ、ここ最近、世界一高い山エベレストを軽く見ている人がいることにいら立ちを感じるのだ。

たしかにエベレストはアンナプルナ、カンチェンジュンガ、K２に比べれば危険ではない。高い技術を持っていなくても頂を踏んだ登山家がおおぜいいるのも事実だ。だがそれは、優秀なシェルパたちが彼らを支えているからにほかならない。エベレスト登攀は簡単ではないが天候に恵まれ、一度も荒れ模様にならなければ、ほとんどストレスなく山頂までたどり着ける。頂上に近いキャンプに近づき、天候が悪化して大荒れになった場合、生存率は劇的に低下し、死者が出る。

エベレストはもともと非常に危険な山だった。ベースキャンプでも遠征隊がテントで体を休めている間に突然雪崩が起こり、一瞬にしてすべてが飲み込まれてしまうことは多々ある。二〇一四年、二〇一五年に起きた悲劇もそうだ。いざ登り始めても、ベースキャンプとキャンプ1の間にはクンブ氷河が待ち受けている。この地帯は雪崩と同じくらい予測不可能で、特に突然倒れたり崩壊したりするセラックは悪名高い。氷河が一日で〇・九から一・二メートルも移動したり、変形したりするせいだ。

クンブ氷河には夢のように美しい光景が広がっている。まるでSF映画に出てくる異星人の惑星のようだ。だがそのきらめく美しさにだまされてはいけない。これまで多くの登山家が命を落としたり、重傷を負ったりしてきた。こういう場所を登るスリルはたまらなく好きだが、エベレストのアイスフォールには何か得体の知れない怪しさを感じる。自分が無防備になったような心もとなさを覚えるのだ。そういった感じは、ヒラリーステップのような頂上手前から、山頂に到達し疲労困憊しながら安全な場所に下山するまでずっと続く。断じて軽い気持ちで登れる山ではない。

エベレストにはそれ以外の悪評も絶えない。今回このプロジェクトで再挑戦する前からずっと、多くの人がこんな不平不満を口にしているのを耳にしていた。「エベレストは超富裕層の登山家たちの遊び場に成り下がってしまった。ろくに高地登山の経験もない彼らがこぞって登りたがる」。三、四十年前にエベレストのガイドを務めていたベテラン山岳ガイドたちも「最近の登山家はガイドやシェルパを頼りすぎる。山頂にたどり着くために、彼らをこき使っている」と苦言を呈している。

ネパール政府を批判する者たちもいる。エベレスト登攀にかかる費用が高すぎるというのだ。彼らによれば、エベレストの登山許可証の値段は安く、登攀技術にかかわらず、誰でも簡単に手に入れられる。ところが入山料が恐ろしく高い。二〇一九年の場合、ほぼ一万ドル近かった。しかもこの料金には、飛行機での移動費や滞在費、登山ガイド費用、その他装備代はいっさい含まれていない。

高額な費用がかかるにもかかわらず、エベレストは人でいっぱいだ。ヒラリーステップに通じる尾根は、街の交差点と見まごうほど渋滞している。固定ロープに沿って人があふれんばかりだ。これから世界最高峰の頂を目指す者もいれば、すでに登頂を終えて下山する者もいる。行列で長々と待たされるせいで、頂上で記念写真の撮影すら許されない登山家たちもいる。さらに最悪なのは、長時間待たされたせいで、下山する頃には日が落ちかけ、帰り道がよりいっそう危険に感じられることだ。渋滞のせいで頂上付近では険悪な雰囲気が漂うことも珍しくない。

個人的には、エベレストに関する悪評はなるべく考えないようにしている。自分にとって、この山が地球上で一番高く、尊敬すべき山であることに変わりはない。批判のなかでもっともだなと思うものもある。頂上付近での渋滞は明らかに大問題だ。回避する方法はいくつかある。頂上までのルートが人でごった返していても、経験豊かな登山家たちなら別の登攀プランも実行できるし、古いルートのなかで詳しく調査したり再開したりすべきものがいくつもあるはずだ。

人は登頂に失敗すると、自分以外の人のせいにしがちだ。頂を踏めなかったり、疲労や高山病のせいで引き返さざるを得なかったりすると、そのとき一緒に登っていたほかの人たち、たとえばガイドや同行した登山家たち、エベレストの管理責任者たちにまで責任をなすりつけようとする。私にはそれがどうにも腹立たしい。これまでの人生で常に「間違いは認めよ」と教わってきた。軍事作戦で自分が失敗したときには、仲間の前で潔く認めた。そうやって自らの失敗に光を当てれば、二度と同じ失敗をしないよう態度を改められるからだ。山に登るときも同じこと。たとえ頂上まで登れなかったとしても「人でごった返していたから」と言い訳するつもりはない。自分なら計画を練り直し、頂上へ向かう別のルートを見つけ出すはずだ。

それ以上に気になる大きな問題は、悪化する一方のヒマラヤの環境衛生だ。二〇一五年、ネパール山岳協会のアン・ツェリン会長は、登山家の排泄物によってエベレストが環境汚染の危険にさらされており、この山の人気が非常に高いことを考慮すると、今後病気の蔓延が懸念されると警告した。これは気候変動の影響と同じく、今後ますます明白になるであろう問題にほかならない。ネパールは開発途上国だ。開発は進んではいても、そのペースは緩やかで、裕福な国々では当たり前の設備もほとんど整っていない。

ヒマラヤ山脈そのものが最大の財産と言っていい。莫大な観光収入をもたらしている。そこで暮らす謙虚で心優しい人びとも、ヒマラヤの魅力をいっそう高めているが、彼らの地域社会が地球温暖化による影響に苦しめられているのもまた事実だ。気象学者に指摘されるまでもなく、降雪量は年々明らかに減少しているのがわかる。いまでは登攀シーズンのかなり早い時期から、ヒマラヤ山脈の氷河が溶け出してしまう。結果的にその水が流れ込んで洪水や土砂崩れが多発しているのだ。

私がアマダブラムに登った二〇一四年には、キャンプ1でも雪をすくえた。溶けて流れ出す前に、料理や飲み水に使えたため、ボトル入りの水など必要なかった。だがふたたびアマダブラムに登った二〇一八年、雪はどこにも見当たらず、より頂上に近いキャンプまで何リットルもの水を運ばなければならなかった。その分、背負う荷物の重さが増えたのは言うまでもない。二〇一九年、ダウラギリに登攀した際にも同じ変化に気づいた。頂上を見あげたとき、美しい氷河がほとんど消えていたのだ。その衝撃の光景を思い出すと、いまでも胸がつぶれそうになる。

第一フェーズの最後三座に登る準備を整えているとき、私はふと気づいた。気候変動の問題を訴え、自分なりの意見を初めて発表するのに、プロジェクト・ポッシブルはうってつけの舞台じゃないか！　いまの自分の立場を利用しない手はない。いまや多くの人が私のプロジェクトに注目してくれている。ソーシャルメディアを通じて、気候温暖化が世界にもたらす被害について発信し、警告する必要がある。ひとつかふたつでいい。コメントを投稿していま自分がどんな恐れを感じているか伝えなければ。

この時点ではソーシャルメディア上での手応えはほとんど感じられず、暗闇に向かってひとり叫んでいるような感じだった。フォロワー数は増え続け、数万人に達してはいたが、天文学的な数字とは言えない。でもプロジェクト後半になれば、何十万人に達する可能性もある。フォロワー数が多かろうと少なかろうと、「ほんの少しの想像力をもとに真剣な努力を重ねれば、人は世の人びとの想像を超えるような大仕事を成し遂げられる。そのことを自分が身をもって証明したい」という私の熱意は変わらない。

私自身、初めて登山をした二〇一二年には、まさかその七年後に、自分が八〇〇〇メートル峰一四座をわずか七ヵ月で踏破するミッションに挑むとは想像もしていなかった。誰にだって、それまでの人生をがらりと変えるようなことを起こせる。そうするのに遅すぎることなんてない。それをプロジェクトの成功を通して証明し、世界じゅうにメッセージとして伝えたい。プラス思考を心がけるだけで、人は驚くほどすばらしい結果を手にできるのだ、と。地球の環境問題に関しても言えることではないだろうか?――実際、気候変動に関するコメントを投稿し始めると、反応が返ってくるようになった。彼らの声を聞き、謙虚な気持ちになると同時に、とても勇気づけられた。

なかには、子どもやティーンエイジャー、それに初めて人生の大きな決断を下そうとしている一〇代後半の若者たちもいた。たとえば選挙で誰に投票をするか、どんな職業に就くかといった決断だ。さらに、登山に初挑戦しようと考えている人もいた。みんな、今後のヒマラヤ山脈やその環境について考える世代だ。彼らに向けて、いいことも悪いことも全部ひっくるめて、いま高山でどんなことが起きているのか、正確に伝えたいと思った。

　すでに私自身も身近なところから、地球環境のための努力を始めるべきだと考えていたから、このプロジェクトでもなるべく環境に配慮したやり方を貫こうとしていた。遠征隊のリーダーとしてささやかでも変化を起こせる立場にある。山に持参したものはすべて、下山時に持ち帰るようにした。ヒマラヤのあちこちで散乱している、空になった酸素ボンベもだ。顧客たちに対しても、登山開始前の説明で自分の立場をはっきり説明するようにした。「あなたたちが高山に登ろうとするのは、自然をこよなく愛しているからでしょう。でももし自然に敬意を払う気がないならば、私の遠征ツアーのメンバーとして受け入れられません。自然を敬うというルールに従えないなら、ツアー代金はお返しします。遠慮せず、この場から自由に立ち去ってください」全体的に見ると、私のツアーに参加する顧客の多くは、環境問題に高い関心と意識を持っている。環境に対する私の基本方針に同意してもらうのは、さほど難しいことではない。

　何度も訴えているように、気候変動による影響は世界全体に及んでいる。これまであまりに長いこと、人は自宅だけが我が家であるかのように考えてきた。そういう意味では、私たち全員が有罪と言える。本来、私たち人間は屋内に隠れるようには生まれついておらず、もともと屋外で活動する動物だというのもまた事実。だからこそ、自分たちが暮らす街や都市を囲む、より大きな自然環境に注目し、保全のために金をかけるべきなのだ。なぜなら、ひとたび自然の力に襲いかかられたら、何ものもその勢いを止められないから。私はこの目で、土砂崩れや洪水に襲われたネパールの村々を見たことがある。遠くからでも、爆撃攻撃の直後のような惨憺たる光景が広がっているのがわかった。

二〇一八年、カリフォルニアで大規模な山火事が相次いで発生し、約二百万エーカーが焼失した。その一年後には、オーストラリア史上最悪の森林火災が発生している。人びとの目を環境問題に向けさせるために、これ以上何が必要だというのか？　いまこの時点における人間の最大の問題点は、長期的な視点で物事をとらえようとしない姿勢にほかならない。おおぜいの人のなかでせわしない日々を送る私たちは、毎日、毎週、毎月といった目先のことは心配するが、二、三十年という単位で環境衛生について考えようとなると、思考のスイッチをオフにしてしまいがちだ。きっと熟考するには恐ろしいからだろう。それほど状況は悪い。

私ははたと気づいた。プロジェクト・ポッシブルを通じて、地球環境問題に注目を集めるには、山頂から声をあげるのが一番いい。人間の営みと自然との対立は想像よりずっと早く訪れることになった、と。

今回はかつて自分が樹立したエベレスト、ローツェ、マカルー登攀世界記録を破る気満々だった。二〇一七年には、エベレスト頂上からローツェ頂上まで一〇時間一五分でたどり着いているし、G２００遠征の終了時には、三座すべてを五日間で踏破した。だが、プロジェクト・ポッシブル遠征のためにエベレストのベースキャンプへ向かう道すがら、私は心ひそかに決めていた。これまでの記録を半分に短縮してやる。いまの精神力と体力ならやれるはずだ。もちろん、三座とも獣みたいな相手だ。畏怖の念を抱いていることに変わりはないが、どの山も登った経験があり、勝手はわかっている。

五月二二日、ラクパ・デンディとともに、ほかの遠征隊より少し遅れてサミット・プッシュに入った。ラクパは二〇一七年、グルカ兵のG２００遠征時にサポートしてくれたガイドのひとりだ。頭上に広がる夜明けの空を眺めながら、ヒラリーステップまでたどり着くと、はるか前方でカメラのフラッシュやヘッドランプの光が点滅しているのに気づいた。前方に二、三のグループがいて、かなり遅いペースで登っている。ここまでの登攀でくたびれているのは明らかだ。私たちは彼らのそばを通り抜け、無事に頂を踏んだ。キャンプ４から登ること三時間、頂上からの眺めは最高だった。

ヒマラヤ山脈に昇る朝日を見つめていると、あとから登山家がひとり、ふたりと頂上へやってきた。みんな、ふたたびエネルギーを取り戻したかのように見える。つい先ほどまで疲労困憊していた男たちが、頂からの絶景を目にしたとたん、元気になっている。凍てつく寒さではあるが、新たな一日を告げる太陽が私たち全員に、希望と目標を届けてくれたかのようだ。**この光を一日じゅうずっと浴びていられたらいいのに**。そんな思いを噛み締めていると、誰かがサミット・スーツを引っ張っているのに気づいた。ラクパだ。

「ニムス、もう行こう」彼は言った。「あの記録を破りたいなら、すぐに引き返さないと」

私はうなずくと、二、三枚写真を撮ってすぐに下山を始めた。ところが数メートル下りたところで、信じられない光景が広がっていた。ヒラリーステップから山頂に通じる細長いルートに、長い行列ができている。最初、山頂に向かって進んでいるのは二、三十人ほどに思えた。だがすぐに二、三十人どころではないのに気づいた。それをはるかに上回る人数で、しかも行列がどんどん長くなっている。おそらく一五〇人近くいるだろう。登り下りの両方向にゆっくりと人波ができている。私たちはすれ違う登山家たちに合図しながら慎重に下った。だがどうやら、パニックが起こりそうな雰囲気だ。

なかには怒っている登山家もいた。大金と時間、労力をかけてエベレストに挑んでいるのに、頂上まであと少しという地点で完全に足止めを食らっているからだ。玉突き事故が起きた直後の高速みたいだ。不安になった。なかには命にかかわる重病にかかっている者がいるのでは？　ほかの登山家たちも心配だ。酸素ボンベの中身が尽きる前に引き返すという重大な決断を下せない者もいるのではないのか？

ほかの者たちは、刻一刻と危険な状態になりつつあることを心配していた。ある登山家はつま先と足指が凍傷になりかけているとぼやいている。ヒラリーステップから山頂までの細長い道のりはとてつもなく恐ろしい。いかなる遠征隊でも必死にしがみつくように進むし、特に頂上付近から吹きつける強風にさらされると、ルートのどちら側にいても危険だ。左側にいたら二千四百メートル、右側にいたら三千メートル落下することになる。転落したら生きては帰れない。

私が一番心配していたのは、人びとが大混乱に陥ることだ。彼らは恐怖を募らせ、感情をたかぶらせている。常日頃考えているのだが、高山で感じる不安は、海で溺れかけたときの不安と似ている。大海の真ん中で溺れかけた者は体を浮かせるために何にでも、あるいは誰にでもつかまろうとする。たとえ相手が愛する者たちであってもだ。パニックを起こしてのたうち回り、どうにか生き延びようとするあまり、一番近くにいる人の体を力任せに引っ張ることが多い。八〇〇〇メートル峰で不安に襲われると、それと変わらない状態に陥ってしまう。意味なく手をばたつかせたり、無謀な決断を下したり。結果的に、周囲にいる登山家たちの安全まで脅かすことになる。

頂上に達したいという強い執着心《サミット・フィーバー》と不安感が増幅し、いまやここにいる全員の感情が沸点到達寸前だ。言い争いを始め、なかにはひどく興奮したり乱暴な行動に出たりする者もいる。その年すでにエベレストでは数人が命を落としていた。これ以上死者の数を増やしたくなければ、ここで何か思い切った行動を起こさなければ。私はそう判断した。

行列を見おろせる小さな岩棚の上によじ登り、どこまでも続く人波を見て心底ぞっとした。各グループのガイドたちが岩棚を通り過ぎる前に、くれぐれも注意するよう呼びかけてみたが、耳を貸す者はほとんどいない。ルートの左側にいる者も右側にいる者も自分たちが先だと言わんばかりの態度で、誰も道を譲りたくないようだ。数分ごとに言い争いが起きている。何度も無理な追い越しをしようとする者がいるせいで、誰がいつ安全ロープから引き剝がされてもおかしくはない。ときどき速いペースで下山中の登山家が、行列の先にいるなかなか先に進もうとしない登山家をどなりつけている。

「五メートル進むのに三〇分もかかってるじゃないか！」ある登山家が列の先頭にいる者に叫んだ。先頭者は明らかに不安で足がすくんでいるようだ。「なあ、あんたが俺たちを先に行かせてくれたらすべて解決するんだ」ふと見ると、この混乱状態を危惧したひとりのシェルパが、顧客たちに引き返すよう懇願している。彼らの健康を心配してのことだ。なかには渋々同意する者もいたが、シェルパを完全に無視する者もいた。目の前で繰り広げられている光景すべてが異様としか思えない。

ここで俺が睨みをきかせなければ。

誰の助けも得られないまま、それでも私はこの渋滞を自分の手で解消しようとし始めた。厚かましく図々しいのは百も承知だ。最大の問題は、相手が登山界の面々であることだろう。男女問わず、自己主張が強く、群れを支配したがる人たちが多い。特殊部隊で偉そうにふんぞり返っていたタイプと同じだ。その種の人たちに対処するには、彼らの誰よりも優秀であるかのように振る舞うのが一番だと軍人時代に学ばされた。これはまさに生きるか死ぬかの状況。この場をうまく収める鍵となるのは、そういった集団や個人にどう対処するかであることもよくわかっている。もし統率力を発揮できれば、どんな相手もこちらの話に耳を傾けるはずだ。誰だって死にたくないに決まっている。

最初に取りかかったのは、長いこと待たされている登山家たちを効率よく案内する作業だった。多くの意味で、交通整理の警官とほとんど変わらない。ただし相手は自動車ではなく生身の人間。登山家たちだ。なかには疲労のあまり高地登山の基本スキルさえ忘れた様子の者もいる。明らかに高山病にやられかけているのだろう。こんな状況でなければ、彼らの案内役のシェルパたちに具合を確認し、登り続けられるかどうかを尋ね、もし登攀が無理な顧客がいれば、彼らを下山させるべきだと提案しただろう。

そんなこんなで結局、ヒラリーステップの真下でほぼ二時間を費やすことになった。どう考えても、自分の世界記録を破るチャンスはもはやない。ひとたび大渋滞が解消されると、ほぼ九〇パーセントが下山する登山家たちになった。山頂までたどり着いて時間の余裕を持って下る者か、あるいはすでにヒラリーステップを通り過ぎてキャンプ4を目指す者かのどちらかだ。私自身もそろそろ下山し、次の目的地ローツェを目指してもいい時間だろう。

その時点で少なくとも予定より三時間も遅れていた。自ら樹立したエベレストとローツェ間の登攀世界記録を破ることはもうほとんど気にかけていなかった。もし前回のタイムを一時間でも更新できれば、自分との約束を果たせるが、全身が信じられないほどの倦怠感に襲われている。ずっと前から、一歩踏み出すたびに両脚の太腿とふくらはぎに燃えるような痛みを感じ続けていた。そこでこれ以上の筋肉疲労を避けるために歩き方を切り替え、カニみたいな横歩きで登ることにした。こうすれば両脚の腸脛靭帯だけを集中的に使って前進できる。

今回の登攀では、ローツェの美しさと残忍さを目の当たりにすることになった。山頂へと通じる山腹の深い渓谷《クーロアール》は深く狭い溝になっており、陽光を浴びて岩々が黒々と輝いて見える。

ローツェのちょうど正面に鎮座していたのは、どっしりとしたエベレスト。この日は雲のドレスをまとって堂々とそびえ立ち、まだキャンプ4を目がけて下山する人たちの列が見えている。一方で、頂上近くでは目をそらしたくなるような衝撃の光景が待ち受けていた。放置されたままの遺体だ。少なくとも三人のそばを通り過ぎた。一番落ち着かない気分になったのは、鮮やかな黄色のサミット・スーツ姿の遺体のそばを通り過ぎたときだ。彼は顎を歪めて苦笑を浮かべているように見えた。もう何年もこの場所に放置されているのは明らかだ。

結局、ローツェの頂を踏んで下山を終えるまでに一〇時間一五分かかった。二〇一七年の自分の記録とぴったり一致している。あの気の毒な遺体のイメージを思い浮かべ、気持ちを奮い立たせるようにした。**「よほど慎重にならなければ、お前もああなるかもしれないぞ、ニムス」**これからもまだ厳しいプロジェクトは続くのだ。

そのあとマカルーに挑戦すべく、速やかにヘリコプターでベースキャンプまで飛び、数時間の休憩を取ってからゲルジェンとともに出発した。ロープは固定され、積雪が浅かったおかげで一八時間で踏破できた。五月二四日、第一フェーズ終了。約束どおり、ミッションを果たした。その途中、世界記録も塗り替えた。エベレストの頂からローツェの頂、マカルーの頂への到達にかかったのは四八時間三〇分。二〇一七年の自分の記録を大幅に更新した。

つくづく残念なのは、エベレストで足止めされたせいでローツェまでの記録を更新できなかったことだが、プロジェクト達成というより大きな記録はまだ達成可能だ。第一フェーズにかかったのは、わずか三一日間。その努力が大きな話題を集めた。

もはや、プロジェクト・ポッシブルを荒唐無稽なほら話だと考える者はいないはず。だろ?

15 山における政治

ヒラリーステップで見た光景が、いまだ重くのしかかっていた。最悪の事態になりかけていた。みんな、どうかしている。**エベレスト登山がどれほど大変か、本当に理解しているのだろうか？**　二四時間前、私はスマホをスクロールしながら、列をなす登山家たちの写真を見返し、そのうちの数枚をフェイスブックとインスタグラムに投稿していた。それが頭痛の種になろうとは。

やがて、ヒラリーステップで列をなす一五〇人の登山家たちを撮影した私の写真は、世界じゅうに拡散されることになった。クリック数も、「いいね！」の数もうなぎのぼり。注目を集めたのは、それだけ衝撃的な映像だったからだろう。画質のよさも手助けしたようだ。

高地登山家なら誰もが言うように、八〇〇〇メートルを超える山でそれなりにまともな写真を撮るのは至難の業だ。極高高度が身体や脳に有害な影響を与えるせいで、手袋を脱ぎ、ポケットからカメラを取り出し、ピントを合わせて撮影するだけでもひと苦労なのだ。カメラを持ち上げて自撮りしようとすること自体、危険な行為と言わざるをえない。しかもシェルパの多くは写真上手とは言えない。よほど運に恵まれない限り、デス・ゾーンに挑んだ遠征隊が持ち帰る写真の大半はぼやけているか、ピントがずれているかのどちらかだ。でも私は運に恵まれた。

第一フェーズを無事に終え、マカルーのベースキャンプからの出発を待つ間にノートパソコンの画面をスクロールしながら、見込みのありそうな投資家やスポンサーたちに宛てて第一ミッション完了とプロジェクトの順調な進捗状況を報告するメールを送信していた。そのとき、友人のプロカメラマンから「エベレストで撮影した写真を販売してはどうか」というメッセージが届いた。たしかにあの写真には多くの人がコメントを寄せてくれたし、たくさんの人が友人知人と共有している。写真のコピーが欲しいという登山家からのリクエストも届いていた。**追加の資金を得るために、写真を販売するのはありかもしれない。**

さっそくウェブ広告を出した。厳選した写真を並べ、まとめて三百ポンドという値をつけた。どの程度の売り上げになるのかさっぱりわからなかったが、とにかく第二フェーズの資金不足を少しでも補いたい一心だった。誰でもいいから資金面で手を貸してほしかった。

ネパールでの暮らしで学んだのは、エベレストは金を生み出すということ。それも巨額の金だ。金のあるところには政治が関わってくる。そして政治が関わるところには、必ずと言っていいほどトラブルがつきまとう。どうやら、私がソーシャルメディアにヒラリーステップの写真を投稿したことに関して、おおぜいの人がネパール政府に苦情を申し立てているようだ。彼らは、祖国の評判をおとしめた奴として私を非難していた。真実を知りもしないくせに、いいかげんなことを！　ゆうに百人を超える登山家たちが一度にエベレストに集まり、天候がよくなったごく短い三日の間に彼ら全員が頂を踏みたいと考えた――それが紛れもない真実だ。

興味深いことに、政府に苦情を訴えた者のなかには、直接的であれ、間接的であれ、エリート・ヒマラヤン・アドベンチャーズの競合他社の関係者もいた。即刻ニルマル・プルジャのヒマラヤ登山を禁じろと要請した者もいた。つまり、私にプロジェクト・ポッシブルを完遂させるなという意味だ。

私があの写真販売で得たささやかな稼ぎをプロジェクト資金の足しにしようとしていると知り、政府当局は面会を求めてきた。その頃にはすでにあちこちで大騒ぎになっていた。ベースキャンプから出発したあと、あの写真はインスタグラムで四千件ものコメントを集め、世界じゅうの新聞やウェブサイトに掲載されていたのだ。でも説明不足のため、あたかもヒラリーステップでは毎日のように渋滞ができているという誤解を生んでしまった。そのため、世間ではエベレストへの登山者数の制限を求める声がにわかに高まった。

とにかく反動は凄まじかった。ソーシャルメディア上では、あの写真の真偽を疑う声があがり始めた。「ニムスはエベレストや環境問題をめぐる政治に関心を集めるためにわざと写真を偽造した」「いや、あれは彼のプロジェクトの宣伝のためだ」などなど。彼らは一方的に自分たちの意見を主張するだけで、こちらの言いぶんなど聞こうとしない。登山コミュニティの重鎮たちもまた怒りの反応を示していた。

友人の登山家カルマ・テンジンもそのひとりだ。彼はちょうど私のサミット・プッシュの一週間前にエベレストに登っており、週刊新聞『ネパール・タイムズ』の取材に対し、その日のヒラリーステップ周辺は静かなものだったと語った。また、そのときに撮影した、人がほとんどいない稜線の写真も提供し、私が体験したのは一シーズンに一度しか起こらない珍しいものだったと説明した（とはいえ、一シーズンに一度でもあんな渋滞が起きるのは感心しない。リスクが高すぎる）。

「あの写真は、エベレスト頂上ではあんなことが毎日起きていると世界じゅうに触れ回ったようなもの」彼が漏らした不満が、そのまま記事のタイトルになっていた。『エベレストでは毎日渋滞が起きているわけではない』

カルマの怒りの矛先は私に向けられていたのではない。彼は私の写真が広く拡散されたことで、エベレストの年間登山者数を制限すべきだという声がにわかに高まったことに対して不満を募らせていた。のちに、彼はその点に関してツイッターにこんな意見を投稿している。

「#エベレスト山頂の混雑に関して、登山家でもない人たちが意見するのはおかしい。登山者数の制限は絶対にやめてほしい！　あの場所にいるのは『本物の』登山家たちだ。費用を支払い、それなりの登山技術があるからこそ、山頂目前までたどり着いている。山頂を狙える天候条件が整う日は、一シーズンに三、四日しかない。エベレストに関して意見を言えるのは、実際にあの山に登ったことのある人だけだと私は思う。いつ氷塊が落ちてくるかわからない危険なクンブ氷河を通り過ぎ、何時間も自分の体を引きあげるようにしてようやくキャンプ3へたどり着き、空気中の酸素濃度がさらに低下するキャンプ4へ到達して初めて、山頂を目指せる。それから一二時間、シリアルバーだけで栄養補給し必死に登り続けて（その前も三日間不眠不休で歩き続けているというのに）、ようやく頂を踏めるのだ。しかもそのあと、どうすれば滑落しないで済むか考えながら一歩一歩踏み出し、丸二日かけてようやくベースキャンプまで下山する。このすべてを体験した人の意見なら、私も耳を貸そうと思う。（追伸）一五日、一六日、ほとんど登山家がいなかったにもかかわらず、キャンプ4から頂上までで何人かが亡くなった。結局、エベレストの山頂は写真で見るほど簡単でもなければ、細長い舞台《キャットウォーク》のようにおしゃれなわけでもない。そう思うのは#愚の骨頂だ」

彼の意見に異存はなかった。カトマンズに戻ってきた私は、事態を憂慮した政治家たち数人から面会を求められた。なかにはネパール観光局の代表たちもいた。彼らが私に求めていたのは、現地でどういう体験をしたか、なぜあの写真を販売しようと決めたのかという説明だ。それがどうにも腹立たしい。面会の前日、グーグルで検索してみたところ、似たような写真を撮影してアップしている人はたくさんいた。私と同じ日のサミット・プッシュの写真もあれば、まったく別の年の写真もある。とにかく数えきれないほどのイメージであふれかえっていたのだ。自分だけが侮辱されているような気がした。**なぜ政治家たちは私だけ非難の標的にしようとしているのか？**　彼らとの面接にはパワーポイントで作成したプレゼン資料とエベレスト山頂での行列写真をずらりと並べた映像を保存したパソコンを持参した。

「あなたたちがこうして私に目をつけたのは、私がこれまでとは違うことをやろうとしているからですか?」座って落ち着くなり、ずばり尋ねた。「いままでのところ、約束どおりのスピードでプロジェクトを進めています。このプロジェクトを通じて、シェルパたちにもっと光が当たるようにしたいとも考えています。それなのに、なぜあなたたちは私を敵扱いするんです? こういった写真を撮影したのは、私が初めてではありません。たまたま私のあの一枚が多くの注目を集めたというだけです」

テーブルに座った相手側のうち、何人かがうなずいている。彼らのひとりの説明によれば、私がオンラインで写真販売をした事実に関して不満の声があがっており、エベレストで実際何が起きたのかはっきりさせるのが彼らの仕事だという。

「なるほど、よくわかりました。ですが、単刀直入に言うと、エベレスト山頂に行列ができているのは事実です。もしそれが憂慮すべき事態だとおっしゃるなら、なぜ私たちで力を合わせて対処しようとしないんです? どうして真実を隠そうとするんですか? あるいは、みんなに真実を知られてしまったから、しかたなく事態をどうにかしようというんですか? これは人命がかかっている重大な状況です。もう何年もこんな状態が続いていましたが、これでもはや大騒ぎする必要はなくなりました。変化を起こすべきときがやってきたんです」

彼らはエベレスト渋滞問題を解消するための提案を口にしたが、それを聞いてにわかに心配になった。金銭面での解決案が含まれていたからだ。オンライン上でも「入山料を値上げすればいいだけの話だ」と意見している人がおおぜいいた。「いまよりもっと高い値段設定にすれば、エベレストに登ろうとする人の数が少なくなるはずだ。一方で、政府はこれまでと変わらない年間利益を確保できるだろう。高額な費用がかかっても、やはりエベレストに登りたいと言う冒険家たちがいなくなることはないからだ」という理屈だ。だが私はそういう考え方にムカついていた。エベレストを一部の超富裕層――ネパール国内であれ国外であれ――だけのものにするなんて許しがたい。

「どんな決定を下すにせよ、エベレスト入山料は増額しないでもらえませんか?」私は尋ねた。「そもそも自然に値段をつけるなど許されるべきではありません。山々がそこに存在しているのは、みんなが楽しむためなんです」

それから自分なりの考えを説明した。エベレスト登山に関する条件をある程度制限する話し合いを始めてはどうか。そういった条件は公平さが必要だが、ある種の資格システムのようなものを作り出せば、その問題はクリアできるだろう。グルカ兵選抜試験のように希望者全員をふるいにかけ、エベレスト登山に適性のある者たちだけを残すようにすればいい。

たとえば、これまでマナスルやチョ・オユーのような八〇〇〇メートル峰を踏破した経験を証明できる登山家は、エベレストの登頂許可を申請するだけでいい(あるいはエベレストだけでなく、ネパールにある六〇〇〇~七〇〇〇メートル峰何座かも登攀条件に加えれば、地元コミュニティがさらに潤うことになる)。また、エベレストの登山シーズンそのものを見直すやり方も、将来的には役立つだろう。

二〇一九年、私が目にした渋滞が起きた原因は、登山シーズン末に固定ロープが設置されたことにあった。ロープが固定されると同時に、みんながベースキャンプからいっせいに山頂めがけて登り始めたせいで、ヒラリーステップ付近であれほどの大行列ができたのだ。そういう手順の問題を解決するだけでも、あの渋滞を解消する手助けになるはずだ。

「いまより一ヵ月早く、つまり登山シーズンが始まる四月にエベレストのロープを固定するのはどうです？　そうすれば、登山者たちも到着してから一ヵ月間、頂上を狙うタイミングを選べる時間的な余裕ができます」

テーブルに座った人たちはうなずき、私の提案を検討してみると答えた。彼らも重圧にさらされているのだろう。その年、エベレストではすでに一一人の登山家が命を落としていた。結局、二〇一九年の終わりには新たなルールがいくつか実施されることになった。ネパール観光局は、エベレスト登山者に「国内にある六五〇〇メートル峰に少なくとも一座登攀した経験があると証明できる」ことを求めるようになったのだ。私が提案したアイデアに比べれば緩い条件と言わざるを得ないが、それでも彼らが一歩踏み出したことに変わりはない。

登山経験以外にも、今後エベレストに登る者たちにはさまざまな証明を義務づける必要があるだろう。たとえばエベレストにガイド役として同行するシェルパたちはこれまでの経験実績を示し、登山者たちは健康状態が良好であることを証明する。もちろん、そういう証明を求めるやり方にはいくつかの欠点が考えられる。新たな基準に該当しないシェルパはほとんどいないだろうし、健康証明書も簡単に偽造可能だが、新しいやり方の採用自体が正しい方向への第一歩にほかならない。

第一フェーズ、ヒマラヤ山脈で体験したさまざまな悲劇を踏まえ、私は自分にできる限りの努力をした。完璧な結果が出せたわけではないが、それでも何も行動を起こさないよりはずっといい。

母の病状はいっこうによくならない。心臓の具合が悪くなる一方だ。

入院している母にプロジェクト・ポッシブルの進捗具合を定期的に伝えてくれたのは、家族の友人ビネシュだった。彼が私たち家族に関わるようになったのは二〇〇三年、私がグルカ兵の一員になったのがきっかけだった。当時はまだ父も母も子どもたちが巣立った家で自活していた。私は両親がチトワンでの日々の暮らしにひどく苦労していたことをまるで知らなかった。休暇で帰省していたときに、たまたま起きたある出来事のせいで、ようやくその現実に気づかされたのだ。

ある日の午後、私は母を連れて地元のバスに乗ろうとした。ところがやってきたバスはすでに超満員。まるで通勤時間帯のようだ。満員の場合、運転手たちは、高い運賃を請求できる長距離の客にしか乗車を許そうとしない。その日の午後、私と母が向かおうとしていたのは、わずか六キロしか離れていない場所だった。おそらくこのバスには乗れないだろう。次のバスまで待たなければいけないはずだ。

案の定、やってきたバスの運転手は言った。「だめだ。乗せられない」

母はひるむことなく、バスの入り口ステップをのぼろうとした。ところが車掌は突然母を突き飛ばし、ドアをぴしゃりと閉めたのだ。一瞬自分の目が信じられなかった。バスが走り去った瞬間、激しい怒りに駆られ、自宅に駆け戻って自分のバイクにまたがると、通りを爆走してそのバスに追いついた。バイクをバスの真正面に停めて乗り込むと、先の車掌に食ってかかった。

「もう二度と、誰にもあんなことはするな！　高齢の女性には特にだ」恐れに体をすくませている車掌に向かい、私は叫んだ。

それから母のところへ戻ると、約束した。「母さん、もう二度とあんなまねはさせない。母さんたちのために車を買うよ。そうすればあのバスに二度と乗らずに済む」

ただ、その計画には欠点がふたつあった。まず、ネパールでは購入した車に二八八パーセントもの税金が課される場合があり、カトマンズの銀行でローンを組まなければいけなくなったこと。ふたつ目は、父も母も運転ができないため、いつでも食料品の買い出しに行けるよう、運転手としてビネシュを雇う必要があったことだ。それ以外にも、両親が友人たちの家に集まったり夕食を一緒に食べたりするときも、ビネシュに運転を頼むことが多かった。あれから歳月を重ねて二〇一九年になるまでの間、息子たちが仕事で留守にしていても、ビネシュはずっと私の両親の面倒を見続けてくれたのだ。

二〇一九年五月、ヒマラヤ山脈に挑戦しているときも、ビネシュはカトマンズにある病院の母のベッドのかたわらに座り、遠征の様子や世界記録に関する新聞記事を読み聞かせてくれていた。さらに私がフェイスブックに投稿した動画を母に見せたり、ドクター・チンの救出劇について説明したりもしていた。カンチェンジュンガで見舞われた悲劇についてもだ。

ネパール観光局とのミーティングを終えると、すぐに母の病室を訪ね、彼女の手を握りながらいろいろな物語を語って聞かせた。しばらくすると、母は私を見つめ、笑みを浮かべて口を開いた。「もう何ものも私の息子を止められないみたいだね」

母は、私にとってプロジェクト・ポッシブルがいかに大切かわかってくれていた。だから息子が危険な目に遭うことに心を痛めていても、私の情熱を受け入れようとしてくれたのだ。それに、私がこのプロジェクト終了後すぐに、父と母がふたたび同居できるよう手を尽くすつもりであることもわかってくれていた。病院のベッドでいろいろな管や音の鳴る機械につながれている母の姿を見ると、心が千々に乱れた。話し合っている間に、はらはらと涙をこぼされたからなおさらだ。母さんは俺のすべて。俺をいまのような男に育ててあげてくれたのは母さんだ。そんな彼女をあとに残していくのは身を切られるほどつらい。一瞬、いろいろな疑問がむくむくと頭をもたげてきた。

母さんがこれほど弱っているのに、プロジェクト・ポッシブルを続行するのは本当に正しいことなのか？

もしプロジェクトを完遂できなければ、スチと俺の身に何が起きるのか？

もし大望を果たせなければ、自分の評判はどうなるのか？

母は私の心配を感じ取ったに違いない。静かに口を開いた。「ニムス、お前はこのミッションをすでに始めている。だったら最後までやり遂げなさい。私たちはいつもお前を応援している」

母の手を握りしめ、なるべく早く祖国へ戻ってくると約束したとき、不意に思い出した。途中であきらめたりしないこの性格は、まさに親譲りなのだ。

二〇一九年六月末、プロジェクト・ポッシブルは第二フェーズに突入した。いよいよナンガ・パルバット、ガッシャーブルムⅠ峰、Ⅱ峰、K2、ブロード・ピークに挑戦だ。プロジェクト開始前に比べれば、登山コミュニティの私への風当たりはやや和らいだと言っていいが、あくまでほんの少しだけだ。第一フェーズの驚異的な速さでの六座踏破を称賛する声も高まってはいたが、大多数の人がいまだ疑惑の目を向け続けていた。

疑惑派が最も口にしていたのが「ネパールはニムスの祖国。ほかの国の登山家に比べ、地元の文化や地勢をよく理解しているぶん、有利だった」という意見だ。もっともだと思う。ただし彼らが、わずか七年という私の登山歴を都合よく無視したのは事実だ。ほかにも「ニムスが第一フェーズをやり遂げられたのは、ベースキャンプ間をヘリで移動できるところがあったからだ。今度のパキスタンではヘリでの移動ができない。だから失敗するだろう」という意見もあった。

「そうかい、まあ見てろよ」ややイラッとした。「俺のこと、何もわかってない……」

パキスタンが困難な挑戦になることはわかっていた。どんな登攀になるのか予測が難しい。K2は悪天候で有名だ。ガッシャーブルムⅠ峰、Ⅱ峰もいつなんどき巨大な嵐が巻き起こるかわからず、晴れた日でも突然吹雪で何も見えなくなることがよくあるという。カラコラム山脈一帯のベースキャンプでの物流支援も、通信や宿泊面でネパールほど充実していないらしい。私がベースキャンプ間の移動をヘリではなく、徒歩に頼らざるを得なかったのもそのためだ。

何よりパキスタンの山々に登る最大のストレスは、ナンガ・パルバットでチームがテロに遭う危険があることだった。個人的な経験から言えば、パキスタンの人びとは常に心優しく親切だ。ところが、このプロジェクトの計画を立てている間に、武装勢力タリバンが非常に憂慮すべき存在として見なされるようになっていた。

ことの始まりは二〇一三年六月二二日、ナンガ・パルバットで起きた銃撃事件だった。AK-47とナイフで武装した軍服姿のタリバン戦闘員たちがベースキャンプを襲撃し、登山家一二名がテントから引きずり出され、縄で縛りあげられた。そのあと全員がパスポートを没収され、ひとりずつ写真を撮られ、奪われたスマホやノートパソコンも岩に叩きつけて破壊され、最終的にキャンプの外にある野原まで連れて行かれて処刑されたのだ。ただひとりだけ、難を逃れたザン・ジンチュアンという中国人登山家がいた。処刑が始まったとき、彼は運よく縄を抜けて逃げ出せたのだ。

銃弾の雨を浴びながらも、ザンは裸足のまま必死に逃げた。保温下着しか身につけておらず、岩陰に隠れている間に低体温症になったが、それでももう安全だと思えるまで我慢し、ようやく自分のテントに戻って衛星電話と衣類を手にした。ほかの登山仲間一一名は虐殺されたうえに、テロリストたちがまだ近くにいるとわかっていたため、彼はすばやく当局に電話をかけて助けを求めた。その日の朝、ベースキャンプ頭上に軍用ヘリコプターが旋回し、ザンは救出されたのだ。

当時、私は特殊部隊に所属していた。血も涙もない残虐行為を知らされ、タリバンへの戦闘意欲をいっそうかき立てられたものだ。だがその数年後、プロジェクト・ポッシブルを実行している間、彼らの本拠地であるパキスタンでの登攀中は特にタリバンによるテロ攻撃の脅威をまざまざと感じずにはいられなかった。まず一番心配なのは、テロリストたちにすぐ追いつかれる危険があることだった。最寄りの町々からギルギット・バルティスタン州ディアマール地区（ナンガ・パルバットが見える場所）までは、わずか一日でたどり着ける。一方でK2とガッシャーブルムI峰、II峰が鎮座するカラコラム山脈は歩いて一〇日かかり、その途中いくつも軍の検問所を通過しなければならない。今回私は武装していない。ベースキャンプで襲撃された場合、身を守る手立てはない。

それに、これは私だけの問題ではない。チームのメンバーたちがいて、彼らのうち軍隊経験者はひとりもいないのだ。さらに心配だったのは、プロジェクト・ポッシブルのために、私のプロフィールが大々的に公開されていたことだ。少しでも多く資金援助を得るために、自らの野心について包み隠さず語るようにした結果、ソーシャルメディアで目立つ存在になっていた。テロリストにとって、名をあげる格好のターゲットになるに違いない。しかも軍人だった経歴を隠していない事実を踏まえると、私が対テロ戦争に従事していたのを苦々しく思っている者なら誰でも、ナンガ・パルバット登高中は無防備で傷つけやすい状態である点に注目するはずだ。慎重に動かなければならない。

パキスタンでの登攀計画を立てる間も、第二フェーズをやり遂げるだけの金が足りないのが気になっていたが、資金活動には光が見えてきた。自分の蓄えは第一フェーズ完遂のために使い果たしてしまい、新たに巨額の資金が必要なところへ救いの神が現れたのだ。

その救いの神とは、イギリスの高級時計メーカー、ブレモンだ。特殊部隊時代の同僚たち数人がブレモンと仕事をしていた関係で、先方にはすでに紹介され、第一フェーズのためにロンドンを出発する前には腕時計を一四本も提供されていた。それぞれの腕時計が、プロジェクト・ポッシブルで踏破を目指す八〇〇〇メートル峰を象徴しているというわけだ。このプロジェクト終了後、すべての腕時計をオークションにかけたら、遠征費の大きな足しになるだろうという粋な計らいだった。第一フェーズを終えた時点で、さらなる追い風が吹いてきた。ブレモン側から、このプロジェクトにもっと積極的に関わりたいという申し出があったのだ。

「ぜひプロジェクト・ポッシブルのスポンサー企業になりたい。スポンサー料として、無利子で二〇万ポンド前払いしよう」

彼らのオファーを聞き、天にも昇る心地だった。その時点でほかの資金援助の申し出はひとつもなく、どこからも金銭的な支援を得られないままだと、プロジェクトそのものが頓挫しそうだったのだ。ブレモンの後援を得られたおかげで、パキスタン遠征費用の大半を支払うことができた。ブレモンは私のプロジェクト宣伝も担当することになり、プロジェクト名は〈ブレモン・プロジェクト・ポッシブル〉と変更された。実は、この時点で遠征ガイドの報酬やGoFundMeの寄付金もかき集めると、第二フェーズに必要な経費にあとわずかだったから、ブレモンの後援を得られたのは本当に大きかった。

「ナンガ・パルバットに登る前に、ぜひスポンサーとして我が社の名前を公表したい」ブレモン側からそう言われた。

私はしばし考えた。ブレモンからの資金提供は言葉に尽くせないほどありがたいし、彼らをスポンサー企業として認めるのも大賛成だ。ただし、それはナンガ・パルバットを無事に登り終えてからの話。それまではタリバン勢力のレーダーに引っかからないよう、極力目立たないようにしなくてはならない。

「軍にいたせいで、リスクを招く危険があります。それを軽くみるわけにはいきません」そう説明した。「もしどこかの悪い奴が『よし、今度はこの男を狙おう。ここに二百ドルある。この男を殺れ』と命じたら、すぐに誰かが引き受けるはずです」

ブレモン側は理解してくれた。このプロジェクトが流血の惨事で結末を迎えるなど、誰ひとり望んではいない。それまでの計画どおり、ナンガ・パルバット挑戦は、誰にも私の動向を気づかれないまま実行することになった。

16 あきらめることを知らない

ナンガ・パルバット登攀を無事に終えるため、私はできる限りの努力をした。

前年の七月、パキスタン行き航空券を三枚予約した。どれも違う便だ。自分の足跡を消し、テロリストたちを混乱させたい。結果的に、高額なチケット代がかかったが、それでも奇襲されたり誘拐されたりするよりはずっといい。同時に、ディアマール地区から無事に出発できるまで、ソーシャルメディア上でも自分の動向は明かさないようにした。

念には念を入れて、今回ナンガ・パルバット踏破を目指すべく私たちに同行する女性顧客とは別の便で飛ぶことにした。経験豊かな登山家である彼女とは、ベースキャンプで落ち合うほうが安全だろうと考えたのだ。何かよからぬ計画があった場合、自分以外の誰にも脅威を感じてほしくない。

チームメンバーたちも手順を多少変えざるをえなかった。山中でのリラックス方法も含めてだ。普段の私たちは山を移動する間、夜ごと音楽を大音量でかけながら酒をあおって楽しむ。寝るか、食べるか、話をする以外はやることがほとんどないベースキャンプでの単調な生活に少しでも活気を与えるためだ。日がすっかり暮れても、小さなブルートゥースのスピーカーさえあれば、プロジェクト・ポッシブル・チームは食事用テントを一気にクラブに変えてしまえる。ネパールのポップスやロック音楽を大音量でかけまくり、未明までビールとウィスキーのボトルを回し飲みするのが常だ。

そんなふうに酒を飲みながらダンスをする習慣は一座目アンナプルナで始まり、最悪だった二座目ダウラギリからずっと続いている。音楽を流しながらリラックスすることで、生きるか死ぬかの遠征をどうにか生き延びてきた。チームを作りあげていく意味においても、このリラックス方法は役立っていた。普段はもの静かなのに、ビールを数杯飲むと、このミッションに関する本音を語り出すメンバーもいる。高山に対する恐れを素直に打ち明ける者もいれば、一四座すべて制覇したあとの野望や夢を語る者もいた。一緒になって浮かれ騒ぐことで、チーム全員がこのプロジェクトの一員なのだという自覚を高められる。なんでも言い合い、絆を深めればチームとしての一体感を作り出せる。いつしかメンバーの間に「俺たちはキツい仕事に挑戦中だが、夜になればどんちゃん騒ぎをする余裕もある」という共通認識が生まれていく。夜通し大騒ぎをしても、私は必ずほかの誰より早起きするよう心がけていた。それだけ本気だし、常に最高の力を発揮したいと考えている。周囲のみんなにそう知らしめることが重要だ。

パキスタンに到着した当初は、そういった活気ある一体感が続いていた。首都イスラマバードから乗り込んだ大型ヴァンでナンガ・パルバットへ向かう道中も、カーラジオはつけっぱなし。音量を騒々しいほどあげて、ラジオに合わせていつものように大声で歌ったり叫んだりしながら山へ向かおうとしていた。ところがパキスタン人登山家ムハンマド・アリ・サドパラからの電話に出た瞬間、冷や水を浴びせられることになった。

アリはすでにナンガ・パルバットを何度も登攀している有名登山家で、誰よりもこの地域に詳しい。今回彼にはベースキャンプ・マネジャーとしての役割を頼んでいた。だが電話の背後から大きな歌声が聞こえたとたん、アリは厳しい口調になり、この一週間ずっと気配を消す必要があると警告してきた。

「ニムス、きみの評判は聞いてる。音楽をガンガンかけながら酒を飲んで、夜通し騒ぐのが好きなんだってな。だけどパキスタンでは、そういうことはありえない。ここはネパールじゃない。絶対にちゃらちゃらするな！」

アリの言葉にやや驚いたが、彼は正しい。この状況を考えたら、なるべく目立たないようにするのが賢明で、常に警戒を怠らないことも重要なのだ。電話のあと徒歩でナンガ・パルバットへ向かう道すがら、村の間にある宿泊小屋を縫うように通り抜けるときも、周囲に絶えず注意を払いながらひっそりと歩くようにした。ベースキャンプに落ち着いてからも、軍隊時代につちかった防御力を最大限発揮するのを忘れなかった。太陽が沈んでも、防御本能のスイッチはオンにしたままで、周囲のテントや静かに話をしている者たちの様子を観察し続けた。

不気味な空気が漂っていた。地平線の向こうから近づいてくる光が見えたり、いつもとは違う動きを察知したりすることもあったが、巡回してもそれ以上おかしなことは起こらない。

ナンガ・パルバットにいるほかの遠征隊のメンバーのツイートやインスタグラムで、私がベースキャンプにいると情報が漏れている可能性がある。そう気づいたため、それぞれの遠征隊のリーダーたちを集め、自分が身を隠す必要がある事情を手短かに説明し、特にソーシャルメディア上での発信には気をつけてほしいと理解を求めた。パキスタンにいるテロ組織に居場所を特定され、攻撃されるリスクを避けたい。

大げさすぎやしないかと言う者もいたが、私は反論した。

「テロリストの下部組織の者たちが本気になれば、二四時間でここベースキャンプまでたどり着ける。奴らは私だけ殺しても満足しないだろう。だから絶対に誰にも、私がここにいる情報を発信しないよう徹底してほしいんだ。**頼む**」

とにかく慎重すぎるくらい慎重なのが一番いいように思えた。そうしなければ、ほかのおおぜいの人の命を危険にさらすことになるのだから。私自身、命を落とすなら、テロリストたちに処刑されるよりも雪崩に巻き込まれるほうがまだましだ。

私たちの前にすでに、いくつかの遠征隊がナンガ・パルバットに到着していた。ヨルダン、ロシア、フランス、イタリアの登山家たちだ。そのうちの一、二チームが精力的に活動していて、ベースキャンプにいたヨルダンチームから、キャンプ2から3へのロープは昨年すでに固定済みだと教えられた。キャンプ1から2へのロープは国際チームによって固定されているのは明らかで、彼らのツイッターに、固定ロープ張り作業を滞りなく終了したと投稿されていた。どの遠征隊もこれは信じられる情報だと考えていたため、私たちチームもその前提で登攀計画を立てた（固定ロープ張り作業を自分たちで行う場合、ロープも含めて重さ三〇キロほどのザックを担いで登らなくてはならないが、今回はその必要がない）。

山では、どの登山家たちも互いを信頼し合うのが常だ。到着後すぐ、私はさっそくチームを率いてベースキャンプからキャンプ1への登攀を始めた。この先、さらにキンショーファーからキャンプ2（ピッケルで氷を砕きながら絶壁を登る難関ルート）も目指す予定だ。ところが登り始めたとたん雪が激しく降り始め、山全体が猛烈な吹雪に襲われた。運の悪さはさらに続いた。キャンプ1を過ぎても、国際チームが固定したはずのロープがどこにも見当たらない。

たちまち不安になった。本当はロープが完全には固定されていないのでは？　いや、国際チームが苦労して固定したロープがひどい雪による視界不良《ホワイトアウト》で見えなくなっているだけだ。そう考え、大雪をかきわけながら猛然と進んだ。豪雪を振り払いながら前進するのはひどく骨が折れる。しかも周囲の切り立った地形から察するに、いつなんどき頭上から雪のかたまりが崩れ落ち、溶岩のように一気に流れ出してもおかしくない。

そのときシューッという異音に気づいた。嫌と言うほど知りすぎているあの音だ。案の定、頭上から巨大な雪塊が崩れ落ちてきて、あっという間にみんなが横倒しになった。その瞬間、私の目がとらえていたのはミングマだ。ちょうど埋もれたロープの痕跡を探そうと手を伸ばしているところで、一瞬にして白い雪に飲み込まれてしまった。

言いようのない恐怖を感じた。**まさか、ミングマをこのまま失うのか？**

立ち込める濃霧と雪煙のなか、自分の五感だけを頼りにミングマが消えたあたりまで必死に這い進んだ。彼は無事か？　せめて生きている手がかりだけでも見つけたい。ありがたいことに、ミングマの姿が見えた。あのまま転落して命を落としてもおかしくなかったのに、どうにか両手を突いて手近な岩棚にしがみついている。それはなんとも不安定な体勢だ。両脚は変なふうにねじ曲がり、雪面に必死にしがみついているものの、もはや自分の体重を支え切る腕力が残っていない様子だ。ひとつでも間違った動きをすれば、あっという間に少なくとも数百メートル下まで滑落するだろう。

スロープ状になっている地形を考えると、滑落してもミングマが命を落とすとは考えにくいが、落下中に鋭い岩のひとつにぶつかるだけで大けがを負うだろう。ピッケル数本を雪面に固定して間に合わせのつかまり部分を作ることでようやくミングマの手をしっかりとつかみ、どうにか安全な場所まで体を引きあげた。どこもけがを負っていなかったのは運がいいとしか言いようがない。

もうじゅうぶんわかった。ロープなんてどこにもないのだ。私たちは装備を引っつかみ、難所キンショーファーをよじ登る計画を断念し、ベースキャンプへ戻った。どうにも怒りがおさまらない。こんなことになったのは、ツイッターに誤った情報を投稿した国際チームのせいだ。ひと言言ってやりたい。山で嘘をつかれるのはもううんざりだ。特にカンチェンジュンガであんなことがあったうえ、今回は私のチームが命の危険にさらされたのだからなおさらだ。自分自身にも腹が立ってしかたがない。私は他人を信用しすぎる。国際チームのメンバー数人の姿が目に入った瞬間、怒り心頭に発した。彼らがありもしないロープを「固定した」と言い張ったせいで、ミングマは死にかけたのだ。私はものすごい勢いで彼らのテントのなかに押し入った。

「なぜ嘘をついた？」私は叫んだ。「どうして固定してもいないロープを固定したと言った？　きみたちのせいで、俺は大切なチームメイトを失いかけたんだぞ！」

　驚いたことに、彼らは適当な言い訳でごまかそうとしなかった。

「ニムス、すまない」彼らのひとりが口を開いた。「ロープは部分的に固定した。ツイッターにそう書いたつもりだけど、説明が足りなかった。まさかきみたちがあのツイッターを見ているとは思いもしなかったんだ」

「へえ。けど、俺が計画を変更したのはあのツイッターのせいだ。重たい装備を背負わず身軽に登れると考えたからだ」

　何を聞かされても困惑するばかりだった。どうやらこの言い方から察するに、彼らがツイッターにあんな投稿をしたのは、スポンサーやソーシャルメディアのフォロワーたちに「やってる感」をアピールするためだったのだろう。ここナンガ・パルバットで心から信頼できるのは、プロジェクト・ポッシブルのメンバーたちしかいない。はっきりそう気づかされ、暗澹たる気持ちになると同時に、サミット・プッシュをやりやすくするにはベースキャンプのほかの登山家たちとうまくやる必要があることも理解していた。

だから必死に自分を抑えようとした。いまは怒りを鎮めるべきだ。むやみに口げんかしてもいいことは何もない。話し合いの余地がまだ残されているのだから。

「みんな、聞いてほしい。これからは正しい情報だけを伝え合おう。無事に踏破するためにあらゆるリスクに対処できるよう万全の計画を立てないと」

誰かがウォッカのボトルを、別の誰かがツナ缶を取り出した。これにて休戦という意味だろう。私は妥協案を提案した。いまのところ、サミット・プッシュは天気がよくなるという予報が出ている翌週七月三日に予定されている。それまでの間、それぞれのチームでルート工作の苦労を分かち合うべきだと言ったのだ。

キャンプ1から2までの一部区間はロープが張られているのを考慮し、プロジェクト・ポッシブル・チームがその間の必要な部分にロープを固定しつつ、新たに大量に降り積もった新雪をかき分けてルート工作をしようと申し出た。キャンプ2で一夜を明かしたあと、もし昨年ヨルダンチームが固定した古いロープがまだあるなら、それを頼りにキャンプ3を目指しながら、それぞれのチームがルート作りを分担すればいい。キャンプ3から4までは、またプロジェクト・ポッシブル・チームがロープを固定しつつ、頂上までのルート作りを行おう。

国際チームはうなずいた。よし、これで計画交渉成立だ。ベースキャンプで体を休めていたほかのチームにも、その話はまたたく間に広まった。こうして悪化する前に問題の芽を摘み取れた――いまのところは。

翌朝、実際に登攀を始めると、プロジェクト・ポッシブル・チームはルート作りをしながらキャンプ2を目指した。先の大雪のせいで埋もれたロープを掘り出す必要もあったが、どうにかその日の夜はキャンプ2で体を休められた。睡眠時間はほとんど取れなかったが、それでもテントで休めたのはありがたい。翌日の朝、キャンプ3を目指す間にわかったのは、ヨルダンチームが非常に力強く頼りになるユニットだということだ。彼らはキャンプ3までの大変なルート工作を積極的に請け負ってくれた。昨年、彼らが固定したロープがすぐに見つかった区域もあれば、そうではない区域もあった。ロープが深い雪の下に埋もれていたせいだ。登り続けるためには、ロープを雪の上に引っ張り出す必要があったものの、積雪がひどくない箇所もあったため、覚悟していたよりも作業はやりやすかった。

みんなでその作業を続けている間も、ほかの遠征隊のなかには口げんかをしたり、愚痴をこぼしたりする者たちがいた。特定の登山家たちがやるべき仕事をしようとしなかったり、ただゆっくりとあとからついてくるだけだったりするのをぼやく者たちもだ。またナンガ・パルバットの頂にたどり着いたら、コース外の道をスキーで下山しようと計画しているチームが少なくとも二組いて、絶対に相手チームには負けないとライバル心をむき出しにしていた（すでに私たちより前にフランス人男性登山家がアルパインスタイルで頂を踏んでいたが、やはり競争心をあらわにしていた）。

実は、私も堪忍袋の緒が切れそうになった瞬間がある。ある経験豊かな登山家に固定ロープ張り作業に協力してほしいと頼んだのに、にべもなく断られたときだ。彼はおよそ信じられない言い訳を口にした。「記録映画撮影のために持参したドローンを飛ばす作業に集中したいから」と。激しいいら立ちを覚えた。みんなそうだ。ドローンを飛ばしてインパクトある動画を残したがっている。私自身だってそうなのだ。しかし、このようにいくつかの遠征隊が協力しながらサミット・プッシュを行う場合、これまでもずっとみんなと協力して作業にあたってきた。「責任逃れは最悪。個人的な目的達成よりも、チームワークを重視してミッション全体の成功を優先させるべき」というポリシーだ。

直接関わっていなくても、口げんかというのは人の気を散らしてしまう。これまでのキャリアを通じて、「俺だけ注目を集めればいい」「自分だけ栄光をつかみたい」と考えたことは一度もない。いち兵士として、個人的な名声や賞賛には興味がなく、むしろチームの一員として仕事することを楽しんできた。周囲にいる誰もがそうで、軍隊では誰かを疑うことなどなく、全員が信頼し合っていた。精鋭部隊の一員として最優先すべきは、任務と自分が属する集団の安全だとはっきり理解していた。それに私を押しのけてまで進もうとする者や、不必要なリスクを冒してチームメイトの命を危険にさらそうとする者はひとりとしていないこと、ましてや、個人的な成功を一番に考える者などいるはずもないこともだ。

だが悲しいことに、この世には、自分のことしか考えていない人間もいるのだ。ナンガ・パルバットでは、カンチェンジュンガの苦い経験をふたたび味わわされた。

翌日もほかのチームへの不満はさらに増した。キャンプ3で夜明かしをし、朝になって私たちのチームがキャンプ4への急斜面のルート作りを行った直後のことだ。雪が深く、固定ロープ張りの作業は困難をきわめ、一気に体力を消耗した。サミット・プッシュに備え、遠征チーム全体がキャンプ4で数時間休憩を取ったのだが、装備をできるだけ減らして登攀に臨んでいたせいで、テントひと張に六人という混雑ぶり。睡眠が取れる状態どころではなかった。

出発の時刻になると、テントの外で話し声が聞こえた。ほかのチームの面々が集まり、私たちがふたたび先頭に立ってリードするのを待っている。どう考えても、ここまでルート工作をしてきた私たちよりも彼らのほうが体力が残っているはずなのに。彼らはプロジェクト・ポッシブル・チームにすっかり頼りきっていた。彼らのために、私たちがルート作りをするのが当たり前のように考えている。私たちがテントから出てくるのを待つ間に、自分たちがその仕事を代わろうとは考えないのだろうか？　きっとそうなのだろう。誰ひとり一ミリすらも動こうとしない。結局またしても私たちが先陣を切り、雪道を切り開いて行くことになったが、いら立ちを覚えずにはいられなかった。そんな私の不満はさらに高まることになる。最後のサミット・プッシュに関して与えられた情報がやや不正確だったとわかったせいだ。

ナンガ・パルバットの低地キャンプ間には、硬い氷面が細長く続く場所が何ヵ所かあり、凍った斜面にアイゼンの爪を食い込ませながら慎重にロープ沿いを進まなければならない。

それもロープが固定されていればの話だ。もし固定されていなかったら、いつ足を滑らせ、滑落してもおかしくない。滑落すれば、それこそホッケーのパックのような勢いで山面を横滑りすることになる。運がよければ、滑落停止でスピードを食い止められるかもしれないが、硬く締まった雪上や凍った斜面の上で滑落停止はまず難しい。重力のせいで滑落し続け、命を落とす。

固定ロープが張られていない場所で、そういった氷面に挑戦するのは理想的ではないと考えられている。それなのに、あろうことか、ナンガ・パルバットの頂まであと少しというときにそのまさに滑りやすい尾根にロープなしで挑まざるを得なくなった。事前に「キャンプ4から頂上まではロープを固定する必要がない」という情報を聞かされていたせいだ。前に登攀した一、二チームの遠征隊まではそうだっただろう。だが、いま私たちが置かれている状況には当てはまらない。

国際チームが発信したロープ固定に関するあいまいな情報のせいで、命の危険にさらされたのはつい数日前のこと。それなのに、ここへきてまたしても同じ目に遭わされている。これから横断しようとしているのは傾斜が五〇度近い急坂。慎重に慎重を期さなければならない。私は何度も念入りに足元の確認を行った。

下を見おろしてみた。さえぎるものは何もない。雲の合間からベースキャンプが見えている。たちまち心臓が早鐘を打ち始めた。両手が汗ばんでいる。足を横に踏み出しながら氷の斜面を横断しようというのがグループ全体の決定だったが、ここで一歩でも踏み誤れば、うしろにいるほかのチームの脇を転げ落ち、下にある岩に叩きつけられるだろう。ほかの者たちの様子を見ると、かなりしっかりした足取りだ。試しにゲルジェンに向かって叫んでみた。キャンプ3から4までのルート工作の大半を担当したのは彼だ。そのサミット・プッシュの日の朝、起床したゲルジェンは死人のようだった。ルート作りでよほど消耗していたのだろう。顔は青白く、ひどく衰弱しているように見えた。

いまこの瞬間、**ゲルジェンも恐怖を感じているのだろうか？**

「なあ、ゲルジェン、これってちょっとヤバいどころじゃないよな？」

ゲルジェンは笑い声をあげた。「くそっ、ニムスダイ、こいつはマジでヤバい。いくら気をつけても足りないぞ」

恐怖を感じているのは自分だけではないとわかって少しほっとした。全身が震えるほどの恐怖を感じたおかげで、自分たちの置かれた状況をもう一度見直すことができた。やる気モードに切り替え、すぐに両脚で山の斜面を蹴り始めた。アイゼンの爪を使って氷の塊を細かく砕き続けていると、ようやく深い足場が作れた。ピッケルを使って氷雪斜面を刻み、もうひとつ足場を作る。同じ要領でもうひとつもだ。

「みんな、ほかの者たちのために蹴って足場を作れ！」私は叫んだ。「そうしないと、誰かがここで転落死するかもしれない」

氷の塊をえぐり出し、雪面にはっきり見えるような痕跡を刻みつけながら頂を目指した。とうとう山頂にたどり着いたのは、七月三日午前一〇時だった。どこか下のほうで、怒ったように言い争う声がまだ聞こえている。だがチームワークと高い集中力を持続できたおかげで、プロジェクト・ポッシブル・チームはパキスタン初の八〇〇〇メートル峰の頂を踏んだ。

ナンガ・パルバットの下りで、意識のスイッチが切れた。その一瞬のせいで危うく死にかけた。

とにかく一刻も早くベースキャンプにたどり着きたかった。登頂後、キャンプ4で夜明かしをして、その日の朝早く下山し始めた。キンショーファーから離れ、数日前ミングマを危うく窒息死させかけた粉状の雪を慎重に踏みしめつつ、ロープにしがみつきながら慎重に下っていく。何しろ、傾斜が六〇から七〇度もある急斜面だ。この急勾配は、いくら注意してもしすぎることはない。

それなのに、なぜ一瞬気を抜いてしまったのか自分でもわからない。下にいた登山家からロープから離れろと大声で叫ばれ、カラビナを外して一歩あとずさりし、何も考えずそのまうしろに下がった。きっと叫んだ登山家は、ロープによけいな緊張がかかるのが嫌だったのだろう。なんとも理不尽な要求だ。だが彼が軽いパニックに陥っている様子だったため、喜んで言われたとおりにしたが、そのせいで命を落としかけた。

もともと集中力はかなりあるほうだ。意識のスイッチを百パーセント全開にしていなくても、それなりに機能する。先にも述べたが、車を運転しながら誰かと会話できるのと同じ具合だ。ところが固定ロープからカラビナを外して一歩あとずさりしたとき、瞬間的に気を抜き、集中力のレベルが低下した。不注意な動きだった。いわば、車を時速一四五キロで疾走させながらメールを打つようなもの。うしろにつるっと滑り、仰向けで着地し、頭をしたたか打ったと思った瞬間、一気に落下し始めた。落下のスピードがどんどん加速していく。目に見える景色もどんどんぼやけていく。

軍隊時代に一度、こんな危険な目に遭ったことがある。パラシュート・ジャンプ訓練の際、紐を引っ張ったのに開かず、パラシュートが手から飛ばされてしまったときのことだ。空中を漂っている間、パニックに陥るというよりも、むしろ訓練で教わったとおりにしようと考えていた。装備していた予備のパラシュートを取り出したら、ありがたいことに今度は大きく開いた。

あのときとほぼ同じだ。一秒たりともおろそかにできない。ピッケルの紐を強く引っ張り、鋭く尖ったピックを雪面目がけて突き刺した。滑落停止によって、落下のスピードが少しでも緩められたらしめたもの。落下を止められたら、ロープのある場所まで歩いて戻れる。だがピックがしっかりと刺さらない。**だめだ、うまくいかない**。そろそろ予備の手段を講じないと。もう一度、渾身の力を込めてピッケルを雪面に突き刺した。くそっ、雪が柔らかすぎる。落下スピードを緩められない。

歯止めがきかない状態のまま、急速に落下しパニックに襲われかけた。どうすれば？　そのとき、固定ロープが一瞬だけ目に入った。手を伸ばせ！　あれこそ生き残るための頼みの綱。腕を精一杯伸ばし、つかむと、滑落が止まった。助かった、死なずに済んだ。奇跡としか思えない。今回ナンガ・パルバットでたどったルートは、ことあるごとに私を排除しようと襲いかかってきた。しかも、こんな不甲斐ない結末が待っていようとは。滑落して死にかけたのはすべて自分のせいだ。ほんの一瞬、気を抜いたからにほかならない。大急ぎでロープまで戻ったが、まだ両脚がわずかに震えている。そのとき固く自分に誓った。「絶対に、**何があっても集中力を途切らせるな。常に安全第一で下山しろ**」これまでも生きるためのモットーを掲げてきたが、どれもこれも大切な言葉ばかりだ。ゆっくりと山を下りながら、心のなかで何度もこの言葉を繰り返した。

完登を味わう時間の余裕はない。派手に祝うこともないまま、私たちはナンガ・パルバットをあとにした。

生きているのが信じられない。本当に運がよかったのだ。

17 嵐のさなかで

プロジェクト・ポッシブルを通じて、私は数えきれないほどの教訓を学んだ。山でも、山以外の場所でもだ。山以外の場所では資金集めの担当者としてだけでなく、ひとりでなんでもこなす宣伝マン、環境活動家、さらに政治に働きかける者としてのスキルを身につけた。八〇〇〇メートル峰では、つらい重圧がかかった場合、どの程度対処できるかという真の実力をより深く理解した。たとえば重度の高山病、雪崩、救助活動など山ならではの災害が起きても動転せず、冷静にリードし続けられた。さらにナンガ・パルバットでの滑落のように、死の淵をのぞきかけた瞬間も萎縮せず、目の前の状況に真っ向からぶつかっていった。

状況が厳しくなっても、不平不満をぼやくより軍人生活で叩き込まれた「戦いの原則」に従い、自らが手本となる行動を示し、必死の努力とプラス思考によってチームの士気を高め続けた。こういうやり方はふだんの生活にも簡単に置き換えられるが、天候が目まぐるしく変わる山では、一瞬の判断が生死を分けることがある。まさにリーダーの決断力と指導力が問われる、待ったなしの現場と言っていい。

このプロジェクト中、先発隊がベースキャンプでテントを張っている間に、悪天候に見舞われたこともあった。無線から聞こえてきたのは、ひどく不安げなメンバーの声だ。「ニムスダイ、山が大雪に襲われてる。こりゃあ登るのに苦労しそうだ！」そう聞かされても否定的なことは考えず、ひねりの効いた返しでムードを高めようとした。「おいおい、何を期待して山に登ってるんだ？　まさか熱波じゃないよな？」自分のチームを戦いの世界に導くのは大変だ。特に、厳しい天候が続くうえに難しい地形も多いからなおさらだ。しかし、私はリーダーとしての役割を楽しむようにしていた。苦労してチームをまとめあげていくのは、やるだけの価値がある大仕事であり、感動で胸が震えることでもあった。

　リーダーとしての重責に押しつぶされそうになり、疲労感がどっと押し寄せてくるときもある。そんなときは、グルカ兵、特殊部隊工作員、世界記録を更新した登山家としての自分の高い評価を改めて確認することで、否定的な考えを一気に吹き飛ばせた。自分がこのプロジェクトを始めたそもそもの理由を思い出すことも力を取り戻す助けになった。だがなんと言っても一番大きかったのは、私に確固たる信念があったことだ。山以外の場所にいると、居場所がどこにもないと感じることが多々ある。でも高くそびえ立つ山にいると、ここでこそ自分は無敵だと思える。

　プロジェクトの最中、困難を前にすると、自分にこう言い聞かせていた。「お前がチャンピオンだ。お前ならできる」かつて聞いたモハメド・アリの話はいまだによく覚えている。ボクサーとしての全盛期を過ぎたあとも、彼は自分が負けると考えたことが一度もなかった。オリンピックの金メダリスト、ウサイン・ボルトもそうだ。私もこのミッションを通じて、どの山のベースキャンプでも、彼らと同じように考えようと努めていた。俺の実力ではこの山の頂に到達できないかもしれない、などと考えたことは一度もない。むしろ、この山は俺に制覇されるためにここに存在しているのだ、と自分に言い聞かせるようにしていた。

「**お前**ならやれる」ときには叱咤激励もした。

「**お前**は山の絶対王者なんだ」

なんてうぬぼれているんだ。野心が強すぎる。こいつは危ない奴かもしれない――そんなふうに思う人もいるだろう。だが単にエゴの問題ではない。ミッションとは、自分という存在よりもはるかに大きなものだ。山の圧倒的強さを無視したり、軽く考えたりするつもりはない。どちらかと言うと、自分の能力を心から信じ、これからやろうとしている挑戦は必ず成し遂げられるという強い信念を持つよう心がけていた。そういう揺るぎない気持ちほど、意欲を爆発的に高めてくれるものはない。第二フェーズの次の目標であるガッシャーブルムI峰（GI）、II峰（GII）を前にしたときも、否定的なことはいっさい考えていなかった。それぞれ標高世界第一一、一三位の高峰だが、連続して登攀する計画を立てた。ペースを緩めている時間の余裕はない。

資金調達問題には最初から悩まされていたものの、集中力を保ち続けられた。カトマンズで入院中の母のことも大きなストレスとなっていたが、最善の努力をして対処するようにした。登攀中に疲労が極限の状態に達したときもだ。ただ、自分の力だけではどうにもならない問題もいくつかあった。ナンガ・パルバットからパキスタン北部の町スカルドゥを経由し、GI、GIIの共有ベースキャンプへ向かうときもそうだった。到着まで八日間もかかり、途中でタリバン兵たちの巡回地域を何ヵ所か通過しなければならない。カラコラム山脈へ到着するまでは、全員が厳戒態勢でいる必要があった（足跡を消すため、念には念を入れて、街道沿いにある登山ロッジとは離れた場所でキャンプするようにした）。

体を休める暇もなく、その旅の最初は車を二四時間ぶっ通しで運転し続けた。荷物も自分たちで運ぶため、装備一式を詰め込んだミニヴァンにチーム全員が押し込められたままでの移動だ。土砂が道をふさぎ移動速度が遅くなると、ザックと装備をいったんおろし、用意していたもう一台の車に詰め替え、速度を落とさずひたすら移動し続けた。敵対勢力に追いかけられているいま、むやみな休息は命取りになるとわかっていたからだ。

車が進めない場所になり、徒歩での移動が始まると、前もって手配していた運搬人とラバたちに装備の大半を運ばせるようにした。ただ心配だったのは、彼らの歩みが遅すぎて遅れるのではないかという点だ。だから出発の前日、運搬人に私たちの装備を運ぶラバの数を二倍にしてくれと頼んだ。第二フェーズで挑戦するのは、ナンガ・パルバットを含め、世界でも指折りの高峰五座だが、登攀シーズンは終わりに差しかかり、とにかく時間がない。しかも世界記録更新を狙っている。これまでの最速記録は二年。その記録をぶっちぎりで短縮したい。実際、「パキスタンを代表する高峰五座を八〇日間で制覇したい」という野望を公言していたが、予定より遅れつつある。

「普通の速さで進むわけにはいかないんだ」私は運搬人の男に申し出た。「ラバと運搬人の数を二倍に増やしてほしい。もし三日間でI峰にたどり着けたら、契約どおりに八日間分の報酬を全額支払う」

運搬人は首を縦に振ろうとしなかった。「ニムス、運ぶ荷物の重さが三〇キロだろうと四〇キロだろうと、ラバたちには関係ない。あいつらはいつも同じ速さでしか動かないんだ」

「せめて試してみてくれよ」さらに頼んだ。「いつもより速く移動する可能性もなくはないだろ。ラバたちのせいでミッションを遅れさせたくないんだ」

願いは聞き入れてもらえなかった。翌朝、カラコラム山脈へのトレッキングの出発点となる町アスコールを出発しようとしていると、その運搬人がラバを連れてやってきた。契約したのとまったく同じ数だ。申し出た特別ボーナスも効かなかったらしい。初日の夜、私たちは野営しながら運搬人とラバの到着を五時間ほど待つはめになった。翌日の夕方も同じことが起き、三日目、さすがにいら立ちを隠せなくなった。

「なあ、わかってるか?」私は運搬人にぴしゃりと言った。「きみは自分の居心地のいい場所から一歩も動こうとせず、自分のペースで仕事をしている。だけど俺たちはもっと急がなければいけないんだ」

ミングマ、ゲスマン、ゲルジェンをはじめとするほかのメンバーたちに確認してみた。「自分たちで装備を運んだら、もっと速く移動できる。どうだ、やる気はあるか?」

チーム全員がうなずいた。三日目の朝四時に野営地を出発し、同じ日の午後五時にI峰のふもとへ到着した。五四キロもの距離をわずか一三時間で移動したのだ。しかも、メンバー各人が重さ三五キロ以上もの装備を運びながら、である。さすがにみんなくたびれ果てていたが、動けなくなる者はひとりもいなかった。

ふもとまでたどり着いたばかりなのにカラコラム山脈へ登る心の準備はできていた。このチームならば、これから始まる試練も乗り切れるという自信があった。山に対する敬意を忘れたわけではない。K2やアンナプルナほど死亡率は高くないが、GIは一九七七年以来、三〇人以上もの登山家が命を落としている手強い相手。軽い気持ちで臨める山ではない。ナンガ・パルバットで命を落としかけたのだからなおさらだ。

思えば、私は恐怖という感情とユニークな関係にある。「グルカ兵は恐れも心配もけっして感じることがない」という定番のジョークがあるが、現実はまるで違う。何かを恐れるのは人間の本能だ。ただ私たちグルカ兵は、恐怖とどうつき合えばいいのかわかっているだけだ。恐れにとらわれるのを許すよりはむしろ、その強烈な感情を心のエネルギーに変え、自らの意欲をかき立てようとする。それ以外にも、何より大事なのがいまのミッションであり、冷静であり続けることなのだと思い出させる場合もある。そんなときは自分にこう言い聞かせるようにしている。「俺はいま死ぬほど怖い。それほどこのミッションが自分にとって大切な証拠だ」

たとえば特殊部隊時代、戦闘中に作戦の一環として、要注意危険人物を逮捕したことがある。任務遂行中は「一番大事なのはターゲット確保、次に大事なのが自身の安全の確保」と考えていた。自分が生きるか死ぬかを心配する以上に、自らが所属する組織に大きな誇りを持っていたためだ。こういう態度を取っていると、頭のなかの否定的な声が聞こえなくなる。

誰かが発砲してきたらどうしよう？　即席爆発装置のせいで手足が吹き飛ばされたら？　そんなことはいっさい考えなくなるものだ。山でもこれと同じ心理が働くように思える。

これまでの経験から遠征中に命を落としたり重傷を負ったりする確率がかなり高いのはよくわかっている。ただ我が身に何が起きるか、最期の瞬間にどれほどの痛みを感じるかは一度も考えたことがない。むしろ、筋金入りの登山家としての自分の評判に意識を集中させ、勇気を忘れないこと、誠実に行動することの大切さを思い出すようにしている。力強さと巧妙さがあれば、どこでもやっていける。そこへ一〇人分の勇気が加われば、どこでも最終的な勝者となれる。山で天候悪化や、雪崩が起きそうになった場合、私は真っ先に神経をその瞬間に集中させる。軍隊時代と同じく周囲にひそむ危険をいち早く察知し、敵の裏をくためだ。手持ちの資源をざっと確認し、前方にいる相手の敵意を冷静に観察したうえで、敵側を制するのに最善と思われる戦略をひねり出す。

GⅠ、GⅡの共有ベースキャンプに落ち着くと、私はその二座がしかけてきそうな罠を想定し、攻略法を考えることに集中した。それからナンガ・パルバットでの滑落にまつわるネガティブ思考をすべて脇へ押しやり、心のなかで次に目指す二座との対話を始めた。

さあ、かかってこい。これは一対一の真剣勝負だ。

Ⅰ峰の山頂付近には雲が垂れ込め、嵐が近づきつつある様子だが、そんなことは心配していない。私のチームには、いかなる危険も克服する能力が備わっている。結局、高度の高い山への挑戦には身体的努力と同じくらい、精神的なゆとりも必要なのだ。

ここがお前の居場所だ、ニムス。お前は山にいると、本当にいきいきしてくる。

山に対する畏怖の念を忘れたわけではない。ただカンチェンジュンガ以降、これから登る高峰に対してわざと中立的な、つかず離れずの態度を取るようにしていた。その一方で、自信過剰にならないよう意識もしていた。うぬぼれが過ぎると危険だ。たちまち手抜きや怠惰が生まれる。ナンガ・パルバットでもちょっとした警戒──ほかの登山家や彼らの情報を信頼しすぎてはいけない──をうながされたばかりだ。もうひとつ、不安という感情にも用心しなければならない。フロー状態（時間が経つのを忘れるほど作業に没頭し、外から受ける刺激にも気づかなくなる状態）になるべきときに、不安が頭をもたげると、人は必要以上に深く考えすぎてしまう。だから山に登る前は恐れすぎず、リラックスしすぎず、ちょうどその真ん中あたりを保つようにしている。常に積極性を忘れず、攻めの姿勢を保つためだ。**山頂を目指すときはいつでも、全力で挑戦したい。**

自然は相手の評判、年齢、性別、経歴などいっさい気にしない。私はその事実をこの世の誰よりもよく知っている。自然はまた相手の人格にも無関心だ。山もそうだ。その登山家が道徳的にすばらしい人物か、道義に反する人物かなどいっこうに気にかけない。そんな山を相手に自分ができるのは、心を適切な状態に保つことだけ。そうすれば、どれほど高い山にも挑戦できる。

深い雪？　**百人分の力で道を切り開いてやる。**

雪崩？　**どうにかしのいでみせる。**

吹雪で何も見えない《ホワイトアウト》？　**上等だ、かかってきやがれ。**
いかなる山であっても、自分をしっかりと保つ必要がある。どんな障害も克服するパワーを発揮しなければならない。その心の準備ができたら、さあ、出発だ。

アメリカの作家マーク・トゥエインは、こんな言葉を残している。「もしあなたが仕事でカエルを一匹食べなければいけないなら、朝一番に食べるのがいい。もし仕事でカエルを二匹食べなければいけないなら、大きいほうを最初に食べるのがいい」言い換えれば**「最も難しい仕事を先に済ませろ」**ということだ。ベースキャンプで待機しながら、私たちは登攀計画を練りあげた。ＧＩに比べると、どう考えてもＧⅡのほうがはるかに小さなカエルだ。低地のキャンプで体を休めながら、比較的余裕のあるペースで登高を続けられる。だがＧＩはそうはいかない。ＧⅡよりずっと大きくて醜いカエルだ。ミングマとゲルジェンとともに先に片づけておきたい。頂上まで一気に登れたら言うことはない。

ＧＩ登攀は困難をきわめた。前もってキャンプへ酸素ボンベを運んでくれる者がいないため、チームは登攀装備一式と道具、食料品のほかにボンベも背負わなければならなかった。丸二日間体を休めたものの、出発してすぐにナンガ・パルバット踏破の疲労が残っていることに気づいた。低い場所にもクレバスがあり、慎重な足取りにならざるをえない。エベレストのクンブ氷河ほど手強くはないが、クンブよりずっと長く続く。私たちの体力はあっという間に奪われていった。ただありがたかったのは、ずっと固定ロープが張り巡らされていたことだ。この調子でいけば、かなり好タイムでGIを踏破できるかもしれない。

かつて世界で五番目に高いマカルーを一八時間で踏破したことがある。しかも四、五日間ほとんど睡眠を取らずにエベレストとローツェの頂を踏んだあとでだ。世界で三番目に高いカンチェンジュンガも、ダウラギリで過酷な体験をしたあと、ほぼ似たような状況で登攀に成功した。標高八〇八〇メートルのGIなら、北西壁ルートを使えば一気に山頂へ到着できるはず。正午くらいには頂を踏めるだろうというのが私の予想だった。

試練のひとつがジャパニーズ・クーロワール。キャンプ2とより高地のキャンプを隔てる傾斜七〇度もある険しい尾根だ。そこを無事に乗り切ってひたすら上を目指しても、最終段階でもうひとつ待ち受けている急斜面をトラバースしなければならない。本当に厳しい登攀になった。予想よりもずっと時間がかかり、ジャパニーズ・クーロワールをどうにか制してキャンプ3にたどり着く頃には、日が落ちていた。日没後、このまま登り続けるわけにはいかない。登攀計画の練り直しを余儀なくされた。

暗闇のなかで頂上を目指せば、命を落とす危険がある。山頂が正確にはどこにあるのかわからない。道標も見えない。GPSを頼って山頂までの正しいルートを登っているつもりでも、いつの間にか方向感覚を失っているかもしれない。三人のうち、誰かが混乱してクレバスに落下したり、崖の縁から転落したりすればGI挑戦が悲劇に終わる可能性大だ。

さらに差し迫った問題があった。装備不足だ。一気に山頂を踏む計画だったのに失敗したせいで、ほとんど無防備のままキャンプ3で夜を明かさざるをえなくなった。遠征を時間内にやり遂げるには、キャンプ3にある壊れたテントで数時間体を休めたあと、朝が来るのを待ってサミット・プッシュに取りかかるしかない。酸素ボンベ以外の装備を極力軽くしようと食糧は持ってきていない。暖を取れるものと言えば、自分のサミット・スーツと寝袋ひとつだけだ。

　気温は容赦なく下がり続ける。身も凍る寒さだ。極寒のなかで身を守るためには、互いに体を寄せ合うしかない。あまりの寒さに眠れないまま、午前三時、どうにか自分を奮い立たせてサミット・プッシュに挑むことにしたが、三人とも装備をすべてまとめ終えるのに九〇分もかかった。疲労困憊している証拠だ。

　頂上までの登りは本当に地獄だった。ロープなしで斜面を登らなければならず、朝の光のなか、どっちの道に進むべきか迷ってばかりだった。**頂までたどり着く道は左か、それとも右か？**　さっぱりわからない。だが「正しい方向へ進んでいる」という確証を、なんとしても得たい。高山挑戦にまつわるぞっとするような体験談をよく耳にする。苦労して山頂に到達した登山家がベースキャンプまで下山したときに、実はあれは誤った頂だったと知らされた、という話だ。道順の間違いで苦しい思いをするのはごめんだ。たまった疲労で足が鉛のように重たいからなおのこと。その場でベースキャンプに電話をかけ、数週間前にＧＩ山頂に到達したという登山家からどうにか話を聞けた。

彼の指示に従って正しい道を見つけ出し、カミソリの刃のように鋭い形をした頂に無事にたどり着くと、彼方に広がるGIIとブロード・ピークを放心状態で見つめた。ようやく折り返し地点。三人ともくたびれきってとぼとぼとしか歩けない。GIの厳しい現実を思い知らされたような気がした。これは本当に大変な山だ。**中立的な態度を取るよう自分を戒めていたにもかかわらず、私は心のどこかでこの山を軽く見ていたのだ。**

高山のサミット・プッシュに初めて挑んだダウラギリやエベレストでは、奇しくも人命がかかった救助体験をし、タイミングの重要さを痛感させられた。当時は私自身も登攀中に自分を追い込みすぎて疲労がたまり、高山病に苦しめられた。二〇一六年のエベレストがいい例だ。ほかの遠征時にも、登山家たちが速すぎるペースで、あるいは遅すぎるペースでサミット・プッシュを行い、疲労や単純な判断ミスのせいで下山できなくなる現実を目の当たりにした。恐ろしい現実だ。無事救助された登山家もいたが、そういう計算違いが命取りになることもあるのだ。

高山遠征を始めたばかりの頃は、同じ間違いを繰り返したくなくて、ダウラギリやエベレストで頂を踏んでもすぐに下山していた。頂上ならではの絶景を楽しみたいというよりもむしろ、山頂からの下り道でトラブルに巻き込まれたくないという思いが強かったせいだ。ある意味、その時点ではまだ自分の実力を理解していなかったのだろう。登山家は自らの能力を見きわめ、自信を持つ必要がある。山ではそれがすべてだと言っても過言ではない。私の場合、あの頃はまだそういう自信を完全には持てずにいた。

経験を積むとともに、すべてが変わっていった。二〇一七年、グルカ兵の仲間たちとともにエベレストに登った際には、頂上で二時間も過ごした。今回のミッション中も一度など(アンナプルナとマカルーのどちらだったか忘れたが)、山頂で一時間ほどゆっくりと過ごし、たったいま成し遂げた偉業をチームの仲間と祝ったこともある。写真を撮り、ビデオも撮影した。旗を掲げ、ここまでに手助けしてくれた故郷の人びとに感謝の言葉も述べた。自分にはその頂からベースキャンプまで一気に下れることがわかっていたし、条件さえよければ、ほんの二、三時間で下山できる自信があった。

多くの場合、下山には八時間から一〇時間かかるものだ。その間ずっと不安や恐怖につきまとわれる。登山は簡単な仕事ではない。極端な気象条件のもとで登り下りすることもしばしばだ。強風のせいで山肌から引き剝がされそうになったり、危険な傾斜面だというのにホワイトアウトで何も見えなくなったり。それでも、私たちチームがくたくたに疲れて下山することはほとんどない。経験により、私の山に対する態度は変わった。いかなる山に対しても、断固たる決意とともに臨む大切さを理解するようになったのだ。一番変わったのは、山頂からの景色を楽しむようになったことだろう。

高山で目にする自然は美しさと凶暴さの両方を兼ね備えている。GIの頂から眼下に広がるヒマラヤ山脈を目の当たりにして、どういうわけか、生まれて初めてエベレストの頂に立った瞬間を思い出した。パサンとともに頂上に立ち、初めて安堵感を覚えたあのときは高地肺水腫が完治したとは言えず、手の指や足の爪が折れるかと思うほどの寒さを感じていた。

ところが周囲の峰々から朝日が初めて顔を出したとたん、すべてががらりと変わった。それまでエベレストを覆っていた暗闇が一気にまばゆい光の世界に変わったのだ。まさに死のエネルギーが命のエネルギーに取って代わった瞬間だった。そのとき、直感的にわかったのだ。ここが自分にとっての我が家なのだと。

そしていまＧＩで、あのときと同じ劇的な気分の変化を感じている。これまでの苦闘がどこかへ吹き飛び、まるで別の人生で起きた出来事のようだ。特にこうして、朝日が山頂を赤く染めていく様子を眺めているいまはなおさらそう感じる。頂の周囲に垂れ込めていた分厚い雲も、まばゆい朝日に完全に焼き払われた。新たな一日が始まろうとしている。ありとあらゆるものがふたたび活気を取り戻していく。

しかし、恍惚感は長くは続かなかった。重力のせいだ。

下山し始めるとすぐに、名状しがたい恐怖に襲われた。足元を見てみる。ナンガ・パルバットでの滑落の瞬間が鮮やかによみがえり、地面が自分に向かって迫ってくるような錯覚を覚えた。安全な固定ロープがない状態で、不意に自分が無防備で弱々しい存在に思えた。私が不安げに見守るなか、ゲルジェンとミングマは体の向きを変え、急斜面にピッケルを突き立てて下山を始めた。まるでそれがいつもやっている下りの手順のひとつであるかのように。**でも本当にそうだろうか？**　私にはそうは思えない。両脚が小刻みに震え、全身をアドレナリンが駆け巡っている。このミッションにおいて、初めて死の恐怖を感じていた。おい、本当に大丈夫か？　心のなかで突然そんな疑いが炸裂した。

ここから滑って転落するのは簡単だ。そうなったら**死ぬのか、俺？**

誰ともロープでつながれてはいない。**なぜロープを一本も持ってこなかったんだ？**

もし体のバランスを崩せば、あっという間に転落するだろう。**もう一度、滑落停止できるだろうか？**

そういった感情を覚えたこと自体がショックだった。自分が無防備に感じられるのは、大切なルールを忘れたせいだ。自分はこの山を甘く見すぎていた。そう気づき、横面を張られたような衝撃を覚えた。さらにもうひとつ、それよりもはるかに恐ろしいことに気づいた。ここにきて、思いがけず私の自信は木っ端みじんに砕け散ってしまったのだ。体の向きを変え、足元の氷にアイゼンを突き立てながらゆっくりと下山を始めた。慎重に一歩一歩踏み出すたびに、心臓がばくばくしているのがわかる。ようやく平らな地面にたどり着くと気が楽になり、自信を取り戻し、キャンプ3まで揺るぎない足取りで下山できた。自信喪失がこの一回限りであるように、と祈るような気分だ。

ふと偉大なスポーツ選手が浮かぶ。真の王者は失敗や敗北への反応でわかる。アリもボルトもそうだ。一週間前の滑落も取るに足らないと思えばいい。吹っ切れる。グルカ兵の心得を思い出せ。いまやるべきは体のほこりを払って身支度を整えゲームに戻ることだ。

予期せぬドラマはいつ、どこで待ち受けているかわからない。

キャンプ2目がけて下山している途中、ベースキャンプに連絡を入れたとき、私の衛星電話に別の遠征隊からメッセージが入った。

「ニムスダイ！　キャンプ２でマキアスという登山家が動けずにいる。彼を助けて下山させられるか？」

ため息が出た。時刻は午後三時。すぐ近くにいると聞かされたら、助けに行かない理由はない。立ち往生していたマキアスを見つけ出し、彼が自分の荷物をまとめるまでその場でじっと待ち続けるうち五分が過ぎ、一〇分が過ぎた。その間に、ゲルジェンは次のキャンプ目指して先に下山した。マキアスが「あとほんのちょっとで」準備ができると言ったため、すぐにゲルジェンに追いつけるだろうと考えていた。ところがようやくキャンプ２を出発できたのは一五分後ですっかり体が冷え切って疲労感に襲われた。しかも、その遅れのせいでひどい目に遭うことになった。

突然天気が荒れ始めた。あたりは雲で覆われ、あっという間に雪が激しく降り出した。少し先も見えない。なんだこれは？　困惑していたところ、誰かの叫び声が聞こえた。**ミングマだ！**　視界不良で踏みどころを誤り、いきなりクレバスに転落してしまったのだ。自分も隠れたクレバスに落ちないよう細心の注意を払いながら、声がしたほうへ這うように近づいてみる。最悪の事態を恐れながら、ちょうど人ひとり分の大きさの穴をのぞき込むと、ありがたいことにミングマは生きていた。まっすぐこちらを見つめ返している。ザックが地面の端に引っかかり、どうにか転落せずに済んだのは運がいいとしか言いようがない。ミングマは慎重に体をよじり、両腕を自由に使えるようにすると、氷の縁にしっかりしがみつき、私たちから体を引き上げられて事なきを得た。多くの山と同じく、ミングマはこのプロジェクトでも二度も死にかけたが、どうにか生き延びることができたのだ。

ナンガ・パルバットでの私の滑落に引き続き、今度はガッシャーブルムI峰でミングマがひやりとする事故に遭った。まるで山の神々が私たちの存在を丸ごと飲み込もうとしているかのようだ。**ミングマが見えないクレバスに転落したということは、ゲルジェンは大丈夫だろうか？**　キャンプ1までの道のりは雲に覆われていて何も見えない。ゲルジェンがステップを踏み誤り、転落する可能性はじゅうぶんにある。無線を引っつかみ、ゲルジェンの名前を呼んだが応答はない。そのとき、自分のザックのなかからかすかな受信機の雑音が聞こえた。なんてことだ、**ゲルジェンは自分の無線機器を置いていってしまったのだ！**

私は現状を冷静に把握しようとした。ルートは濃い霧のなかに完全に隠れているため、もはや登って戻ることも下って進むこともできない。容赦なく降り続く雪で、何も見えず、下り続けるのも無理だ。最初は、もし穴のなかに入ってこの激しい風と視界不良の状態をさえぎれたら、三人で身を寄せ合って体を温められるかもしれないと考え、ピッケルを使って穴を掘り始めた。ところがいくら氷を削り取っても、全員を守れるほど大きな空間は掘れそうにない。この場所に長くいるほど三人とも死ぬ危険性が高くなる。ここから移動したほうがいい。それがさらに危険なことだとわかっていてもだ。

「くそっ、キャンプ2まで戻らないと」私は言った。

マキアスを見て続ける。「キャンプ2のきみのテントで、俺たち全員休めそうか？」

彼はうなずいた。少なくとも生き残る望みはある。その望みを手にするには、大きなリスクを冒さなければならない。先のミングマのクレバス転落事故は、私たち三人の誰の身にも起こりうることだ。慎重な足取りで、キャンプ2へ戻り始めた。ときおり下にいる遠征隊に無線することも忘れない。ゲルジェンがキャンプ1に無事たどり着いていればいいのだが。だがゲルジェンの姿を見たという者は誰もいない。

くそっ、ヤバいぞ、ゲルジェンはまだ生きているのか？

私は最悪の事態を恐れ始めていた。雲に覆われてほとんど何も見えないうえに、凍りつくような突風が吹きつけるなか、それでもキャンプ2にあるふたり用の小さなテントに潜り込んだときに初めて少し安堵感を覚えた。無線が音を立てたのはそのときだ。

「ニムスダイ！　着いたぞ！」

ゲルジェンの声だ。彼は無事にキャンプ1へたどり着き、ほかの登山家の無線を借りて連絡してきた。ほんの一瞬だが、ひと心地つくことができた。

18 荒々しい山

私たちは凍える寒さに数時間ガタガタ震えながら、テントで夜明かしした。翌朝を迎え、下山するにしたがいしだいに自信がよみがえってくるのを感じた。無防備で弱々しく感じられる場所でも落ち着いて下れたし、一日前より自分が力強くなったように思える。ベースキャンプに戻る頃には、GⅠ頂上での最悪の状態——両脚の震えもなくなっていた。いや、まだ百パーセント回復したとは言えないのに、そう思いたがっていただけかもしれない。次のGⅡ登攀を通じて、自らの感情をコントロールし、けっして取り乱さないよう努めなくては。その次に控えているのは泣く子も黙るK2。無事に踏破するには逆境を乗り越える力《レジリエンス》が必要不可欠だ。目の前のミッションに集中するため、軍隊に古くから伝わる格言に従うことにした。

最善を望み、最悪に備えよ。

キャンプ1から見上げてみたところ、GⅡの頂周辺の天候はかなり穏やかそうだ。常に困難な事態に対処できるように心がけてはいるものの、通常ペースで登攀できればそれに越したことはない。今回の計画では、標高八〇三四メートルを一気に登るのではなく、キャンプ

2、3で体を休めることにしていた。そのまま登高を続けると山の雰囲気は穏やかなままで、七月一八日に頂を踏んだ。山頂からの眺めはまさに圧巻。魂の戦慄に言葉を失うほどだった。はるか遠くに見えるK2は絵のように美しい。青空に向かって伸びている頂はサメの歯のように鋭く、朝日に染まってピンク色に輝いている。

これからあの頂に立つ。最高の登り方を世界に示してやる。

もちろん、みんなが楽観的なわけではない。GⅡから下山する間に、K2がかなり厳しく気まぐれな山だと聞かされた。ベースキャンプでは経験豊かな登山家たちやいくつかの遠征隊たちが滞在し、頂上を狙える天候のチャンスを待ちわびているという。なかには、もう数ヵ月も待ちっぱなしの者もいるそうだ。この年、パキスタン当局から登山を許可されたのは（シェルパを含めて）二百人近くいるが、そのうち頂上を狙っていた九五パーセントがすでに荷造りをして帰国し、いま待機しているのは残りの五パーセントだという。できることなら、この自分が彼らを率いて頂を踏みたい。

K2へ向かう道すがら、踏破をあきらめて戻る途中のいくつかのチームとすれ違った。彼らの多くがわざわざ立ち止まり、いまから私たちが向かおうとしているかの山にまつわる恐ろしい話をとうとうと語った。今年は少なくとも二度、サミット・プッシュが行われ、どちらもロープ固定チームが勇猛果敢に頂を目指そうとしたのだが、凄まじい悪天候に見舞われて断念せざるを得なかったのだという。彼らはキャンプ4を通り過ぎ、山頂直下（八二〇〇メートル付近）にある、いわゆる「ボトルネック」（不安定に突き出した氷壁の下にある、砂時計の形に似た岩の溝）にたどり着くのが精一杯だった。その難所までのルート沿いも、いつなんどき雪崩が起きてもおかしくはない。シェルパでさえ、何が起きるかわからないと怖じ気づいてしまう山だ。

　ベースキャンプに到着するとすぐに、ミングマ・シェルパから脇へ引っ張られた。ミングマは友人であると同時に、高地登山の達人でもある。近年にも二度、Ｋ２でロープ固定作業を行っており、登山コミュニティでは「恐れを知らない登山家」として一目置かれる存在だ。だが今回、彼はＫ２に恐れを感じていた。

「ニムスダイ、今回はマジでヤバい。登るのは危険だ」ミングマは携帯を取り出すと、数日前にＫ２サミット・プッシュを試みた際に撮影された動画を見せてくれた。「ほら、見てみろ……」

　はっとさせられる映像だった。雪が胸の高さまで積もっている場所もある。これまでの経験から言えば、自分にとっても私のチームにとっても、それ自体は問題にならないが、一歩のステップに伴う危険が計り知れない。ミングマによれば、この撮影時もロープ固定チームのリーダーが雪崩で押し流されたという。運よくリーダーは無事だったが、動画はたしかに私を不安にさせた。

　その夜、私は自分のチームを集めて言った。「みんな、今夜は飲もう」ミングマの背中を軽く叩き、タバコに火をつけながら言う。「今夜は心ゆくまで騒ごう。計画を立てるのは明日でいい」

いよいよ「最悪に備える」べきときがきた。

ミッションは存続の危機にさらされていた。ベースキャンプでさまざまな遠征隊から話を聞き、K2挑戦のベストタイミングを考えている間に、世界第一四位の標高を誇り、プロジェクト・ポッシブルの最後を締めくくる山、シシャパンマの登頂許可に関する回答が届いたのだ。これまでのところ、問題は地政学的リスクだった。シシャパンマはチベットにあり、中国政府が入山の許可／却下を決めていて、二〇一九年は誰ひとり入山を許さないことがすでに決定していた。

プロジェクトの規模を考慮し、例外的に入山を認めてもらえるかもしれない。そう期待して中国登山協会に働きかけたのだが、彼らは安全上の懸念をいくつかあげ、シシャパンマは閉山したままで例外は認められないとそっけなく断ってきた。第三フェーズ最後の山を踏破する可能性がますます遠のいたように思えた。

落ち込むなというほうが無理な話だ。これまでのところ、どの山も最初の宣言どおりのスタイルで、予定時間内に制覇している。うちのチームがいかに強い自立心と有能さを兼ね備えているか証明している最中だ。それなのに、官僚たちによって私の大きな野望が打ち砕かれようとしている。それをみすみす許すつもりはない。このミッションを最後までやり遂げる方法が何かあるはずだ、絶対に。さしあたり重要なのは、登頂許可にまつわるチベットと中国からの最新情報を冷静に受けとめること。感情的になってはいけない。K2を目前に控えている。いかなるマイナス思考もはねのけるよう心がけなければ。政治的駆け引きや書類仕事はあとからいくらでもできる。

いまになって振り返ると、そう割りきってよかったと思う。K2挑戦を通じて、心身両面で逆境を乗り越える力《レジリエンス》が限界まで試されることは目に見えていた。ほかの何かに気を取られている余裕などなかった。K2は間違いなく手強い相手。しかもほとんどの場合、厳しい気象条件のもとで登高を余儀なくされる。自分のチームの力を信じていたし、彼らならば、困難な仕事もやり遂げる心の強さがあるはずだが、シシャパンマに関する知らせを聞けば気力がぷっつり途切れるかもしれない。それが心配だった。前向きな雰囲気を保ち続ければいくら疲労がたまっても、チーム全員が意欲を燃やし、前進し続けられるだろう。

私がこのプロジェクトを始めた狙いのひとつは、いまだ頂を踏んだことがないネパール人登山家たちに八〇〇〇メートル峰を踏破させることにある。これまでのところ、その計画は順調に進んでいる。このまま八〇〇〇メートル峰一四座を完全制覇できれば、彼らの経歴に箔がつき、仕事の依頼もぐんと増えるはずだ（八〇〇〇メートル峰に初めて挑む登山家は登攀歴のあるガイドを好んで雇いたがる。彼らがそのルートや危険度を熟知しているのを見込んでのことだ）。だからこそ、私は彼らを正規のガイドとして雇い入れ、エリート・ヒマラヤン・アドベンチャーズを立ちあげた。いまは彼らのエネルギーをプロジェクト・ポッシブルに注いでもらっているが、このミッションが終われば、彼らは周囲の尊敬を集める山岳ガイドとして仕事ができるに違いない。

いまはK２攻略法も考えなければならない。一番いいのはどのルートだろう？　ベースキャンプにくる前は、最初にブロード・ピークをやっつけようかと考えていた。数日前、少人数の遠征隊がブロード・ピークに登り、ルート作りもロープ固定も完了していたからだ。だがK２でほかの登山家たちが私の到着を待っていたことを知らされた。彼らはうちのチームがロープ固定作業を終わらせるのを期待し、荷造りして帰国する日を延ばしていたのだ。それを知ってさらなる重圧を感じる一方、登山家たちの夢を叶える手伝いができると考えると嬉しくもある。彼ら全員、地球上で最も危険と言われる山を踏破したいという夢をあきらめていないのだ。

得られる限りの人手と彼らの経験が必要だ。予報では、K２はこれから数日間、ぞっとするような悪天候と強風が予想されている。しかも恐ろしいほどの寒さもだ。もし今回K２挑戦に失敗すれば、二度目、あるいは三度目と挑み続けなければいけなくなる。となれば、ブロード・ピークに登る前に、パキスタンの登山シーズンは終了してしまうだろう。

とにかく時間がない。厳しいスケジュールに合わせて登攀計画を立ててみた。キャンプ４より上の、最後のロープを固定できるかどうかは私たちのチームにかかっている。K２にはゲスマンとラクパ・デンディ・シェルパとともに登るつもりだ。この山が持つ人を簡単には寄せつけない厳しい一面、さらに山頂付近の危険な地形を考え、軍人顔負けの正確なミッシヨン計画を立てた。

「みんな、これは危険な登山になる」私はチームメンバーたちに話しかけた。「大変な思いをすることになるだろう。俺はキャンプ4からさらに上の状態を調べようと思う。同行するのはゲスマンとラクパ・デンディだ。あまりに危険だとわかったら、すぐに下山してメンバーを交代する。次はミングマとゲルジェンに同行してもらい、もう一度様子を見に登る。同行者ふたりを交代させこの手順を繰り返せば、みんな体を休められる。毎回俺が先頭を行くようにして最低でも六回繰り返すまであきらめない。七回目まで頂を目指すつもりだ」

もうひとつ、対処すべき差し迫った問題は、ベースキャンプにいる登山家たちの多くが恐怖に震えていることだ。登りもしないうちからすでに打ちのめされた気分になっている者もいた。南アフリカ生まれのスイス人探検家マイク・ホーンが、この悪天候でK２を断念したと聞かされたせいだ。ガッシャーブルムⅠ峰、Ⅱ峰、さらにブロード・ピークとマカルーを酸素なしで踏破したことで有名な探検家ホーンでも、ここの天候には抗えなかったのだろう。

一流登山家がK２踏破をあきらめたと聞かされ、遠征隊の者たちが動揺するのは無理もない。個人登山家たちの多くもすぐこの場から逃げ出し、帰国したがっているようだ。彼らは明らかにビビっていた。登攀中に目の前で雪崩が起き、ロープ固定者が飲み込まれるのを目の当たりにしたのだから無理もない。心に傷を負ったのだろう。

ある日の午後、チェコ共和国の登山家クララが私のテントにやってきて、率直に打ち明けてくれた。豪胆な女性登山家として有名なクララでさえ、すっかり怯え切っていた。

「ねえ、ニムス、今回自分がこの山に登れると思えない。相手が手強すぎる」

ベースキャンプの士気は明らかに下がっていた。立て直せるかどうかは私次第だ。その場にいる全員を集め、計画の概略を話し、頂へ通じるルート開拓法について詳しく説明した。自分が先頭に立ち、手助け役としてプロジェクト・ポッシブルのメンバーふたりを同行させルートを作れば、残りの全員があとからついてこられる。頂を踏めるのだ。みんなの自信を高めるような話し方を心がけた。悪いエネルギーや悲観的な考えが蔓延しているうちは、頂を目指す準備もしたくないし、行動にも移したくない。実際ここへやってきて、自分でもK2登攀は無謀な挑戦だと感じている。だが全身全霊を傾ければ、この登攀が成功する可能性は残されている。いま何より必要なのは積極性なのだ。

どうしてそんなにほかの登山家たちの遠征に対する自信や意欲を気にするのか、と不思議に思った人もいるかもしれない。正直な話、自分のことだけ考えて好きに行動するほうが簡単だろう。自分のチームだけでさっさとブロード・ピークへ向かい、登攀を完了してまたK2に戻ればいい。その間に、ほかの遠征隊はK2を断念して帰国の途に就くはずだ。いや、それでは自分が納得できない。何よりも彼らに「不可能に思えることでも手に届く場所にある」という事実を、身をもって示したい。

「きみたちはすでにキャンプ4まで登ったじゃないか」私は彼らに向かって言った。「頂を踏まずに戻ってきたのは、キャンプ4より上はロープが固定されていなくて、コンディションが悪かったからだ。ただそれだけだ。しかも戻ってきてから、じゅうぶんに体を休めている。だから、強い体に戻っているはずだ」

「だけど山頂までは大変だぞ」ある登山家が口を開いた。

「なあ、兄弟、自分たちのことばかり言うのはどうかと思う。俺はろくな睡眠も取らないまま、ぶっ通しで山を登り続けている。ネパールでは遭難者を救助し、その翌日また登山を続けた。きみたちはそんな無茶をする必要がなかったはずだ。エベレストやダウラギリ、カンチェンジュンガでの俺よりもはるかに有利な状態にあるのは間違いない。今回俺たちがルートを開拓する。その一日後に、きみたちはK２の頂を踏めるんだ」

それから私は彼らに、英国特殊部隊の選抜試験の話をした。毎年合格者は五、六人だけと知りながらも、二百人もの志願者が集まって挑戦を開始するのだ。「失敗する可能性は高い。でも二百人全員が自分を信じていっせいにスタートを切るんだ。初日を迎える前から選抜試験の受験をやめる者などひとりもいない」

　私はこう話すことで彼らに思い出させたのだ。前向きに考え、勇気を奮い起こし、きちんと自分を管理すれば生き残れること、逆に後ろ向きな考えのままK２に挑戦すれば最速で失敗し、死を招くリスクがあることを。

「ジャングルならば、もしくたびれても休めば生き残れる。砂漠で水も食べ物もないまま数日間過ごし、生きることをあきらめても、まだ助かる見込みがある。砂漠なら、人はそうすぐには死なない。だけど山では、死が一瞬で訪れる。あきらめたり、中途半端な気持ちになったりして足を止めたら最後、寒さで凍え死ぬんだ」

冒険好きな私でさえ、今回の登攀が難しいのはわかっている。頂を目指す場合に一番よく使われる南東稜（アブルッチ稜）はすぐに雪崩が起き、強風吹きすさぶことで有名だ。そしてK2にはもうひとつ、ボトルネックという恐ろしい場所が待ち構えている。

ボトルネックに達した時点で酸素ボンベに頼らなければならないだろうが、酸素を使っても高まる一方のリスクを減らせるわけではない。ボトルネックはいつ崩壊するかわからない巨大セラック帯が広がり、しかも傾斜約五五度の険しい氷の斜面上にある。張り出したその部分はロープとピッケルを使っては登れない。慎重にトラバースするしかない。頭上にある巨大なセラックが落ちてこないか、常に警戒しながらだ。

考えただけでぞっとするアプローチだが、ほかに選択肢はない。ボトルネックはK2の頂を踏むための最短ルートとなるが、ある統計によれば、K2での事故死の大半はここで起きている。二〇〇八年にはボトルネックで大規模な氷塊の崩落事故が起き、一一名もの登山家が命を落とした。これは登山史上、一日で最も多くの犠牲者を出した惨事となった。

タイミングも大きな問題だ。諸条件を考えると、このサミット・プッシュ中、ボトルネックには夜中一時くらいに挑戦するのが望ましい。気温が下がる真夜中は雪面が硬くなり、スリップしたり転落したりせずにルートを作れる可能性がある。それより遅い時間にボトルネックに挑んだ登山家たちのほとんどが、柔らかい氷の表面が滑りやすくて危険だったと言っている。真夜中に登れば、私自身、心理面で優位に立てる。頭上を見上げても威圧するようなセラックが見えない。

こうして私たちはいよいよ登り始めた。先を急がず時間をかけて、破損したアンカーがあればすべて修理する一方で、山頂へのルートを注意深く選ぶ努力も続けていた。この登攀は肉体的にも、精神的にもさまざまな試練が続く。ロープとアンカー、酸素ボンベという重たい荷物を背負っての登高だ。キャンプ1と2の間には、高さ三〇メートルの氷壁「ハウス・チムニー」が待ち構えていた。こう呼ばれている理由はふたつある。ひとつは、その真ん中に縦方向に走る幅広い割れ目《チムニー》があるから。もうひとつは、一九三八年、最初にこの氷壁を登ったアメリカ人登山家ビル・ハウスにちなんでつけられたからだ。ありがたいことに、ハウス・チムニーはかなり簡単に登ることができた。上から垂れ下がっていた固定ロープを最大限活用したおかげだ。

そのあと、キャンプ2背後にある黒い岩場「ブラック・ピラミッド」に挑んだ。幅三六五メートルもある、巨大な三角形のように見える岩壁で、垂直に剥き出しになった氷と岩の山面を慎重によじ登らなければならない。突然滑り落ちることのないよう、ゆっくりとしたペースを心がけていたものの、体に異変を感じた。登り始めの体調はよかったはずなのだが。やがて、固定ロープなしで登る危険地帯「ショルダー」に近づいたあたりから、腹がゴロゴロと鳴り出し、もうひとつ気になる兆候を感じた。腸がひきつり、けいれんしている。激しい下痢が始まる兆候だ。どうかこの一度限りであるように、と祈るような気分だった。

キャンプ4に到着した午後三時、胃の調子は少し落ち着き始めていた。ここから登高がさらに難しくなるのは百も承知だ。厳しい環境下で、固定ロープを張らなければならない。頭上にボトルネックとK２山頂が見えている。いい条件が重なれば、六時間で山頂へたどり着ける距離だが、ボトルネックを過ぎても、その先の短いが登るのが難しい氷稜を通らなければ山頂にはたどり着けない。その地帯で強風に吹きさらされ、命を落とした登山家たちの話も聞く。彼らはあまりの強風に足を踏ん張れず、K２の横腹に吹き飛ばされ、そのまま転落死してしまう。

そういったことは気にしないのが一番だ。遭うかどうかもわからない事故を心配してもしかたない。そう心に決めていた。さしあたり、自分にとって最大の懸念は、この胃の不調とどうつき合うかだ。こういった厄介な遠征では、予期せぬ事態が起きるもの。山のご機嫌がどうであろうと、その事実に変わりはない。

よし、ちょっと頭を切り替えてみよう。ボトルネック攻略の最善ルートを探り出すためにカメラを取り出し、ズーム機能を使って付近の偵察写真を数枚撮影した。結局、最もよく使われているルートは予想以上に厄介そうだとわかり、もうひとつのルートを選ぶことにした。チームメンバーが私のまわりに集まっている。ピッケル、アイゼン、スノー・バー（ロープ固定のため雪に埋め込む杭）、ロープ、アイス・スクリュー（氷壁にねじ込んで使用する道具）。サミット・プッシュに備え、みんな装備は完全だ。準備は整った。いよいよこれから始まる戦いに際して、彼らに簡潔なメッセージを届けるべき瞬間だ。

「みんな、俺たちはネパールを代表する最高の登山家だ。自分たちの本当の実力を、世界に示すときがやってきた。さあ、仕事に取りかかろう」

私たちは重いザックを背負い、酸素マスクをつけ、ありあまるほどのエネルギーとともにてっぺん目指して登り始めた。

19 山の意向

午前九時にサミット・プッシュを開始し、午前一時にボトルネックにたどり着いたとき、アドレナリンが全身を駆け巡るのを感じた。頭上にギザギザした歯のようなセラックが不安定に突き出している。そのうちのひとつでも崩れ落ちてくれば、急斜面で登高を続ける私たち全員が命を落とすことになる。あるいは、大きな氷の塊が落ちてきてロープが切断されたら暴力的な力で引っ張られ、なすすべもなく転げ落ちるしかない。威嚇するような地形をゆっくりと回り込みながら、いまこの瞬間に意識のすべてを集中させようとする。ときどき感じる胃けいれんを無視しながら進むうちに、ようやくボトルネックを攻略し、山頂に到達した。

七月二四日朝、死亡率が高い危険な山、K2の頂を制した。強烈な向かい風を受けながらてっぺんに立った瞬間、心が満たされたが、奇妙にもやったという達成感はすぐに消えてしまった。世界一高いエベレスト以上に険しく危険も多い山だった。目の前に広がる澄みきった青空を眺める気にも、いまこの瞬間を楽しむ気にもなれない。

そのとき考えていたのは「なるべく早く下山したい」ということだった。理由は三つある。

まずはここ数日、胃の調子がおかしいせいだ。K２の下りは、登りと同じくらい厳しいとわかっている。ふたつ目は、次の目標であるブロード・ピークにできるだけ早く挑戦したいからだ。最後に、パキスタンでの第二フェーズを早く終了させれば、いまだ登頂許可がおりていないシシャパンマ問題に対処する時間を確保できるからだ。時は一刻を争う。いまここでもの思いや感慨に浸っている暇はない。

登山に対する心構えが、軍事作戦のそれとそう変わらないと感じるときがある。どちらの場合も確実に生きて戻れるとは言えず、それを覚悟のうえで出かける。それにほとんどの場合どちらもひとたびミッションが終わると、安全にすばやく現場から立ち去るのが一番であることが多い。また当然ながら、どちらも情報が非常に重要となる。軍では必ず敵に関する機密情報を集め、相手がどの場所にいるか、どんな能力を備えているかを把握したものだ。登山遠征に出かける前にも、その山に関する気象予報や登攀に必要な装備などの情報を可能な限り集めるようにする。自分たちにはどうすることもできない決定的要素が関わってくるのもよく似ている。

戦場では、予期せぬ敵意や反感がすぐ近くに渦巻いている場合がある。山ではどこからともなく突然岩が落ちてくる場合がある。チーム一丸となって行動を起こしても、そういう予測不可能な出来事が敵になりえるのだ。そのような事態を極力避けるために、感情的にならず慎重に、着実に自分の仕事をこなすのが大切だ。

私はロボットではない。山での作業に圧倒され、気が遠くなる瞬間もある。ミッションの最中に死を願ったことさえある（ただし、いままで死ぬことをむやみに恐れたことは一度もない）。そんなときは足を一歩先に踏み出す気力もないほどくたびれ果て、何も考えられなくなっている。

めったにないものの、そういう瞬間が訪れるのは、ラッセルワークや固定ロープ張り作業をしている最中だ。二〇時間、あるいはそれ以上ぶっ通しで作業を続けたせいで疲労困憊しているとき、目を閉じた瞬間に眠りに落ちてしまい、体が地面に倒れ込む直前、落下感を感じてハッと目が覚める。うとうとしている寝入りばなに、ベッドから転げ落ちたり段差につまずいたりするイメージが脳に思い浮かび、体の一部がビクッとけいれんして目が覚めるのと同じ感覚だ。これまで登ったいくつかの山でも居眠りしたい衝動との戦いが永遠に続くように思えたときがあった。

厳しい天候にも圧倒されそうになる。悪天候の下で登高を続けているとき、突然の気温低下で骨の髄まで冷え切り、手足の先が焼き切れるような感覚を覚えたこともある。容赦なく吹きつけるハリケーンの強風は、まさにサミット・スーツを突き破らんばかりだ。不思議にも快晴の日でも同じように意欲をそがれる場合がある。たとえばカンチェンジュンガ。何ひとつさえぎるもののない穏やかな青空が広がっていたにもかかわらず、全身の筋肉が悲鳴をあげているのがわかった。それでも負傷者を下山させるのに必死だった。

カンチェンジュンガで彼らの体を引きずりながらキャンプ4を目指していたときは、足が鉛のように感じられ、一歩踏み出すのもひと苦労だった。このまま雪崩に巻き込まれてこの苦行から解放されたいと願う瞬間すらあった。白一色の世界で転落していく自分の姿を脳裏に思い描いた途端、体の奥から強烈な衝動が湧き起こった。頭上から巨大な岩か氷の塊が落ちて、このまま意識を失ってしまいたい。そうすれば完全に意識を失ったまま、すぐに窒息死できる。たとえ息苦しかったとしても、苦しみは確実に終わるのだ――ただありがたいことに、こういった思いは一瞬でどこかへ消えていく。

私は痛みについて不満を漏らすタイプではない。それに、たとえ感情的に傷つけられたとしても、大っぴらに口にしない。いや、少し顔に出すかもしれないが、むき出しにはしない。そのことをこうして文章で表現しようとしているいまも、自分を無防備にさらしたように思えて居心地が悪い。書くというのは、自分をさらけ出すプロセスなのだろう。「ひとり黙って苦しむ」というのは私の強みでもある。その強みは、かつていち軍人として、強いリーダーが群れを支配する社会に属していたことに大きく関係していると思う。

軍人時代、ともに任務にあたっていた同僚たちは、不愉快なことがあってもほとんど文句を言わなかった。心理的なハードルをあげられ、克服すべき課題が難しくなってもだ。だから私も彼らにならうことにした。特殊舟艇部隊選抜試験の間も、自分の問題は自分ひとりで解決するようにした。妻スチから軍の仕事はどうかと尋ねられても、当たり障りなくもごもごと答えるようにしていた。苦しみや痛みは私の仕事の一部。それを現実として受け入れるほど、乗り越える能力も高まる。英国精鋭部隊が必要としていたのは、不平を言わず苦痛にも笑って耐えられる人材だった。だから私も行く手に苦痛が待ち受けていたとしても、文句を言わずに黙って受け止め、なるべく大声で笑い飛ばすようにしていた。

その戦闘員としてのマインドが、デス・ゾーン挑戦の際のごたごたを乗り切るのに役立った。イヤな出来事があっても前向きにとらえることで、何くそという意欲をかき立てられた。珍しく弱気になったときでも、どうにかその感情をバネに頑張ろうとした。「いま自分の弱気の虫がうずいている。だが想像してみろ。**ここであきらめたらどんなことが起こる？**」という具合だ。たしかに、無理することをやめたら、あの当時切実に必要としていた休息を取れただろう。でも安堵できるのはほんの一瞬だけ。途中であきらめてしまったという惨めな思いは一生続く。

プロジェクト・ポッシブル挑戦中に一番心配だったのは、ミッションを完遂できないことだった。弱さに負けた場合であれ、命を落とした場合であれ、変わりはない。だから絶対にやめないための方法として、失敗した場合にどんなことが起こるか、具体的に想像するようにしていた。もしここであきらめたら、私のプロジェクトに感動してくれた人たちはどれほどがっかりするだろう？　最初からこのプロジェクトを疑っていた人たちは、ほら見たことかとSNS上で私を非難したり、コメントをしたりするに違いない。彼らの顔を次々と思い浮かべていると、がぜんやる気が湧いてきた。何より大切なのは、私が無事に一四座すべてを踏破することなのだ。自分の言葉で真実の物語を語らなければならない。私の成功が単なる偶然ではなかったことを、何ひとつ省略せず事細かに伝えるのだ。

そのあと自然に思い出すのは、自分が経済的リスクを背負っている事実だった。もしこのミッションをやり遂げられたら、なるべくすぐに父と母をふたたび一緒に住まわせてあげたい。ふたりの姿を思い描くだけで、両親への愛情があふれ出し、やる気をかき立てられた。父と母を大切にしたい。混じり気のない、まっすぐな思いだ。自分の失敗によって、両親の名誉を汚したくない。だからやる気がなかなか出ないとき、たとえば一日じゅうルート作りをしているときなどには、両親が屈辱を味わわされている姿を想像するようにした。たちまち両足の痛みを忘れられる。深い雪のなかにいても、ロープにしがみついて登っていても、すぐに一歩踏み出せる。その一歩が二歩に、二歩が一〇歩に、一〇歩が百歩につながっていくのだ。

途中であきらめるなどありえない。そんなことを自分に許すわけにはいかない。だから弱気になったときは、自分の無敗記録を思い出すようにもしていた。**いつだって目標をすべて達成してきた。グルカ兵になったときも、英国特殊部隊の一員に選ばれたときも、高山に登るようになってからもだ。**いまは**その無敗記録を途絶えさせるときではない。**

多くの意味において、これは戦闘員時代から用いていた心のトリックの応用と言えるだろう。痛みと折り合いをつけたい場合、私は自分にもっと大きな、より対処しやすい傷をあえてつけることが多い。二番目の傷の痛みを、自分では**制御不能な最初の痛みと置き換えること**で、最初の痛みを打ち消そうとする。もしベルゲン・リュックサックが重すぎるなら、いつもより速く走るようにする。そうするとザックの重みがすぐに、両膝の痛みにかき消される。K２でも、腸のけいれんを忘れるために、ふだんよりもスピードをあげて移動するようにした。ただし一度、どう頑張ってもずきずきする歯の痛みが消えないことがあった。気圧の変化によって生じる「気圧性歯痛」に見舞われたせいだ（登山遠征中、気圧の変化のせいで歯の詰め物が飛び出してきたと文句を言っている登山家もいる）。

私が気圧性歯痛に襲われたのは数人の顧客を案内しながら登攀していたときで、あいにく絶対に引き返せない状況だった。だから最初の痛みを打ち消すために、より不愉快な二番目の痛みを自分に与えた。その日は一度も休むことなく二四時間ぶっ通しで、しかも全速力で登高を続けたのだ。すぐに肺がしめつけられるように息苦しくなり、全身が悲鳴をあげ始めた。だが山頂に着く頃には、歯茎がうずくような痛みをすっかり忘れていた。

私の場合、その種の苦しみによって、奇妙な感覚がもたらされるときもある。「自分は百パーセントの力を出し切っている」という満足にも似た気分だ。持てる力をフル活用していると自覚できるだけで、あともう少し頑張ろうという意欲が湧いてくる。そうやって仕事を終わらせたときに、なんとも言えず誇らしい気持ちになる。

第一フェーズと第二フェーズを通じて、寝袋から出たくないときが何度かあった。外に出たら恐ろしく寒いだろうし、今日の登山もキツいだろう。でもこのまま居心地のいい寝袋に包まれていたら、ミッション達成のペースが遅れる。つまりは百パーセントの力を出し切っていない。やはり一番いいのは、断固たる決意を持ってすばやく動くことだ。テントの扉を勢いよく開け、アイゼンを履くだけで、次のサミット・プッシュに対する意欲を高められる。

登山遠征では、小さな一歩を踏み出すことが心理面での大きな一歩につながる。その一歩で自らの強い意志を示せるからだ。朝一番にベッドを整えることが一日を始める合図となるように、登山ブーツとアイゼンを履けばつらい登山が待っているとわかっていても、さあ、一日を始めようという気になれる。ミッションの最中、自分を厳しく律することができるのが私の最大の強みだった。たとえ最悪の気分だったとしても常にチームの誰よりも早く起きるよう心がけていた。優しく励ましてくれる誰かに起こされたいと思ったときも何度かある。快適な寝袋やテントから一歩外へ踏み出すよう、いつだって自分を叱咤激励しなければならなかった。

　外へ出ると、登山に関するさまざまな計画がはるかに立てやすくなる。テントに引っ込んだまま、パソコンや無線の気象情報に頼っているほうが簡単に思えるかもしれない。だがそんな手っ取り早い方法に頼れば、チームメンバーのために全力を尽くしていないことになる。一度でも中途半端なやり方をすれば、登攀中、ほかにも何百という手抜きを招く。

　自分は百パーセントの力を出し切っていると意識することでプロジェクト・ポッシブルの資金調達活動の意欲もかき立てられた。絶対に援助はしてくれないだろうとわかっていても数えきれないほどの人に手紙を送り続けた。いくつもの企業を立ちあげた億万長者リチャード・ブランソン卿もそのうちのひとりだ。ミッションが始まる前、彼に宛てて自分は何者で、これから何をしようとしているか、なぜそうしようとしているか手書きした手紙を送ったのだ。ブランソン卿は毎週同じような手紙を何百通も受け取っているに違いない。私の手紙も、それらとともにすぐゴミ箱行きになるとわかっていても、とにかく送ることにした。文房具屋でNという文字のシーリングスタンプを買い、手紙を入れた封筒の封印に使ったりもしたが、結果的に彼からはなんの寄付もなかった。それでも自分が夜ぐっすり眠れるように、考えられる可能性は片っ端から試すようにしていた。一片の悔いも残らないようにしたい。その一心だった。

ただしバランスを取ることも必要だ。私自身、忍耐力を身につけることでそういうバランスを取ってきた。プロジェクト・ポッシブルは短期間で大きな野望を達成しようというミッションだ。冷静さを失ってはならない。むやみに慌てても、自分やみんなのためにはならない。ひとつのチームとして、これまで三ヵ月間ずっとともに登山をしているのだ。シシャパンマの登頂許可がおりない以上、秋より前に第三フェーズを終えることはどう考えても無理そうだ。その間も私たち全員が冷静である必要がある。八〇〇〇メートル峰を焦って登ったり、登攀中に性急な判断をしたりしてもなんの意味もない。自分たちの手ではどうにもできない登頂許可という問題なのだからなおさらだ。山で過ごす一瞬一瞬が、次のレベルへ行けるかどうかのテストとなる。冷静さを失えば、命を落としかねない。

プロジェクト・ポッシブルでは、毎日新たな課題が次々と襲いかかってきた。そんななかでも、山から山へと速いペースで移動を続けるには、私のチーム、私の遠征、そして私自身を常に評価し続けることが大切だ。**チームメンバー全員、準備が整っているだろうか？　一番いいサミット・プッシュのタイミングはいつか？　自分も含め、登高を続けられないほど疲弊している者はいないか？**

一分一秒も無駄にするつもりはなかった。天候のせいで足止めを食らったら、むしろゆったりと腰をおろし、リラックスするよう心がけた。ベースキャンプで身動きが取れないときは、これから登る山のさまざまな条件を一番効率的にクリアするにはどうすればいいか考えたり、プロジェクトの資金調達活動に従事したりした。そういった時間を活用してトレーニングをしたり、周囲の景色を眺めて心を落ち着けたりしたこともある。結果的に、高山でつらい目に遭っても、心乱さずにいられることが多かった。

何より不快な状況でも効率的に仕事をする方法を学んできた。軍人生活を通じて、いかなる環境下でも生き延び、任務を成功させるようみっちり訓練されたのだ。同じマインドセットは、登山家にも当てはまる。たとえ新参者であっても、ベースキャンプでの厳しい現実に急速に慣れるのは可能だ。山で数日、数週間と過ごしたあとは、多くの人にとってベースキャンプよりさらに上の場所でも前向きさを持って生き残ろうとする習慣が身につく。

戦場を体験した私が考える「個人的な快適さ」基準はかなり低い。このプロジェクトの初期段階で金銭的な問題にぶち当たったとき、妻スチにこんなふうに話したこともある。「俺はテントさえあれば何ヵ月だって暮らせるし、家族のために金を稼ぐ方法を見つける自信もある」。子どもの頃は密林に住んでいたし、大人になってからも任務で山や砂漠で生活したこともある。だから、どんなものでも贅沢に思えるのだ。それに標高の高い場所でも効率的に動ける強みもある。K2から下山し、次なる目標ブロード・ピークに向けて準備をするにしたがい自分が精神的にさらに強くなったのを実感していた。一四座のうち、すでに一〇座の登攀を終えている。痛みや不快感をバネにここまでやり遂げたのだ。

第二フェーズが終わりに近づきつつある。K2のベースキャンプで三時間体を休めたあと、ミングマとハラン・ドーチ・シェルパとともにブロード・ピークを攻略中に私はまたしても死の幻想に引きずり込まれかけた。標高八〇五一メートル、世界で一二番目に高い山ゆえ精神的なプレッシャーを感じていた。できれば、第二フェーズの最後を締めくくるこの山は一日で踏破したかったが、試練が次から次へと降りかかってくる。チーム全員が心身両面でくたびれ切っているし、私自身、依然として本調子ではない。さらに悪いことに、K2登攀を通じて、装備がびしょ濡れになっていた。ベースキャンプで準備を整えている間、なるべく空気に当てようとしたが、短い時間で濡れたサミット・スーツを完全に乾かすのは無理だった。

キャンプ1に向けて出発したとき、ズボンとコートはびしょ濡れで、全身がきつく締めつけられているようだった。高度がはるかに高い場所では、その種の不快感が危険を招く可能性もある。特に、サミット・スーツ内の湿り気が凍り始めた場合は。体温が急速に奪われるのを感じたため、キャンプ1に到着すると、太陽の光をフル活用し、装備をできるだけ乾かすよう努めた。大切なのは、一秒でも早くブロード・ピーク登攀を終わらせること。チーム全員がその重要性を感じている。しかし山の神々は違うプランを用意していた。

登高は困難をきわめた。私たちが到着する直前から降り始めた大雪のせいで、固定ロープが埋もれてしまったのだ。キャンプ4のあたりに、ちらちらと見える光。二、三日前に登り始めた数人の登山家たちのものだろう。降り続く雪のせいで、彼らの足跡は完全にかき消されていた。つまり、山頂まで自分たちで踏み跡をつけて道を開拓しなければならないということだ。いまのミングマとハラン、私には重すぎる負担だ。雪のなか、どうにか進んでいたが、体が悲鳴をあげ始めるのがわかった。ロープはただ埋もれているだけではない。ほぼ一メートルも降り積もった雪の下から、そのロープを掘り起こさなければならない。しかも、はずみをつけて前進するには、両脚を膝の高さまで何度も持ち上げる必要がある。

すっかり息があがっていた。蓄えたエネルギーを使い果たし、腹は詰まった排水管のようにゴロゴロと鳴り続けている。ときどき気を鎮めて胃けいれんをやり過ごそうとしたが、もはや無視できないレベルになっていた。自分の意思ではどうにもならない状態だ。

「ああ、くそっ、勘弁してくれ」あたりを見回した。どこかに排便できる場所はないものか？　標高の高い場所で排便するのは冗談抜きで大変だ。ロープがあってもなくても険しい斜面の上にしゃがみ、氷点下の気温のなか、サミット・スーツのナイロンテープを剝がしてファスナーを下げるのは難しいし、どうにも気まずい。無防備な、絶対に人に見られたくない状態のまま転落する危険性も高い。苦しみに耐えながら便意を我慢し、前へ進むと百メートル頭上に、うまい具合に平らになっている場所を見つけた。

「あそこだ」その場所目がけて突進した。肺が焼けるようにひりつき、うまく息ができない。その登りは永遠に終わらないように思えたが、両脚と胸の痛みが胃の痛みを上回ったおかげで、とうとう平坦な場所にたどり着けた。よし、ここなら大変な思いをせず自分の体を支えられる。スーツのファスナーを下げて排泄した。

体はもう無理がきかず、いまにも足の力が抜けそうだったが、パキスタンの八〇〇〇メートル峰完登の世界記録を更新できるかもしれないと気づき、私は山の意向に必死に逆らおうとした。負けじとばかりに、頂上目がけてさらに少しずつスピードを上げて登ることで、胃けいれんの痛みを意識の外に追い出そうとした。七八五〇メートルへ達する頃、その大きなツケが回ってきた。腹の不快感はなくなったものの、両脚にも背中にも変形したかと心配になるほどの激痛が走り、とてつもない疲労に襲われ、雪の上に倒れ込んだ。全身のありとあらゆる筋肉や骨に鋭い痛みを感じる。

咳をするたびに、口のなかで血の味がした。急高度に体が順応できていない証拠だ。私の体力はブロード・ピークによってすっかり奪われてしまった。チーム全体の士気も下がっているいま、今後の方針をはっきりさせるのが賢明だろう。誰もがわかっているはずだと思い込み、現状を説明しないと、何を優先させ、どんな行動を取るべきか判断を誤る場合もある。ここで伝えたいのは、ブロード・ピーク山頂に通じるルートが対処のしようがないほど荒れているため、山腹に食い込んだ急峻な岩溝《クーロワール》を登らなければならず、そこから山頂に通じる正規ルートに戻って、日の出とともに頂を踏むことだ。

「みんな、俺たちはくたびれ切っている」私は口を開いた。「だけど、ここから上はさらに過酷だ。だからここで少し体を休め、調子を整えてから山頂目がけて死ぬ気で頑張ろう」

ここが第二フェーズのまさに正念場に思えた。数時間後、顔にふたたび酸素マスクを装着し、ふたりとともに登り始めた。八〇〇〇メートル付近までたどり着くと、息があがってひどく呼吸しづらい。ミングマとハランの様子を確認したところ、彼らもつらそうだ。今回の登攀がふだんよりもはるかに厳しく体にこたえているのだろう。ハランは何度か遅れることもあり、私たちが道を切り開く手助けもできなくなっていた。

最初はこんなに疲弊しているのはK２の疲れが残っているせいだろうと考えていた。その後もエネルギーを奪われ続け、体調が回復する見込みが立たない。そのとき、ぞっとする事実に気づいた。ふだんより登るペースが遅くなったせいで、酸素ボンベの残量が尽きかけている。**ヤバい、もう酸素がない！**　さらに悪いことに、ロープの固定作業が終わったいま、山頂までの最後の五〇メートルをアルパインスタイル（注１）で可能な限り迅速に登らなくてはいけない。ここで私は重大な選択を迫られることになった。どれだけ正確な評価と決定が下せるかで、生と死が分かれる、戦場ではよくある類の決断だ。

選択肢はふたつある。ひとつ目はキャンプ３まで引き返し、予備の酸素を手に入れ、翌日サミット・プッシュに再挑戦するやり方。ただし天候が一気に悪化する危険性がある。

ふたつ目は、進むべきルートが見えなくても頂上まで登り続けるやり方。ＧＰＳを頼りにすれば、転落事故は避けられるだろう。

だったらふたつ目の選択肢を選ぶまでだ。

私たちは注意深い足取りで山の稜線を登り始めた。ブロード・ピーク山頂と思われる地点にたどり着くと、雲の上にさらに高く突き出た部分が現れた。そこまで登ると、また頭上に高く突き出た部分が出現。ただでさえへとへとなのに、ようやく頂上だと思って喜んだのもつかの間、そうではなかったとわかって落ち込むのは本当にしんどい。そんなことを繰り返すうちに、とうとうＧＰＳが機能しなくなった。

最も過酷な天候とまではいえないものの、厳しい寒さのなか、強風が吹きつけていることに変わりはない。しかも視界は最悪だ。分厚い雲に囲まれ、すぐ近くにいるはずのメンバーの顔さえ見えない。私たちの誰も、前にブロード・ピークに登った経験がないので、どのルートを進むべきなのか自信が持てない（だからこそ、この種の高山に挑戦する登山家たちは経験豊かなガイドを好むのだろう）。いまや頼りにできるのはベースキャンプ、カトマンズ、ロンドンとの無線交信だけ。彼らはみな、それぞれ違うＧＰＳを使って私たちを追跡し続け、いまいる場所からどちらへ進めばいいか指示を出してくれていた。左、右、まっすぐ。垂れ込める雲のなか、彼らの声に従いながら手探りで進み続ける。

登高は一瞬も気が抜けず、三人ともほとんど限界に近づいていた。襲いかかる疲労のせいで、方向感覚がどんどん失われていく。誰が、いつ命を落としてもおかしくない。私たちの誰かが致命的なステップを踏んだり、愚かな判断ミスをしたりする危険性はじゅうぶんにある。デス・ゾーン挑戦中、混乱のせいで幻覚やせん妄に襲われた登山家たちの話を耳にしたことがある。自分たちもいつ彼らのようになってもおかしくはない。それほど無防備な状態だ。ふと足元を見おろした瞬間、アルパインスタイルで登攀すべきだと気づいた。高地での安全を優先させ、安全ロープをみんなの体に結びつけながら登るスタイルに切り替えるのを忘れていた。

互いにロープで体をつないでいないのでミングマかハラン、私の誰かが滑落したら、もう誰にも止められない。谷底へ転落し続けるか、切り立った急斜面に体を叩きつけられるかのどちらかだ。だがもし全員の体をつなぎとめていたら、ひとりが足を滑らせても、ほかの者の体重がブレーキ代わりになるかもしれない。疲弊しきっているせいで誰もが注意散漫になっている。私はロープを一本取り出し、三人の体を結びつけた。

サミット・プッシュをするとき、私は必要最低限の装備しか持たず、なるべく身軽にするようにしているがミングマは違う。ひとつかふたつ、贅沢品を持参することが多い。このときもそうだった。つないだロープの具合を手早く確かめているとき、ミングマがザックをかき回し、韓国製のコーヒーの包みを取り出したのに気づいた。彼は包みを開け、細かく挽いた豆を口に含み、私たちにも同じようにしろと身ぶりで示してきた。苦い。たちまち口のなかが粉だらけになる。強烈な酸味に咳き込んだが、カフェイン効果で全身の疲れが吹き飛んだ気がした。

やがて遠くに山頂の旗が見えた。力を振り絞ってようやく頂を踏んでも、乾いた笑いしか出てこなかった。この山に命を奪われかけたのだ。数枚の記念写真を撮ったらすぐに下り始めた。頂上にたどり着いたという喜びはほとんどなく、一刻も早く下山したかった。私たちチーム全員、いら立っていた。難しい状況でも山頂にたどり着けたとはいえ、この山に何度も打ち負かされそうになったのだ。

ミングマとハランはキャンプ3で数時間仮眠を取ると言ったが、私は早く戻りたい一心で、濃い雲が広がるなか、ひとりで下山し続けた。**でもそれが間違いだった。**すぐに方向感覚がおかしくなり、ふもとまであるはずの固定ロープを見失ってしまったのだ。あわや急斜面から転落しそうになった瞬間もある。あのまま落ちていたら数百メートル滑落し、命を落としていただろう。「くそっ、なぜこんな無茶をしているんだ?」判断ミスをおかした自分に悪態をつく。湿ったサミット・スーツはもはやガチガチに凍り、寒さのせいで、目の前の地形に集中できない。できることなら、いますぐここで眠りたい。突然、あの考えが脳裏に浮かんだ。

もしここで死んだら、この苦痛も終わる。

またしても死の誘惑だ。強烈な誘いに圧倒されそうになったが、負けるわけにはいかない。昔はどんな軍事作戦においても、「負けそうだ」と弱気になったら本当に負けそうになったものだ。戦いに勝利して成功するには、前向き思考あるのみだ。

弾みをつけろ。やる気をかき立てるんだ。

状況を好転させるために、自分を奮い立たせようとした。一年後の私はどうなっているだろう? プロジェクトを最後までやり遂げられなかったら、自分自身に腹を立てているはずだ。これまで信じてくれた人たちのことも考えてみた。ずっと支えてくれた友人たちや、とりわけ妻スチや家族のことを。彼らは私を心から必要としている。**何よりも帰国を待ち望んでいるはずだ。**その瞬間、とうとう脳裏に鮮やかなゴールが思い浮かんだ。プロジェクトの最後の山シシャパンマを制覇し、カトマンズで歓迎されながら、プロジェクト成功を世に知らしめている自分の姿だ。絶望に駆られ、暗くよどんだ気分があっという間に吹き飛んだ。

夢を実現させろ。ここであきらめるわけにはいかない。

太陽が高く昇るにしたがい、さほど時間をかけず、先の間違ったルートから離れることができた。思えば、登りはほとんど分厚い雲に覆われている状態で、夜間だった。しかもキャンプ4までは固定ロープをたどるだけでよかった。山頂まであと五〇メートルという稜線に差しかかったとき、ＧＰＳ故障という思いがけないトラブルに見舞われ、結局は無線交信に助けられて頂を踏んだのだ。

こんなふうに分厚い雲に覆われ、しかも疲労困憊しているのにひとりで下山できると考えたのも判断ミスだった。どうにかして、先の稜線に戻らねば。そこからは固定ロープに従ってひたすら下山できるだろう。いますべきは、目に見える手がかりがないか探すこと。それだけでいい。雪面についた足跡の先を詳しく調べてみると、あった！　百メートルほど頭上に、かろうじて道が見えている。先ほど自分たちで踏み跡をつけた場所だ。ロープの跡も残っている。

私は体の向きを変え、力を振り絞ってその場所まで登り、そこからふたたび下り始めた。

心のなかでずっと、先ほど思い描いた失敗した自分への腹立たしさと、成功した自分への誇らしさを思い返しながら。

（注1）このやり方では誰かが足を滑らせたり転落したりした場合、ロープにつながれたほかの登山家たちが地面に倒れ込み、ピッケルを雪と氷の面に突き立てることで、最初にバランスを崩した者がそれ以上転げ落ちないよう防げる。

20 みんなのプロジェクト

ブロード・ピークからネパールにある自宅へ戻る間も、問題は雪だるま式に大きくなっていくように思えた。とにかくひとつずつやっつけようと気持ちを切り替えた。最大の問題はシシャパンマだ。中国とチベット当局が登頂許可に必要な書類をいまだ受けつけようとしない。そのためプロジェクト・ポッシブルのスケジュールをはっきり決められずにいる。大急ぎでなんらかの解決法を見つけ出さなければならない。負けを認めたくはないが、一四座完全制覇をやり遂げられなかった場合に備えて、代替案を考えておかなければ。

最初に考えたのは、別の八〇〇〇メートル峰にもう一度登ることだった。たとえばエベレスト、アンナプルナ、K2だ。いや、最悪、ダウラギリ再挑戦もあり得る。あの山は本当に手強かった。自分にとって、初めて挑戦した八〇〇〇メートル峰でもある。それか、エベレストをつけ加えるのもありだ。「七ヵ月で一五座制覇」は当初の目標とは異なるが、今後のミッション達成を疑う声を鎮める助けになるかもしれない。

第二フェーズはまたしても世界記録を更新して終了した。パキスタンの八〇〇〇メートル峰五座を二三日で踏破し、世界最高峰五座（エベレスト、K2、カンチェンジュンガ、ローツェ、マカルー）を七〇日間で制覇したのだ（当初は八〇日間の予定だった）。だがプロジェクトを完遂できなければ、一部から反発の声があがることは容易に想像できた。

シシャパンマ問題に関して、もうひとつ考えていた案がある。まったく別のやり方でチベットへ入国し、裏ルートを使ってこっそり国境を越えるのはどうだ？　そうすれば当局に睨まれることなく登れるかもしれない。念のため地図を確認すると、ネパール側から徒歩でチベットに入国してシシャパンマに登高するのは、ひとつの可能性としてじゅうぶんあり得る。もちろん大きなリスクが伴うのも事実だ。

当局側はソーシャルメディア上で私の動きを追跡しているに違いない。それにプロジェクトは大々的に公開されているため、その動向を追う人たち全員が「ニムスに残された期限」に注目している。国境警備隊も私の到着を待ち構えているだろう。連行などされたくないし、ましてや外交事件の火種になるなどごめんだ。逮捕されたのが元英国特殊部隊所属の軍人、しかも中国領土に不法侵入で捕まったとなれば、いろいろと突っ込んだ質問をされるのは目に見えている。チームメイトたちも危険にさらすことに変わりなく、彼らの安全まで脅かすわけにはいかない。もしシシャパンマに登るとなれば、自分ひとりで決行だ。

その問題は一時的に棚上げすることにした。一番望ましいのは、中国とチベット当局が決定を覆すような説得方法を探し出すことだ。もしも政治的な圧力を少しかけられたら、登頂許可を得られるかもしれない。イギリスの外交ルートを頼りにするのは無意味だとわかっている。中国とイギリスの関係は、どうよく見積もっても「冷え切っている」からだ。それよりもネパールの外交ルートを頼ったほうがいい。ネパールは中国に隣接していて、両国は友好的な関係にある。

八〇〇〇メートル峰一四座完全制覇に挑んでいるのは、イギリスやネパールの利益のためでも英国特殊部隊やグルカ兵部隊の注目度を高めるためでもない（ただし多少なりとも波及効果が及ぶのは間違いない）。私のゴールは文化や階級、連帯、国といった枠組みをはるかに超えたところにある。人類の無限の可能性を追求しているという自負がある。

ネパールの友人たちに連絡を取り、あらゆるつてを頼るようにした。今度の件で力を貸してくれそうな権力者を知る人たち全員にあたってみたのだ。ありがたいことに内務相、観光大臣、観光局長、ネパール山岳協会会長、国防相を含む政府要人たちとの面会が実現し、とうとう中国政府との太いパイプを持つ政治家、元ネパール首相マーダブ・クマール・ネパールに拝謁を許された。**これこそ願ってもないチャンスだ。**

さっそくオフィスを訪ねたとき、ミスター・クマールを前にしても特に萎縮したり媚びへつらったりしなかった。前職を通じて、彼のような権力者に面会する際の礼儀作法は学んでいる。大切なのは相手に対する敬意を表し、礼儀正しさを忘れず、なおかつ相手の文化に寄り添おうとする態度だ。ミスター・クマールのような多忙な人たちが時間を大事にしているのも理解している。今回のプロジェクトに関する私の説明時間は限られている。彼には社交上の挨拶や世間話をする暇などない。だがそれはこちらも同じだった。

私は一四座完全制覇に関する自分の思いを簡潔に説明した。真っ先に伝えたのは、ネパールの登山コミュニティの評判を高めたいという熱い思いだ。

「彼らをふたたび有名にしたいのです」彼にそう告げた。

次に、八〇〇〇メートル峰にまつわる環境問題への意識を喚起したいと訴えた。

「今回の遠征でネパール国民の心をひとつに結びつけられると思いませんか？」

私の問いに、ミスター・クマールは無言でうなずいた。**これはいい兆しなのか？　それとも悪い兆しか？**　どちらかわからない。

「同時に、この遠征が何世代にもわたって人びとの感動につながる物語になればいいと考えています。国籍は関係ありません。これは人類全体のための努力だと考えています。だからこそ日々この物語を広めるための努力を必死に続けているのです。ミスター・クマール、私は人間が持つ想像力のすばらしさを身をもって示したいと考えています。人から鼻で笑われたり、冗談としか受け取られなかったりもしますが、それでもめげません。中国の登頂許可を得られたら、このプロジェクトを必ずやり遂げてみせます」

いまやミスター・クマールはにっこりと笑みを浮かべている。「ニムス、何本か電話をかけさせてほしい。中国側が登山を許可すると確約はできないが、できる限りのことはやってみよう」

私たちはがっちりと握手を交わした。確かな手応えを感じていた。元ネパール首相が私の目標達成のために骨を折ってくれたら、チベットと中国の当局も態度を和らげるかもしれない——そんな気がした。当時の私は、積極的な広報活動ができる機会を心から必要としていた。登山コミュニティに携わる人やソーシャルメディア上のフォロワーを除けば、これまで私が達成した記録に注意を払う人はほとんどいなかった。新聞や雑誌、ラジオやテレビ番組でも試みはほとんど伝えられていない。それがどうにも不満だった。

もし私がアメリカやイギリス、フランス出身の登山家なら、これまでの成果が世界の報道機関によって報じられていたに違いない。自分は現実主義者でもある。そういう国内外への発信力を誇る巨大メディア会社を所有しているのは、主に西洋の投資家たちだと気づいている。彼らにしてみれば、チトワン出身の登山家が世界最高峰一四座登攀の世界記録に挑戦しているという物語は、ニューヨークやマンチェスター、パリ出身の登山家が同じ試みをしようとしている物語に比べてはるかに地味だし、インパクトに欠けるのだろう。戸籍上では私は英国民だが、その事実もほとんど取りあげられずにいた。

世界的なニュースにはならなかったものの、もっとこぢんまりとしたレベルで言えば、私のミッションは注目を集め続けていた。フォロワー数は日に日に増え続け、アップした写真や動画も多くの反応を集めていた。特に五月、ヒラリーステップの写真を投稿してからだ(ただ悔しいことに、報道各社の多くが、私が八〇〇〇メートル峰へ挑戦中であることにはまったく触れず、あの写真だけを使用していた)。

軍を辞めたときは広報経験ゼロだったが、ノウハウをどうにか自分なりに身につけた。それだけでは巨額の遠征費用は稼げないとしてもいまでは数十万人ものフォロワーがいるのは、本当にありがたく驚くべきことなのだろう。日々送られてくるメッセージに心揺さぶられる瞬間も多々あった。子どもたちがメールで、私の冒険をもとに書いた物語や、頑張るチームの姿を描いた挿絵を送ってくれたこともある。ほかにも私の写真に感想を寄せてくれた人や、学校の授業で環境問題を取りあげたいとコメントしてくれた人もいた。なかには寄付金を送金してくれた人もいる。

私のプロジェクトはいまや、みんなのプロジェクトになりつつあった。

少なくとも、時は私に味方してくれていた。八月いっぱいかけて、第三フェーズのための資金集め活動をした結果、登山やアウトドア用品を製造するメーカー「オスプレー」と、IT企業「SILXO」とのブランド契約を結ぶことができた。その二社との契約で第三フェーズに必要な物流費のほぼ七五パーセントを集められた。それ以外にも寄付金を少し増やせたのは「ネパール・メラUK」に出席したおかげだ。この催しを通じて、私の意識は変わった。自分でも人生の転機だったと思う。「ネパール・メラUK」はイギリスに暮らすネパール人たちが参加する祭りで、二〇一九年は八月にケンプトン・パークで開催された。

最初、会場で紹介されたとき、設置されたブースからブースへ移動しなければいけないとわかりひどく憂鬱な気分になった。ネパールの地域別に分かれたブースでは各地に伝わる祭事が催されており、ブースを回るごとに、現地で影響力のある人たちに紹介されることになる。そのうえで彼らに寄付をお願いするのだが、これがなんともきまり悪い。これまでの人生で、誰かに金の無心をしたことは一度もなく、考えるだけでプライドが傷ついた。私は精鋭部隊の軍人だった男。誰彼かまわず近づき、寄付や支援を乞うとは。

「そんなこと、俺にはできない」そう考え、悲しくなった。

でも、ほかに選択肢があるだろうか？　このプロジェクト・ポッシブルというアイデア自体、初めからなじみのない、ひどく異質なものだったのだ。その活動資金を得るためのプロセスもなじみのない、ひどく異質なものに思えるのは当然だろう。自分の態度を一八〇度変えてみることにした。

なあ、ニムス、お前は恥ずかしがっている。だがそれはお前のエゴがそう言っているだけ。気にすることはない。もはや募金活動も大詰めだ。お前がどう感じようが重要ではない。だってこれは人類みんなのためのプロジェクトなのだから。

私はブースを移動し、おおぜいの人たちに紹介され、握手を交わし、五ポンド、一〇ポンド、一五ポンドの寄付金を受け取った。すべてを回り終える頃にはくたびれ果て、プライドはずたずただったが、同時に解放感のようなものも感じていた。持てる力を百パーセント出し切ったという自覚があったからだ。リチャード・ブランソン卿をはじめとする実業界の大物たちに手紙を出し続けたときと同じだ。ただし彼らのなかで、手紙に応えてくれた人はひとりもいなかったが。

諸々の手続きに負担を感じていたのも事実だ。二〇一九年の大半はあちこちの登山協会や予約代理店に対処しながら、プロジェクトに挑戦しなければならなかったうえ、あの年の夏はずっと、中国とチベット当局にやきもきさせられていた。最後の三座（マナスル、チョ・オユー、シシャパンマ）登攀のための物流スケジュールを計画するのは、本当に骨が折れる作業だった。細かな事務仕事で妻スチの助けを借りることもあったが、ほとんど私ひとりですべての作業をこなしていた。書類仕事と計画立案はいくらやっても終わらないように思え、ブロード・ピークでのサミット・プッシュ、あるいはカンチェンジュンガで数人を救助したあの一夜のような大きなストレスを感じたこともある。とにかく精神的に疲れ果てていた。

またしても母の具合が悪くなってしまった。

彼女の体調は悪化の一途をたどっていた。ミッションの間は母の魂《スピリット》を心の支えにして自分を奮い立たせ、母の精神をよりどころに、命の危機にさらされた瞬間も乗り越えてきた。心のなかにいる彼女と一緒に、一四座すべての景色を最後まで見届けようと心に固く誓っていたのだ。だがここへきて目標の達成が不可能になりそうな、難しい立場に立たされた。八〇〇〇メートル峰一四座を完全制覇して、なんでもできるようになったらほかのプロジェクトを実行して資金を貯めながら、両親がもう一度カトマンズで一緒に暮らせるように努めたいと考えていた。しかし、母の病状が悪化し、予断を許さない状況となり、残り時間がなくなりつつある。一週間がすぎるごとに厳しい現実が明らかになっていく。母はとうとう再入院することになった。医師によれば、もう一度手術しても心臓が耐えられる見込みはほとんどないという。

「この手術をすると、お母さんと同年代の患者さんの九九パーセントが亡くなります」外科医からそう宣告された。

母が人工呼吸器をつけることになったため、最悪の事態を恐れた私は家族をネパールへ呼び寄せた。その当時、兄たちはイギリス、妹のアニタはオーストラリアで暮らしており、全員駆けつけてくれた。これが本当に最後かもしれない。どう考えても、その可能性は高い。母との永遠の別れになりそうだ。

これまで私の個人的な野心に関して、家族とは必ずしも同じ意見だったとは言えないが自分にとって家族がすべてであることに変わりはない。プロジェクトを始める前、私は背中に一四座すべてのタトゥーを入れた。背骨のてっぺんから肩甲骨にかけて、目指す一四座の頂が壮大なアラベスクのように美しく描かれたデザインだ。このタトゥーは「何がなんでもミッションを達成する」という宣言のようなもの。タトゥーを入れる痛みに耐えながら、プロジェクト達成をひたすら願っていた。同時に、タトゥーインクを通じて両親、きょうだい、スチのDNAが自分の体に刻みつけられることも願っていた。「この冒険の旅に彼らみんなを連れて行きたい」「彼ら自身では行けない場所へ連れて行ってあげたい」という切なる願いを込めていた。

当時、私の両親は七〇代で、すでに体の自由がきかなくなっていた。彼らが今後エベレスト山頂に立ち、眼下に広がる雄大なヒマラヤ山脈の景色を眺めることは絶対にないだろう。アンナプルナのダッチ・リブやK２のボトルネックに立つこともだ。スチもきょうだいたちも、私と一緒に山を登る気はさらさらない。それでもせめて彼らの心だけでも、世界一居心地は悪いが、最も美しい場所に連れて行ってあげたかった。この魂の旅路を一緒に歩みたかったのだ。

家族のDNAをこの体に刻みつけることで、常に自分のなかに理性の声を保ち、気を引き締めていたかった。山では何が正解で、何が間違いかは紙一重。敢えてリスクを取って自分がけがを負う場合もあれば、チームの誰かに負わせてしまう場合もある。頂上に達したいと《サミット・》いう強い執着心《フィーバー》に浮かされ、勇敢さと愚かさの微妙な境界線を越えてしまうこともある。だが背中に大切な家族を背負うことで、自分は誰のために闘っているかをいつだって思い出せると考えた。

こうして生きていられるのは無謀なことをしそうになっても謙虚さを忘れないおかげなのだろう。難しい判断を迫られたときは、父と母を思い出し、彼らが末息子である私を必要としていて、このプロジェクトが終わったら彼らの看病をしなければならない事実を肝に銘じるようにした。同時に、兄たちがグルカ兵として稼いだ給料で、私を寄宿学校へ入れてくれたことも思い返すようにした。私が今日あるのは家族のおかげだ。これまで自分が成し遂げてきたことはすべて、彼らへの恩返しと言ってもいい。

母が私のやる気の源になっていることは、母自身も理解しているからこそ必死に踏ん張り、生き続けようとしているように見えた。母が死んだら、一四座完登という私の夢は粉々に砕け散ることになる。ヒンドゥー教には、親が死んだ場合、家族だけで一三日間喪に服すという習慣がある。遺された家族が思いきり嘆き悲しむことで大切な人を失った大きな喪失感を癒し、ふたたび生活を続けるための習わしであり、故人を悼む気持ちを、前向きなエネルギーに変えるための期間なのだ。

もし母が死んだら、私はチームの同胞たちから完全に切り離され、一日一度、わずかな野菜の食事しか許されなくなる。私はさほど信心深い人間ではないが、母はとても信仰心が厚い。そんな母のためなら、喜んでヒンドゥーの儀式に参加するつもりだった。たとえ最後の三座登攀をあきらめなければいけないとしてもだ。ところが母は私たちの想像以上に、はるかに強い人だった。低侵襲《ていしんしゅう》心臓手術を見事に乗り切ったのだ。

手術後、私は母のベッド近くに座り、彼女の手を握りしめ、これからの計画を説明した。

「あと三ヵ月しか残されていないんだ。どうか行かせてほしい」

母は無言のままうなずき、笑みを浮かべた。何も言う必要はない。母が私に寄り添い、味方してくれているのはわかっていた。これまでもずっとそうだったのだから。

21 偉業達成

ついに進展があった。

書類仕事と政治活動に丸一ヵ月もかけたあと第三フェーズの最善の計画を練った。最初にマナスルに登り、そのあとすぐチベット入りしてチョ・オユーに向かうというものだ。その最中、中国とチベット両者の当局が乗り気になり、シシャパンマの登頂許可を私に与えようかという流れになりつつあると知らされた。

ただ、何ひとつ確約はない。だからその知らせを鵜呑みにしないようにした。むしろ一歩引いて地道に小さなキャンペーンを重ね、世論を味方につけようとした。友人やSNSのフォロワーたちに、両政府宛てにシシャパンマの登頂許可を願う電子メールや手紙を送ってほしいと訴え続けたのだ。その結果が出るまでは、とにかくマナスルに意識を集中した。顧客グループを率いて登頂する予定になっていたため、チームだけの登攀よりもはるかに細心の注意が必要だ。ネパールを代表する八〇〇〇メートル峰マナスルは死亡率が高い。世界でもトップ級の死亡率で悪名高き山として、常に危険な山ランキングの上位にあげられている。

本来の私は、そういった統計値を気にかけないたちだ。だが今回は実際にマナスルに入り、キャンプ2への高地順応が始まっても、ストレスを振り払うのが難しく、重圧を感じていた。プロジェクト達成まであと少しなのに、何もかもがうまくいっていない感じを拭えずにいたのだ。

私の気分を落ち込ませていたのは、やはり母の健康状態だった。また最後の三座を期限内に踏破しなければならず、しかも自分が約束した登山スタイルを貫く必要があることも、重くのしかかっていた。このようなキャリアを選んだことによる金銭面での影響——年金がすぐにもらえるわけでもないし、収入的にも安心できない——は、自分の心の奥底にしまっておけばいい。マナスルでほかの登山家たちから今回の登攀の大変さや、山での苦労話について尋ねられても何も明かさなかった。またしても、自分の心の痛みを認めようとしない道を選んだのだ。

そういった態度を取り続ければ当然大きなプレッシャーがかかる一方、自分に役立つこともある。マナスルに到着して一週間後、ベースキャンプにある噂が流れ始めた。チョ・オユーの閉山時期が例年より早まることになり、どういうわけか、中国当局が一〇月一日までに全員が下山しなければならないという決定を下したという。すぐさまカレンダーを確認した。**まずい！**　九月はあと二週間しかない。ということは「いまからマナスルに挑む」という計画を変更しなければならない。

頭のなかであれこれ計算してみた。与えられた期間内で、まずチョ・オユーに登り、それからマナスルに戻って頂上を狙える天候を待って登攀するのはどうだろう？　たぶんイケる。

マナスル踏破を楽しみにしている顧客たちをがっかりさせたくない。絶対に嫌だ。彼らと一緒に頂上まで登ると約束したのだ。が、言うのは簡単だがいざ実行しようとすると難しい。プレッシャーも大きくなるうえ、少しのミスも許されない。私は急きょ荷造りをし、ゲスマンとともにヘリと陸路を使ってチベットへ向かった。国境検問所を何度か通過して、ようやく入国が許され、突然余儀なくされたこの遠征の準備を始めたのだ。

現地では寝る間も惜しんで働いた。最初の仕事は、最短でチョ・オユーの頂を制する方法を調べることだった。ロープ固定チームはキャンプ2までしか作業を終えていない。つまり、私たちはロープを少しずつ固定しながら、より高地のキャンプを目指さなければならないということだ。その場合、あらかじめキャンプ1に酸素ボンベ、テント、ロープといった重い装備を運び込んでおき、ベースキャンプへ戻ってようやく本番に挑むことになる。

チョ・オユーの頂上が狙える時期はごく短い。そのチャンスに備えて、山にはいくつかの遠征隊が集まっていて、そのなかに友人ミングマ・シェルパも含まれていた。ミングマはとにかく登山コミュニティに顔が広いため、今回は中国チベット登山協会の高官たち数人とともにベースキャンプを訪れていた。ちなみに、ちょうど私たちと同じ時期にチョ・オユーに登る予定だ。ミングマなら潤滑油の役割を果たし、シシャパンマの登頂許可がおりる手助けをしてくれるかもしれない。そう考え、私は気象システムに関する打ち合わせやルート作りといった仕事の合間を縫って、あちこちのテントを駆けずり回ってミングマを見つけ出そうとしたのだが、彼は少し遅れて到着すると知らされた。ミングマと直接話し合えるのを祈る気持ちで彼にメッセージを残すことにした。

そうやってあちこち奔走しているうちに、一部の登山家たちの間に妙な空気が漂っているのに気づいた。嫉妬にも似た感情だ。遠征ガイドを請け負う企業の間で、たまにこういうことがある。もともと市場がごく小さく、より難易度が高く、よりへんぴな場所にある山のガイド仕事の顧客獲得競争は激化している。後発企業のほうが「経験豊富で高い実力を誇る本格派揃い」と目されていたら先発企業からにらまれる場合もある。

私が掲げたミッションが有名になるにつれ、エリート・ヒマラヤン・アドベンチャーズも、ミングマ、ゲスマン、ゲルジェン、ダワをはじめとするガイドたちも注目を浴びるようになっていた。最後の三座をどうにか完登できたら、評判が評判を呼ぶはずだ。私たちはいつの間にか登山コミュニティにおいて重要な存在になり始めていたが誰もが私たちのミッション達成を望んでいたわけではない。ある日の午後、サミット・プッシュに備えて準備をしていたところ、別のガイド会社に所属する友人が私のテントを訪ねてきて、彼から気になる噂を聞かされた。

「ニムス、きみはいま偉業に取り組んでる。ネパールの登山コミュニティの面々も誇りに思ってる」彼はそう切り出した。「あちらできみは有名人だ。きみが俺たちの能力の高さをアピールしてくれているのは、本当にすばらしいことだと思う……」

その友人とは旧知の仲だ。気のいい男だが、私にお世辞を言うような奴ではない。本能的にわかった。このあと、よくない話を聞かされるんだな。

「だけど、くれぐれも気をつけてくれ。いまのきみをひどく妬んでいる者たちもいる。一度突き落とすだけできみを山から永遠に消せる、と言っている奴らもいるんだ」

ほら、きた。**これは紛れもない警告**だ。

冗談か本気かはわからないが、私を葬り去ろうと考え、実際にその計画を話している者たちがいる。自分はもともと被害妄想を募らせ、わけもなく怯えるたちではないが、誰でも彼でも信じる世間知らずでもない。高い山には死亡事故がつきものだ。現に経験豊富な登山家でも命を落としている。もしロープ固定チームにいる見知らぬ誰かに、またはライバルの山岳ガイドの誰かに、隙をつかれてゲスマンと私が突き落とされたらどうなる？　あのふたりは足を滑らせて転落したと言われたら？　彼らのアリバイは完璧だ。故意に突き落とされたのではという疑惑を裏づける証拠はほとんどない。しかも二、三人で実行するよりも、グループ全体が協力してその陰謀を実行したほうがさらにうまくいくはずだ。

その話を聞かされても、へこむことはなかった。嫉妬を募らせた何人かの者たちが、キャンプのあちこちで無責任な発言をしているだけだろう。そんなの、誰が気にするかよ？　一方、そう聞かされたことで、改めて気を引き締めたのも事実だ。よく覚えておけ、誰もが信頼できるとは限らない。登山家同士の信頼関係は重要だ。特にロープ固定のような危険な状況では、そのチームに加わっているメンバー各人との信頼関係が大切になってくる。私は忠告してくれた友人に、この遠征中どうか自分の目となり、耳となってほしいと頼んだ。その後、キャンプ2を出発すると、長いロープの輪を手にし、一度に四百メートルのハイペースでルート作りに挑んだ。

進め、進め、進め！　力強く一歩一歩踏みしめながら前進し続けた。別に自分の実力を見せつけたかったわけでも他人に意欲をそがれはしないと表明したかったわけでもない。もしエリート・ヒマラヤン・アドベンチャーズの成功を少々妬ましく思っている者がいるとすれば、なぜ我々が高い評判を得ているのか、その理由を身をもって示すのが大切だと考えていた。九月二三日、私はゲスマンとともにチョ・オユーの頂に到達した。たゆまぬ努力を続けながらスピードを落とすことなく完登し、実力を世に示したのだ。

チョ・オユーを制覇しても、祝杯をあげている時間はなく、すぐにマナスルに戻る必要があった。チョ・オユーを登りきった感動をすぐに振り払い、荷造りを終えて現地をあとにした。このミッション全体をフルマラソンにたとえるならば、四二・一九五キロのうち、特に油断のならない三五キロ地点にさしかかった感覚で、以前登ったどの山よりもゴールまでの距離が途方もなく長く思えた。心身面ではなく、外交面で巨大なハードルが立ちはだかっているように思えたからだ。マナスルの場合、実際に登り始めたら、自分ならチョ・オユー完登後四日後には頂を踏めるとわかっていた。それで八〇〇〇メートル峰一四座のうち、一三座目を制覇することになる。問題は一四座目だ。こちらの必死の陳情や嘆願にもかかわらず、シシャパンマは依然として手の届かない状況にあった。

俺は最初に設定した目標を、本当に達成できるのか？

いまや、多くの人がこのプロジェクトに注目していた。その大部分が、プロジェクトを発表した当初、やれるはずがないとあざ笑っていた人びとだ。熟練した登山家たちのなかでも、私がパキスタンを最後まで駆け抜けられるかどうか疑っている人がほとんどだった。だから二〇一九年――たとえシシャパンマに挑戦できなかったとしても――ここまでの私の努力はすでに無視できないものになっていたと言っていい。一緒にこのプロジェクトに取り組んでいるネパール人登山家たちも、以前とは比べものにならないほどの注目と敬意を集めている。その点において、この取り組みはすでに成功したと言えるだろう。今後自分がやるべきことは、あと三つだけだ。

まずひとつ目は、マナスルと最後の一座を完登すること。一四座目はシシャパンマが望ましいが、もし無理ならダウラギリかエベレストになる可能性もある。ふたつ目は、このプロジェクト終了後すぐに、父と母がふたたび一緒に暮らせるようにすること。三つ目は、私たち人間がこれまで環境に大きなダメージを与えてきた事実に、少しでも多くの人に関心を持ってもらうことだ。いまや登山コミュニティも私に注目している事実を考慮し、今回マナスルの頂を踏んだら、その機会を逃さず自分の思いを訴えようと心に決めた。

実際マナスルのてっぺんにたどり着くと、ゲスマンが撮影してくれているカメラに向かってこんなふうに語りかけた。

「今日は九月二七日。いま、俺はマナスルの山頂にいる。今日はプロジェクト・ポッシブルについてではなく、この山頂（の環境）について話そうと思う。ここ一〇年で、地球温暖化の影響により、環境に重大な変化がもたらされているのは明らかだ。山でも氷が溶け出し、驚くほどの変化が起きている。エベレストのクンブ氷河は毎日溶け出して、どんどん小さく痩せ細っている。地球は俺たちが住む家だ。もっと真剣に、もっと注意を払って、もっと意識を集中させて、俺たちの惑星をどう守っていくかを考えるべきだと思う。もし一日の終わりに、この惑星が存在していなければ、俺たち人間も存在しなくなるのだから」

このスピーチは前もって用意していたものではなく、マナスルの頂に立った瞬間、自然と口をついて出てきた言葉だ。自分が常々この世界に対して抱いている純粋な気持ちがあふれ出たような感じだった。個人的に、この先一〇年から二〇年で、人類が直面する最大の試練は気候変動の問題だと考えている。問題に対処するには、私たち誰もが力を合わせて軌道修正することが不可欠だ。この巨大な惑星において、誰しも自分がちっぽけな点みたいな存在に思えるかもしれないが、実際は違う。私たちひとりひとりの行動が、ことのほか重要になってくる。みんなの行動次第で、いまは乗り越えられないように思える環境問題を克服できる可能性が開けるのだ。

もし私が七ヵ月でデス・ゾーン一四座を完全制覇できたら――最後の一座がどの山になるにせよ――ほかの人びとが自分なりの「エベレスト」へ一歩踏み出すきっかけになるかもしれない。私の訴えに耳を傾けた人が環境科学や代替エネルギーについて考えたり、気候変動に関する活動を始めたりするかもしれない。このプロジェクトを達成できれば「人は誰でも『人間に達成可能』とされた範囲をはるかに超える可能性を秘めている」と身をもって証明できる。それがかすかな希望の光となるはずだ。その希望の光を心に灯して、その人なりの挑戦やプロジェクトに挑み、積極的な行動を取ってくれたらどんなにいいだろう。どんな小さな変化でもいい。今回のプロジェクト達成が、誰かの前向きな変化のきっかけになれば、これ以上の幸せはない。

シシャパンマの登頂許可がおりた。

気が遠くなるほど数多くの電話や電子メール、打ち合わせを重ねていたため、実際にはなぜ、いつ、どのようにしてそう決まったのか思い出すのが難しい。結局、困難な局面をよい方向へ導いてくれたのは、ミングマ・シェルパだった。チョ・オユーのベースキャンプであと少しのところで会えなかったが、ミングマは私がシシャパンマの登頂許可を求めて奔走し、最後の一座を完登するため、どんなつてを頼ってでもやり遂げようとしている姿を見て、動いてくれたのだ。チベットでもネパールでも、謙虚な姿勢が重要なのは変わらないのだろう。

私はすでに中国登山協会などの山岳関連当局から入境を拒否され、その決定は撤回されないままだ。ふくれっ面をして不平不満を漏らしてもおかしくないところだが、ミングマ・シエルパを通じて彼らとふたたびコンタクトを取ろうとした。それは、私が友情のすばらしさを心から信じているからだ。どんな相手であっても、友情によって平等な関係が生まれる。だからこそ、相手がよほど敵意むき出しでない限り、誰に対しても友情を軸にして対等に接するべきだと思う。こばかにする人たちならひとまず彼らの立場に立ってみる。思いやりを示してくれる人たちに対しては、精一杯同じ態度を返そうとする。誰にでも償い返すチャンスはあるものなのだ。不利な決定を下されたと恨みを抱き続けるやり方は、自分にはしっくりこなかった。

マナスルのベースキャンプに戻ってきたとき、有力者をよく知るある登山家から、私のシシャパンマの登山許可がおりたという吉報を聞かされた。彼は興奮したように叫んでいた。「ニムスダイ、とうとうやったな！」チームのほかのメンバーたちも「ビールで乾杯しよう」などと話し始めていたが、私は彼らと一緒に喜べなかった。これがぬか喜びになるのでは、という心配をどうしても振り払えなかったせいだ。

「大喜びするのはまだ早い。きっと、これからやっつけなければならない書類仕事が山ほどあるに違いない」そんなふうに考えていた。

だがさほど長く待つ必要はなかった。中国チベット登山協会から面会を求める連絡が来たのだ。実際、彼らとの話し合いは前向きに進んだ。この野心的なプロジェクトの規模の大きさを考慮し、私がミッションを達成できるよう、シシャパンマの入山規制を少しの間だけ解除すると言われた。これまでどれほどのストレスを感じてきたかわからない。ここへきてようやく、ゴールラインが見えた。

ただひとつだけ、問題があった。ミングマ・シェルパの説明によれば、シシャパンマに登る許可を私に与える代わりに、ミングマも一緒にベースキャンプまで連れていく――それが中国チベット登山協会からの条件だった。最初は不安を感じた。もしかすると、彼はいままで私がコツコツと努力を積み重ねてきたプロジェクトに、強引に割り込もうとしているのではないか？　あるいは、中国チベット登山協会が彼ら自身にスポットライトが当たるように仕組んでいるのかも？　そういった心配は脇に置いて、このプロジェクト達成でどんなプラスの影響がもたらされるかをふたたび思い出すようにした。

「一四座を完全制覇すること」と「最後の一座に登れないこと」との違いは大きい。ミングマをベースキャンプへ連れて行くか否かでその違いが生まれるのならば、もちろん喜んで彼を連れて行きたい。いまにして思えば、このときミングマが加わることを心配する必要などなかったのだ。少なくとも、彼はそれまでもチームの力になってくれた、実にかけがえのない人材だ。飲み仲間として、遠征のプロとして、さらにはこのプロジェクトの複雑な問題を解決するフィクサーとしての役割を果たしてくれた。結局のところ、チベットに最大の影響をもたらす人物であることを、自ら証明したのだ。

頼りになるミングマは到着したが、それで私の悩みがすべてなくなったわけではない。さまざまな面において、プレッシャーはまだまだあった。スポンサー企業からは電話で、なぜＳＮＳのアカウントにもっと写真を投稿しないのか、もっとハッシュタグをつけないのか、と説明を求められた。個人的には、親知らずがまたしても痛み出してきた。だがなんといっても、一番大きなプレッシャーはシシャパンマの渉外担当責任者だった。気象予報を確認し、登頂に最適な日にちを割り出したところ、彼が突然、こんな不吉な警告の言葉で介入してきたのだ。

「この山は本当に危険なんです。それに天気も最悪です」

彼は正しい。雪が激しく降り続いている。しかしなんとしても登るつもりでいたから、最初は冗談まじりに答えた。「心配することないさ、大丈夫」彼の肩を叩きながら言った。「俺はリスク評価の達人なんだから！」

渉外担当責任者は頭を左右に振った。「すみませんが、答えはノーです。もしあなたの身に何か起きれば、私の責任にされてしまう。それに雪崩の問題もあります」

「おっと」そのとき心のなかでつぶやいた。「こりゃあ厄介な相手が出てきたぞ」

結局のところ、私はほとんど力ずくで彼の首を縦に振らせた。誰も登りたがらなかったK2で自ら率先してロープ固定作業をやり遂げたこと。二〇一七年のG200遠征では、中止に追い込まれてもおかしくない状況のなか、それでも努力を重ね続けたこと。いままでに八〇〇〇メートル峰登頂に一九回成功していて、そのうちの一三回は二〇一九年に行っており、私の指揮下では死者をひとりも出さず、足や手の指を失った者さえ誰もいないこと……。

そうやって必死に説明し続けているうちに、ふとなぜこんなことをしているんだと不満が爆発しそうになった。ここで怒鳴ったら負けだ。こういう重要な瞬間、自分の感情を抑えきれないと、のちのち大きな代償を支払わされることになる。結局、その渉外担当責任者が折れてくれた。まさに最後の一座が見えた瞬間だった。サミット・プッシュの前夜、私はシシャパンマのふもとに腰をおろし、あれこれ考えていた。

「ニムス、落ち着け」そう自分に語りかけた。「ようやくここまできた。あとは絶対に生きて帰ってくるだけだ。不必要なリスクは絶対に取るな。すべてコントロールしろ。常に冷静であれ。お前が生きて戻らなければ、このミッションが終わったことにはならない」

見上げたシシャパンマの頂には雲がかかり、下の谷から不吉な雷鳴のうなりが響いている。こうして眺めていると、改めてその大きさ、高さに畏怖の念を覚えずにはいられない。天気がどれほど荒れ狂おうと、シシャパンマのような山はいつだってどっしりとそびえ立っている。悪天候に屈したり、負けたりしない。周囲で大混乱が起きていようとも、それに巻き込まれることなく、常に揺るぎない。私もそうありたいものだ。

その時点で、シシャパンマの強みや弱みを判断しようとしても無駄だとわかっていた。なぜなら、はるか頭上にあるその巨大な頂は、私を勝手に判断したりしないからだ。それどころか、こちらのやる気をかき立てる。もしいま、この山の心《スピリット》と交信できているなら、自分はいかなる痛みやストレスや恐れも跳ね返せる「防弾」仕様になりつつあるはずだ。もう何ものも私を止められない。その日眠る前にシシャパンマに最後の質問を問いかけた。

「オーケイ、このプロジェクト達成を許してくれますか？」

俺にできますか？　それともだめですか？」

その答えは吹雪とともに返ってきた。

天候は最悪だった。シシャパンマが私の最後の登攀を拒んでいるか、私にこの仕事をやり遂げる価値があるかどうか試しているのかもしれない。ミングマ・デヴィッド、ゲルジェン、そして私が重い足取りでとぼとぼと登るなか、容赦ない爆風が吹きつける。風速九〇キロメートル。より低地にあるキャンプではルート沿いにロープとアンカーを固定していたものの、そんな強風のなかではどちらも役立たない。おまけに、雪崩が近くで起きていた。キャンプ1までどうにかたどり着き、チーム全体で休憩を取っている間に、私はザックからドローンを取り出した。シシャパンマ登攀は、どう考えても大仕事だ。この壮大なミッションもいよいよ終わりに近づいているからこそ、この最後の遠征はできる限り映像に記録しておきたいと考えていた。少し風がおさまった隙に、ドローンを飛ばし、短い列で山を登るチームの姿を撮影し始めた。

そのとき、なんの前触れもなく地面がぐらりと揺れた。私は撮影のため、ほかのふたりから五分から一〇分程度遅れた位置にいた。見あげると、彼らのちょうど真下の雪片が崩れ、最初はごくゆっくりとした動きで落ちてきた。何が原因で雪崩が起きたのかはわからないが、山腹に積もった雪のかたまりはあっという間に勢いを増し、シシャパンマの斜面を削り取るように崩れ落ちてきた。私は運悪く、その通り道に偶然居合わせてしまったのだ。このままだとまともに雪をかぶることになる。何をしても雪崩の圧倒的なパワーには抗えない。

天を仰いだ。これが山の神々によって決められた俺の運命だとすれば、潔く受け入れなければならない。斜面を静かに移動していると、周囲の雪面が崩れ始めたのを感じ、一度に大量の雪に全身をのみ込まれたと思った次の瞬間、雪の大きなかたまりから自分の体が吐き出されたような感じがした。もはやこれまでだ。このあと、雪崩になすすべもなく巻き込まれ、永遠に呼吸できなくなるのだろう。そう覚悟したが、何も動きがない。自分が立っている位置よりも下の状態を確認してみると雪崩が白い粉塵をもうもうとあげながら、岩々をのみ込んでいく様子が見えた。でもどういうわけか足元の雪は崩れていない。固まったままだ。山の神々が私の命を救ってくれたとしか思えない。

「嘘だろ」思わず苦笑した。「ここまできて、最後の遠征で死にかけるとは」

撮影をやめ、ドローンをバッグのなかにしまい込んだ。

パキスタンで滑落して以来ずっと、時間をかけて少しずつ自信を取り戻していった。ガッシャーブルムI峰の頂で足元がぐらついたときも、夜の下山途中でゾッとするような悪条件に見舞われたときも、なんとか生き延びられたことが大きかった。それにほぼ二百人もの登山家たちが登頂を断念したK２で、最後の最後まであきらめず頂を踏めたことも励みになった。体調不良に悩みながらも完登したブロード・ピークでは、不屈の精神を発揮して危うい状況も克服できる自信がついた。

ナンガ・パルバットでは精神面での痛手に苦しめられたがその痛手を癒し、成長できた。そしていまシシャパンマで、またしても死にかけたというのに、その体験にさほどショックを受けないまま、ミングマとゲルジェンが待つ場所へ向かおうとしている。我ながら驚きだ。これほど短期間で八〇〇〇メートル峰をほぼ一四座登攀していたため、すでにアイゼンもピッケルも自分の手足の一部のように感じられる。ミッションもこの段階までくると、そういった登攀用具を体から外すと、やや不安さえ覚えるようになっていた。めったになかったことだが、以前なんの武器も持たないまま戦場に立たされたときの感覚によく似ている。

シシャパンマのサミット・プッシュの日は新たなルートを進んだ。自信を持ってアルパインスタイルで登攀するためだ。キャンプ2を過ぎたあたりから、勾配はかなり緩やかになり、天気も落ち着いてきた。雲が吹き飛ばされ、あれほどあった強風もおさまり、何もかもが穏やかになった。私の気分も落ち着いていた。シシャパンマの登り後半は、ゆっくりとだが着実な歩みとなった。難しい技術が必要な局面はほとんどなかったのだが、それでもいよいよ頂を踏んだとき、急にどっと疲れが出たような気がした。

ついにこの瞬間を迎えた。いままでの努力がすべて報われた――初めてそう気づいた。このプロジェクトがうまくいくはずないと意見していた人たちをこれで黙らせることができる。実際、世界最高峰一四座を六ヵ月と六日で制覇したのだ。想像力と決然たる意思があれば、どんなことが達成可能か身をもって示すと同時に、この惑星、そしてそこに暮らす人たちが直面する課題のいくつかにも光を当てることができた。

私は不可能を可能にしたのだ。

はるか遠くにエベレストが見えた。すべてが始まった場所だ。誇り、喜び、愛情。いままで心の奥に封じ込めていた感情が一気に噴き出してきた。スチ、友人、家族に思いをはせる。とりわけ母と父を想うと頬に熱い涙が流れてきた。

ある意味、このミッションは発見の連続だった。遠征した山々についてだけでなく、個人的な発見もあった。八〇〇〇メートル峰一四座を登攀することで自分がいったい何者なのかを見つけようとした。自分の心身両面における限界はどこなのか、知りたかったのだ。

子どもの頃から並々ならぬ意欲の持ち主だとの自覚はあった。学校に通っていた少年時代は、地域で一番速いランナーになろうと懸命に努力した。グルカ兵の一員として認められるのは名誉なことだと知ってからは、その仲間入りをするために持てる力のすべてを注ぎ込んだ。ところがグルカ兵の一員であるだけでは物足りなくなり、今度はより上を目指さなければならないと決意した。英国特殊部隊の任務に興味を抱き、その一員になるには血のにじむような努力が必要だとわかると、メンバーとして受け入れられるまで倦まずたゆまず努力を続けた。

そういった強烈な願望がどこから生まれてくるのか、自分でもよくわからない。ただ小さい頃から、そのような願望に突き動かされていたのはたしかだ。まだ幼い頃、チトワンで暮らしていたとき、小川のほとりでカニやエビを探すために、何時間もかけて石をひっくり返していたものだ。どれほど多くの時間と労力が必要でも、すべての石をひっくり返して確認し終えるまで絶対にやめようとしなかった。それから三十数年の歳月が経っても、私の精神はあの頃と同じまま、基本的に何も変わっていない。変わったのは活動範囲だけと言っていいだろう。探検するのが地元の川ではなく、デス・ゾーンになっただけのこと。そしてこのプロジェクトがほぼ終了したいま、すでに次なる目標を想像し始めている。

もっと、もっと、さらなる目標を追いかけたい。だが次はどこに行けばいい？

私はシシャパンマの頂に立ち尽くし、顔に氷のような風を感じながら、眼下に広がる景色を心ゆくまで楽しんだ。それから母に電話をかけ、とうとうプロジェクトを達成したこと、次はどこに行こうかもう考えていることを報告した。

「ついにやったよ！」携帯に向かって叫んだ。「それに俺、ピンピンしてる」

回線の状態が悪く、パチパチという雑音がする。それでも母が笑い声をあげているのが聞こえた。

「息子よ、気をつけて帰っておいで」母は言ってくれた。「愛してる」

エピローグ　ついに頂点へ

自分が成し遂げた偉業をほとんど実感できないまま数日が過ぎていった。プロジェクト達成の翌朝、二日酔いのまま、国境を越えてネパール入りした私とチームのみんなを待ち受けていたのは英雄――**「高地登山の特殊部隊」**――を出迎えるようなものだった。すでに、私の記録破りの偉業達成のニュースが広まっていたのだ。

私は世界最高峰一四座を制覇しただけではない。それまでの一四座完全制覇世界記録を七年以上も上回った。エベレストからローツェ、マカルーまでの頂上到達記録の世界記録も更新。パキスタンの山々はわずか二三日で制覇したうえ、世界最高峰五座（エベレスト、K2、カンチェンジュンガ、ローツェ、マカルー）を七〇日間で登りきった。当初の目標「八〇日で登りきる」を上回るハイペースだったのだ。さらにアンナプルナ、ダウラギリ、カンチェンジュンガ、エベレスト、ローツェ、マカルーの頂は三一日間のうちにすべて制覇し、単独シーズン（春季）に頂を制覇した八〇〇〇メートル峰の最多記録を打ち立てた。完全にミッション成功だ。その事実に驚き、興奮を覚えた。

母にふたたび電話をかけた。カトマンズで祝賀パーティが開かれることになり、医者たちが特別に母の外出を許可してくれたため、ヘリに乗って一緒に祝賀飛行しようと提案したのだ。母は最初あまり乗り気ではなかったが、私にとって母が大切な存在であること、また自分の人生にとってこのミッション達成が最大の出来事であることを訴えかけた。

「大切な母さんに、ぜひその祝賀会に参加してほしいんだ」

「そうね、私もそうしたいわ」とうとう母もそう言ってくれた。

カトマンズにあるトリブバン国際空港に到着すると、信じられない光景が広がっていた。マーチングバンドが演奏するなか、取材にやってきた写真家や記者たち数十人、さらにはたくさんの人が空港を取り囲んでいたのだ。きっとその時点まで、母は私の登山を「変わった趣味」とみなし、「危険なプロジェクトを達成して喜んでいる」くらいにしか考えていなかっただろう。それでもその瞬間、母も息子の成し遂げたことが――世界的規模とは言えないものの――より広い世界に受け入れられたのだと理解したはずだ。私の達成を祝う人たちの出迎えを目の当たりにし、鳴り響くファンファーレを耳にしたのだから。

頭上でヘリのローターが速度を落とす。こちらに白いレンジローバーが一台近づいてくるのが見えた。ボンネットにイギリスとネパールの国旗が掲げられている。車からおりたったのは在ネパール英国大使リチャード・モリスだ。彼は私たちと握手を交わしたあと、改めて私にこんな言葉をかけてくれた。

「我々はきみのことを誇りに思う」彼は言った。「きみは信じられない偉業を達成したんだ」

そのあとレセプションが開かれる市内へ車で移動したが、その間もいたるところでおおぜいの人たちに囲まれた。

だが、まだやるべき仕事が山のように残っていた。

一四座完全制覇を終えてから数ヵ月間、全力を傾けて取り組んだのは「父と母がふたたび一緒に暮らせるようにする」ミッションだ。ネパールの銀行でローンを組み、自分の家族からも金を借りる間もエリート・ヒマラヤン・アドベンチャーズは数多くの遠征を成功させていた。今回のプロジェクト達成を受けて、山岳ガイドの依頼が殺到するようになったのだ。さらに講演会でのスピーチ依頼も増えた結果、とうとうカトマンズに両親が無理なく暮らせる一軒の家を見つけた。

二〇二〇年初め、両親がふたたび一緒に暮らせることに大喜びしながら物件購入に関する書類仕事を終わらせ、まず父がチトワンの古い実家から新居へ引っ越す手伝いをした。そして二月二五日、今度は母を迎えに行くために、スチとともにネパールへ飛んだ。だが空港に到着すると携帯が鳴り、数時間前に母が息を引き取ったと知らされた。胸が張り裂けそうになった。遅すぎたのだ。私がこれまで達成したことはすべて、母の魂《スピリット》に刺激されてのことだったのに。

ヒンドゥー教の服喪期間中は自分自身と向き合い、母の死の悲しみと喪失を乗り越えた。一三日後、喪が明けたときには、悲しみを前向きなエネルギーに変え、物事の明るい面を見るようになっていた。いままで自分を極限まで追い込めたのは、ひとえに家族の愛情と支えのおかげだ。それらがあればこそ、人はいままでの常識を超えるドデカいことが達成できる、と世間に証明できた。

実際、最初は私の野心を聞いてもこばかにする人がほとんどだった。しかし私があのミッションを達成してから、エリート登山家たちのなかでも、年間に八〇〇〇メートル峰一、二座だけでなく、それ以上挑戦しようとする人が増えている。それは「達成可能な範囲」が押し広げられたからにほかならない。行動で示せたことを自分でも誇りに思っている。

ネパール人シェルパガイドたちの評判が高まったことは、ことのほか嬉しい。私と一緒にミッションに挑戦した仲間たちは、周囲から尊敬の念を集めるようになり、それぞれが「世界最高の登山家のひとり」とみなされるようになった。実際そのとおりだ。あのプロジェクトの最中、私たちは三人から多くても五人程度の少人数の遠征チームを組むのが常だったが、それでも雄牛一〇頭分のパワーと百人分の精神力を発揮し続けたのだ。あれほどの苦労を重ねたのだから、彼ら全員がご褒美を受け取って当然だ。私はチームとともに歩いたシシャパンマの新ルートを「プロジェクト・ポッシブル・ルート」と名づけることにした。

何よりも私自身、一四座完全制覇は自分にとって成功の出発点にすぎないと気づいている。今後もさらなる成功を目指したい。だが次は何をすればいい、、、、、、、、？

登るべき山々は常にそこに存在する。私がすべきはどの山に、どんなスタイルで挑戦するかを選ぶことだけだ。基本的には登攀のスピード、スタイル、身体努力の限界に挑むことになるだろう。これからも自分の力を試したい。自分自身の限界を決めるつもりはない。今後の挑戦は、これまで以上に高度なミッションとなるだろう。いつ命を落としてもおかしくない。ポイントはそこにある。自らの可能性を最大限まで押し広げずにはいられないのだ。どっかりと腰をおろしたまま、ただじっと時間が過ぎるのを待ち、昔のことばかり考えながら生きるのは性に合わない。

ふたたび世界の頂点に立ちたい。いつなんどき、自分の世界最高記録が破られてもおかしくないとわかっている。

だって、俺にはそういう生き方——そして死に方——しかできないから。

付録1 デス・ゾーンで学んだ8つのレッスン

〈レッスン1〉

リーダシップとは「リーダーが自分の思いどおりにメンバーを動かすこと」とは限らない。

プロジェクト・ポッシブルの第一フェーズ、ダウラギリのベースキャンプに到達前、私はチームのなかでくたびれ切っているメンバーが何人かいるのに気づいた。明らかに体力を奪われ、士気も低下している様子だ。私自身は、アンナプルナでの大変な捜索・救助活動をこなしていても、体力気力ともに充実していたが、疲れているメンバーを思いやりもせず、こちらのペースに合わせるよう無理じいするのは最善の策とは言えない。だからそうする代わりに、チームにとって一番いいやり方は何か考えるようにした。

あなたがリーダーとなり、ひとつのチームで作業にあたるとき、あなた自身のペースで仕事を進めるのは簡単だ。特に、そのグループにおいて最も仕事が早い、あるいは最も仕事の能力が高い人があなたである場合はなおさらだ。だがそんな態度を続けていれば、チームメンバーの信頼をあっという間に失う。彼らはあなたを「わがまま」で「野心が強すぎる」「ちょっとイヤな奴」とみなす。ひとたび「自分以外の人のことを気にもかけないリーダー」というレッテルを貼られたら、あなたのために彼らも努力する気になれない。いくらあなたから発破をかけられても、聞く耳を持たなくなるだろう。

むしろそういう状況においては、あなたのペースについてこられないメンバーを責めるのではなく、彼らの立場に立って考えてみるといい。あなたから歩み寄れる点はないだろうか？ メンバー全員が利益を手にするような仕事の進め方は可能だろうか？ 答えを探してみよう。たとえば先のダウラギリの場合、私はチームメンバー全員に休養の時間を与え、体力気力ともに回復させるようにした。それから数日間、そのせいでさらに大変な思いをすることになったのだが、そのとき取った行動により、チーム全員に対して「このミッションはリーダーのためだけのものではない」という意思表示ができた。

結果的に、彼らはそれから半年間以上も懸命に頑張り続けてくれた。

〈レッスン2〉

巨大な山では、ささいなことほど最も重要になる。

この数年の間に、私は八〇〇〇メートル峰に挑戦する際、少しでも負担を軽くするテクニックを自分なりに編み出した。なかでも一番大切なのは、呼吸法だ。高山に登るときはいつでも多機能ヘッドウェアBUFF《バフ》をフェイスガード代わりに装着している。日焼けも寒さも防げるからだ。ただひとつだけ問題があった。これをつけると、自分の息のせいでゴーグルやサングラスが曇ってしまう。

そこでその問題を解決するべく呼吸法を変えてみた。唇をぎゅっと引き結び、鼻から息を吸い込み、鼻から吐く息がゴーグルに届かないよう、なるべく下のほうへ吹き落とすように意識した。こうすれば、吸い込んだ冷たい空気がBUFFを通じてやや温められ、氷点下の気温でも肺にかかる負担を少し和らげられる。取るに足らないことのように聞こえるかもしれないが、この呼吸法のおかげで低体温症にならずに済んでいる。毎回、氷のかたまりのように冷たい空気を吸ったり吐いたりしているわけではないからだ。それに指の凍傷も防げるようになった。曇ったゴーグルを拭くために手袋を外す必要がなくなったのだ（八〇〇〇メートル峰ではこの作業だけでも苦労するのだ）。

より大きな野望を成し遂げるには、ささいなことにまで心配りを怠らないこと。人によって目標は違うだろう。仕事で大きな契約に臨むときは、契約書の細部まで知り尽くしておいたほうがいい。一〇キロマラソン大会に挑むときは、足に水ぶくれができないよう、いろいろ試してぴったりのシューズを選んだほうがいい。私は八〇〇〇メートル峰に挑む際、先の呼吸法と同じように「エナジージェルの携帯場所を常に把握しておく」「ピッケルはいつも手の届く範囲に置くようにする」といった細かなことにも注意するようにしている。そうするほどストレスを感じずに済むからだ。

〈レッスン3〉

目の前の課題をけっして甘く見ない。

二〇一五年、私は登山を甘く見ることの恐ろしさを初めて学んだ。それも厳しいレッスンを通じて、嫌というほど思い知らされたのだ。そのとき挑戦したのは、アンデス山脈のアルゼンチン側にあるアコンカグア。七大陸最高峰の一座として有名で、八〇〇〇メートル峰ではないものの、標高六九六一メートルはやはり厳しいチャレンジと言っていい。

デス・ゾーンを目指す登山家たちは、最初にこのアコンカグアで実力試しをすることが多い。ふもとから山頂までロープの技術が必要な箇所は特になく、ほとんどの人が「比較的登りやすい山」と考えている。

私もそのひとりだった。登山関係のガイドブックや雑誌を何冊か参考にし、アコンカグア山頂で撮影された子どもたちや高齢者カップルの写真を何枚も眺め、この山を少し侮った。い、い、い、い、い、い、い、い、い、い、い、い、い、い、い、い、い、いこんな山、難しいわけがないじゃないか？　しかも、ダウラギリとロブチェ東ピークの遠征中にできた友人たちから、私ならアコンカグアは楽勝だと言われていた。

「きみならあっという間だ」そのうちのひとりから言われた。「一日でベースキャンプに着くだろう。あと一日か二日あればてっぺんまで行って下山できる。なんの問題もないさ」

当時は登攀能力に自信があった。しかもその遠征に出かけたのは一年の始まりで、南半球は気温もかなり暖かい夏季だったため、サミット・スーツも持っていかなかった。装備として登山用ズボン数本と防水コート、マウンテンブーツ一足があればじゅうぶんと考えた。ところがアコンカグア山麓にあるペニテンテスに到着した途端、なんと雪が降り始めた。アコンカグアは人里離れた山だ。ベースキャンプにたどり着くには徒歩で一一時間かかる。私は単独登山だったため、ベースキャンプまでは自分の地図とコンパスを頼りにするしかない。通常なら目印になるはずの登山道のマーキングが、降りやまない雪のせいですべて埋もれ、見えなくなっていたからだ。ベースキャンプに着き、ほかの登山家たちの様子を確認してみたが、暗くて悲観的な雰囲気が漂っていた。おおぜいの人たちがサミット・プッシュに挑んだが、天候のせいで頂を踏まないまま引き返していたのだ。

「登るのは危険だ」国際山岳ガイド連盟の一員である友人は言った。「雪崩が起きるリスクが高い。それに恐ろしく寒い」

その程度であきらめる俺じゃない。ほかの登山家から、自分が持参したものよりずっと頑丈そうなブーツを借り、さらにダウンジャケットも借りて頂を目指し始めた。ところが大雪が容赦なく降り続き、本来ならたやすいトレッキングのはずが、初めて挑戦した八〇〇〇メートル峰と同じくらい厳しい行程になった。頂上まであとわずか三百メートルというところで、あまりのつらさに断念しそうになったほどだ。

視界がぼやけて何も見えない。しかも酸素ボンベなしでの登攀だ。高山病の症状が出始めて、いつ気を失ってもおかしくない。エリート登山家たちの仲間入りを果たしたいという私の希望は風前の灯火に思えた。「おい、ニムス、もしこの山の頂を踏めないなら、エベレストのてっぺんにたどり着けるはずがない。だろ?」そう自分を奮い立たせようとした。サーモスの保温水筒から飲み物をすすり、チョコレートバーの包みを開けた。

「お前の強みは登りの圧倒的なスピードだ。その武器を使え」

そうして頂まで突き進んだが、本当は引き返したくてたまらなかった。このときの貴重な体験から、私はまたひとつ、高地登山に関して大切なことを学んだ。「たとえほかの人たちがたやすいと考えていても、これから登ろうとしている山をけっして甘く見るな」

さらにもうひとつ学んだ。「自信を持って行動せよ。ただし山に対する敬意を忘れるな」以来、私は細心の注意を払うようになった。目の前にある挑戦に対して、万全の準備を整えるようになったのだ。常にこう言い聞かせている。「少しでも準備を怠れば、いかなる山であっても最後の山になる危険がある」油断は禁物。思わぬところに落とし穴がある。プロジェクト・ポッシブルでも、そのことを思い知らされた。第二フェーズでガッシャーブルムI峰に挑んだ際、少し甘く見ていたら、かの山が牙を剝いて襲いかかってきたのだ。

何に挑むにせよ、敬意を払って挑戦するようにしよう。そうすれば、思いがけず不愉快な思いをさせられることもない。

〈レッスン4〉

希望がすべて。

夢は見ているだけでは実現しない。だが、もしもそれがあなたにとって究極の目標であり、その実現に全身全霊を注げば、チャンスは向こうからやってくるものだ。

子どもの頃、別の学校の地区チャンピオンだったランナーに負けたのが悔しくてたまらず、真夜中にこっそり起き出し、秘密特訓に励むようになった。それと同じ態度を貫いたおかげで、グルカ兵になりたいという夢を実現できた。特殊部隊の一員になれたのも、本来三〇キロ走る訓練が必要なところ、さらに二〇キロ長く走るようにしたからだ。そうやって夢に導かれるように、その夢の実現に全力を注いできた。

実現したいプロジェクトや挑戦があれば（具体的な行動を起こすことなく）ただ考えたり、祈ったり、待ったりするよりも、その達成に向けて全力で取り組むようにしよう。

〈レッスン5〉

生死を分ける状況で、人の本性が現れる。

口先だけの兵士は意外に多い。基地内《ベース》では偉大な英雄のごとく振る舞い、参加していない銃撃戦についても自分の手柄のように話す。いざ実戦が始まり、銃弾が飛び交い、周囲の人たちが銃撃された瞬間、彼らは真っ先に隅っこに隠れたり、パニックに陥ったりする。

山でも同じような態度が見られる。ベースキャンプで晴れて暖かい日があれば、登山家たちは自撮り写真を撮ったり、仲間同士でふざけ合ったり、今回の山をどう攻略するつもりかとうとうと語ったりする。それなのにひどい悪天候に見舞われ、集中力と並々ならぬ自制心が何より必要な局面になると、彼らは驚いたり、焦ったり、怒ったりして興奮してしまう。そういうときこそ、彼らの本性が現れる。自分勝手な行動をし、やるべき作業を怠ったり手を抜いたりする。ときには、他人の身の安全を完全に無視する場合もある。

切羽詰まったときほど、その人物について多くを学べるものだ。

〈レッスン6〉

悪夢のような状況を前向きなものに変える。

初めてエベレスト、ローツェ、マカルー登攀に挑戦したとき、私の酸素ボンベが盗まれた。キャンプごとに自分用のボンベを残しておいてほしいと前もって頼んでいたのだが、どのキャンプでも明らかにほとんどのボンベが誰かに盗まれていたのだ。最初は激しい怒りを覚えた。当然だろう。でもそういうときこそ、冷静さを保つことが重要だ。冷静さを失って怒れば、それだけエネルギーを無駄に使うことになる。そのせいで高地脳浮腫になる危険性もある。〈レッスン2〉で説明したように、巨大な山々ではささいなことが最も重要になる。かんしゃくやふてくされのような未熟で否定的な反応をしても、結局あとでその代償を払うことになるだけだ。

だからその遠征でも、とにかく冷静さを取り戻し、現状を前向きにとらえるようにした。酸素ボンベを盗んだ相手に怒りを募らせるのではなく、自分より酸素を必要としている誰かの役に立てたのだと考えるようにした。

「ひどい高山病に苦しんでいた誰かが、どうしても私の酸素ボンベを必要としていたのかもしれない」そう自分に言い聞かせた。そんなはずはないとわかっていてもだ。「だとしたら文句はない」

そう、ある意味、自分に嘘をついているのと同じだが、〈レッスン８〉で説明しているタイプの「嘘」とは違う。不快な状況などに直面したときに自分を守るために無意識に取る適応の仕方、いわゆる「防衛機制」である。もし酸素ボンベが盗まれた状況に関して不平不満をこぼし、ふくれっつらを続けていたら、生命エネルギーを無駄遣いしていただろう。このとき私がすべきは、目の前にあるミッションに意識を集中することだった。

前向きな思考こそ、八〇〇〇メートル峰で生き残る唯一の方法と言っていい。自己憐憫に溺れていたら、九死に一生を得ることなどできない。

〈レッスン７〉

いまこの瞬間を百パーセント生きる。

なぜなら、あなたにとっていまこの瞬間がすべてだからだ。

グルカ兵選抜試験は本当に過酷だった。限界にまで追い込まれる最悪な条件下での訓練、行進、運動プログラムが次々と課せられた。キツくてつらい課題の数々に圧倒されたり、毎日四八キロ（日によってはそれ以上の距離）のランニングにストレスを感じたりして、負けを認めるのは簡単だっただろう。私はそうする代わりに、目の前の課題に全力投球で取り組み、次の日がやってくればその日の課題達成に全力を尽くすようにした。こちらの気をくじくような恐ろしい試練に対処するには、そのやり方しかないからだ。

デス・ゾーン一四座に対しても、それとまったく同じ心構えで臨んだ。ひとつの山に挑戦している間は、次の遠征についてなるべく考えないようにした。目の前の相手からちょっとでも目をそらしたら、絶対に完登できないとわかっていたからだ。Ｋ２登高中だというのに、意識が一瞬でも次のブロード・ピークに向いたらたちまち集中力を失ってしまう。それにいまこの瞬間に百パーセント集中せず、エネルギーを蓄えようとするのは意味がない。あのプロジェクトでは、その日その日に自分のすべてを賭ける必要があった。そうしないと、どんな結果が待ち受けているかわかっていたからだ。

明日はもう来ないかもしれない。

〈レッスン８〉

けっして嘘をつくな。けっして言い訳をするな。

その気になれば、山で手を抜くこともできた。たとえば二〇一七年、Ｇ２００遠征を終えたあと、ヘリでナムチェバザールからマカルーのキャンプ２へ送ってやるとニシャールに言われたときだ。彼の手助けがあれば、私は楽をして単独シーズン中にエベレスト二度、ローツェ、マカルーに登頂した初めての人物になれたはずだ。この地球上でその事実を知るのはニシャールだけだが、私は一生その秘密を抱えたまま生きなければならなかっただろう。

言い訳は簡単だ。酒やタバコをやめようとしている人が、ついビールを盗み飲みしたりタバコをこっそりふかしたりしても、「しかたがない」と片づけるのは簡単だ。だが実際はしかたがないでは済まされない。自分をごまかしても、設定した目標を失敗に終わらせるだけだ。嘘をついたり、いい加減な行動の言い訳をしたりするのは、自分との約束を自分で破ることにほかならない。一度許すと何度も繰り返すようになり、結局何も達成できなくなる。

たとえば私の場合、Ｋ２挑戦をあきらめたほうがはるかに簡単だっただろう。挑戦しようとしたが結局登攀に失敗した人がおおぜいいたからだ。もっと言えば、プロジェクト自体を資金不足を理由にあきらめたとしても、誰からも責められなかったはずだ。しかし、都合のいい言い訳をつけた責任逃れはどうしても自分の性には合わない。

「一時間ランニングしてくる」と口にしたら、きっちり一時間ランニングをこなす。トレーニングで腕立て三百回と計画を立てたら、必ず三百回やり遂げる。一度口にした約束を無視して手を抜いても気分が落ち込むだけだ。私はそんなふうには生きていたくない。

あなたも、そうあるべきだ。

付録2 【14座制覇の行程】

フェーズ	山名	標高	国名	頂上到達日
1	アンナプルナI峰	8,091m	ネパール	2019年4月23日
	ダウラギリI峰	8,167m	ネパール	2019年5月12日
	カンチェンジュンガ	8,586m	ネパール	2019年5月15日
	エベレスト	8,848m	ネパール	2019年5月22日
	ローツェ	8,516m	ネパール	2019年5月22日
	マカルー	8,485m	ネパール	2019年5月24日
2	ナンガ・パルバット	8,125m	パキスタン	2019年7月3日
	ガッシャーブルムI峰	8,080m	パキスタン	2019年7月15日
	ガッシャーブルムII峰	8,034m	パキスタン	2019年7月18日
	K2	8,611m	パキスタン	2019年7月24日
	ブロード・ピーク	8,051m	パキスタン	2019年7月26日
3	チョ・オユー	8,201m	チベット	2019年9月23日
	マナスル	8,163m	ネパール	2019年9月27日
	シシャパンマ	8,027m	中国・チベット	2019年10月29日

付録3 【14座制覇で成し遂げた世界記録】

●8000メートル峰14座完全制覇、世界最速記録（6ヵ月と6日）

●エベレスト頂上からローツェ頂上、さらにマカルー頂上への到達、世界最速記録（48時間30分）

●世界最高峰5座（カンチェンジュンガ、エベレスト、ローツェ、マカルー、K2）制覇、世界最速記録（70日間）

●パキスタン高山上位5座（K2、ナンガ・パルバット、ブロード・ピーク、ガッシャーブルムⅠ峰、Ⅱ峰）制覇、世界最速記録（23日間）

●単独シーズン（春季）に頂を制覇した、8000メートル峰の最多記録（アンナプルナ、ダウラギリ、カンチェンジュンガ、エベレスト、ローツェ、マカルーの6座、31日間）

謝辞

本書を執筆するにあたって、これまでプロジェクト・ポッシブル実現のために手助けしてくれた方たち全員を思い出そうとしたが、これが本当に難しい。記憶をたどり、最善を尽くして感謝を伝えようと思う。ひとりもとりこぼしがないように、と祈る気持ちだ。

遠征スポンサーの支援がなければ、プロジェクト・ポッシブルは実現しなかっただろう。真っ先に感謝したいのは〈ブレモン〉だ。プロジェクト・ポッシブルをフィーチャーした腕時計（ブレモン社のウェブサイトで購入可能）を製作し、私の夢の実現が不可能になりそうなとき金銭面で支援し、助けてくれた。さらに〈SILXO〉〈オスプレー〉、冒険家アント・ミドルトン、〈DIGI2AL〉〈ハマ・スティール〉〈サミット・オキシジェン〉〈オムニリスク〉〈ザ・ロイヤル・ホテル〉〈インターゲイジ〉〈ADコンストラクション・グループ〉〈ブランディング・サイエンス〉〈AMTCグループ〉〈エバレンス〉〈スルーダーク〉〈ケニア航空〉〈KGHグループ〉〈マリオット・カトマンズ〉〈プレミア・インシュランス〉のスポンサー各位にも心から感謝の言葉を伝えたい。

このミッションのロジスティクス面を支援してくれたのは〈エリート・ヒマラヤン・アド

ベンチャーズ〉〈セブン・サミット・トレックス〉〈クランバラヤ〉だ。ベースキャンプより高地の記録フィルム撮影の大半は私や私のチームが行ったものの、このプロジェクトの映画『ニルマル・プルジャ：不可能を可能にした登山家』は、私とともにK2のベースキャンプに参加し、マナスルに登ったサーガル・グルン、アリット・グルン、サンドロ・グロメン＝ヘイスの好意により実現した。また何時間にも及ぶ動画編集の苦労をともにしたノア・メディア・グループ全員に、特にトークィル・ジョーンズ、バリー、さらに映画の紹介を担当してくれたマーク・ウェブスターに感謝の念を捧げたい。またこのミッション実現のために尽力いただいた〈SBSA〉とドゥルガ・スベディ大使、さらにネパールの顔とも言うべき重要な方々――ネパール観光庁、マーダブ・クマール・ネパール元ネパール首相、イシュウォル・ポクレルネパール国防相、サイレンドラ・カナルネパール警察庁長官、〈イエティ・グループ〉のソナム・シェルパ――にも厚く御礼申しあげる。またダン・リーヴス准将の手厚い支援にも心から感謝する。

イギリスでは、このプロジェクトのための管理チームがPR面や八〇〇〇メートル峰踏破に必要なロジスティクス面でさまざまなサポートをしてくれた。真っ先に感謝したいのは、常に応援してくれた妻スチだ。さらにプロジェクト・ポッシブル・サポートチームの面々――ウェンディ・フォウ、スティーヴ＆ティファニー・カラン、ルーク・ヒル、キショア・ラナ――にもお礼を言いたい。また私とともに登攀してくれたアンナプルナの顧客（ホーコン・オースヴァング、ルパート・ジョーンズ＝ワーナー）、ナンガ・パルバットの顧客（ステフィ・トロゲ）、マナスルの顧客（スティーヴ・デイヴィス、エミー・マカロック、グレン・マクローリー、ディヤ・パン、ステフィ・トロゲ）、そしてGoFundMeを通じてこのプロジェクトのために世界じゅうから寄付を寄せてくださったみんな、関連グッズを購入して資金面で協力してくださったみんな、本当にありがとう。ミッション遂行中、数多くの企業組織に助けてもらうことになった。その関係者全員に心から礼を述べたいが、なかでも特にネパール登山コミュニティ、私のシェルパ仲間たち、グルカ兵コミュニティ、さらにネパール人コミュニティ（ミャグディ・オーガニゼーションUK、マダット・シャムハ、マガル・アソシエーションUK、フレンドリー・ブラザーズ・ダナ・セルフェロ・コミュニティUK、パン・マガル・サマージUK、パン・マガル・ソサエティHK、ペルカチョア&チメキ・ゴール・サマージUK、タム・パイ・リュ・サマージUK、メイドストーン・グルカ・ネパレーゼ・コミュニティ）のみんなにお礼を述べたい。

二〇一七年から私のチームであり、エベレスト、ローツェ、マカルー連続登攀世界記録を更新したメンバーたち（ラクパ・シェルパ、ジャンブ・シェルパ、ハラン・ドーチ・シェルパ、ミングマ・ドーチ・シェルパ）にも本当にありがとうと伝えた。

家族がいなければ、こうしたことは何ひとつ起きなかっただろう。母と父は、私を冒険心あふれる子どもとして育て、大人になってからは私の「ふたりをふたたびひとつ屋根の下で暮らせるようにする」という約束を信じ、心のおもむくままに登山することを許してくれた。兄カマル、ジット、ガンガー、妹アニタは常に私を励まし、グルカ兵として気高く生きるよう支えてくれた。それに軍の内部でも外部でも、数多くの友人たちに恵まれた。長くなるが、ここに彼らの名前を感謝とともに記す。スタッズ、ルイス、ポール・ドーブナー、ギャズ・バンフォード、ルイス・フィリップス、CP・リンブー、クリス・シルヴァン、ラメシュ・シルワル、カドカ・グルン、スバーシュ・ライ、ゴヴィンダ・ラナ、ターネイシュワル・グランガイ、ピーター・カニングハム、シュリンカラ・カティワダ、ダン、ビジェイ・リンブー、ミラ・アチャリヤ、スチュアート・ヒギンズ、フィル・メイシー、ルパート・スワローアル・マック、グレッグ・ウィリアムズ、ミングマ・シェルパ、ダニー・ライ、ダン・チャンド、シェップ、タシ・シェルパ、ソビット・ゴーハン、グラム、本当にありがとう。

最後になったが、本書は〈ホダラー&ストートン〉のみんなの頑張りがなければ、この世に生み出されなかっただろう。特にルパート・ランカスター、キャメロン・マイヤーズ、カトリーナ・ホーン、レベッカ・マンディに感謝する。私のエージェントである〈ザ・ブレア・パートナーシップ〉のニール・ブレアとローリー・スカーフにもお礼を言いたい。最後の最後に、友人であり兄弟とも言える存在マット・アレン、私の物語の細部までとらえようと全身全霊を傾けてくれたことに心からお礼を言いたい。彼の手助け（そして心意気）がなければ、この本の出版は可能《ポッシブル》ではなかっただろう。

二〇二〇年　ニルマル・プルジャ

写真紹介

著者および原書出版社は、写真の使用に関して快く許可してくださった次の著作権者の方々に心から感謝申しあげます。

ニルマル・プルジャ〈プロジェクト・ポッシブル〉　口絵1（上・下）
ガンガ・バハドゥール・プルジャ　口絵2（上）
撮影者不明　口絵2（下）、口絵3（上）
パサン・シェルパ　口絵3（下）、4（下）
ニルマル・プルジャ　口絵4（上）
シェルパ「G200遠征チーム」撮影者不明　口絵5
ラクパ・デンディ・シェルパ〈プロジェクト・ポッシブル〉　口絵6～7、8（上）
ゲスマン・タマン〈プロジェクト・ポッシブル〉　口絵8（下）
ミングマ・デヴィッド・シェルパ〈プロジェクト・ポッシブル〉　口絵9、11、12～13

ゲルジェン・シェルパ〈プロジェクト・ポッシブル〉口絵10
サンドロ・グロメン＝ヘイス〈プロジェクト・ポッシブル〉口絵13、14～15、16

著者および原書出版社は最大限の努力をし、著作権者の方々とコンタクトを取って写真使用の許可を得ました。このページの表記になんらかの省略、または間違いがあればご容赦ください。新たな印刷の機会を得たら、それらはすべて訂正させていただきます。

翻訳にあたり、数値は原書どおりとしました。

最強登山家《さいきょうとざんか》プルジャ

—不可能《ふかのう》を可能《かのう》にした男《おとこ》—

2024年12月18日　第1刷発行

著　者　ニルマル・プルジャ

訳　者　西山志緒《にしやましお》

発行者　樋口尚也

発行所　株式会社　集英社

〒101-8050　東京都千代田区一ツ橋 2-5-10

電話　編集部　03-3230-6141

読者係　03-3230-6080

販売部　03-3230-6393（書店専用）

印刷所　大日本印刷株式会社

製本所　加藤製本株式会社

定価はカバーに表示してあります。

ISBN978-4-08-781757-7　C0098